환상서점 2

환상서점 2

긴 밤이 될 겁니다

소서림 장편소설

차례

서장. 잠들지 못한 이야기 • 7
1장. 불길한 방문객 • 11
2장. 파수꾼의 사연 • 71
3장. 괴이한 기록서 • 151
4장. 길 잃은 자들의 서점 • 227
후일담. 서가 산책 • 261

작가의 말 • 307

서장

잠들지 못한 이야기

오래된 물건에 숨이 깃들면 도깨비란 놈이 된다지요. 까마득한 옛날부터 지금까지, 녀석들은 사람 흉내를 내며 섞여 살았대요. 이상한 일이죠. 저들끼리 놀지 않고. 사랑받던 때를 잊지 못해 그랬을까요? 버려진 물건에도 호시절은 있었을 테니까요.

어떤 도깨비는 친구를 만들기 위해 세상을 유랑했대요. 돌아다니던 중 제일 먼저 본 사람은 신기하게도 그와 똑 닮은 외톨이였어요. 유령처럼 허연 피부와 차갑게 내려앉은 목소리, 그리고 아끼던 걸 절벽에서 떨어뜨린 듯한 흐리멍덩한 눈까지. 도깨비는 그가 무척 마음에 들었어요. 신기하게도 영원히 살아야 하는 처지마저 같았거든요. 평범한 인간이 어쩌다 그랬는지. 딱하기도 해라.

  도깨비는 그를 첫 번째 친구로 삼았어요. 그리고 바람 선선한 날에 다시 보기로 인사하고 작별했죠. 유랑하는 도중 가끔 그를 떠올렸답니다. 언젠가 또 만나거든 온갖 재미난 이야기를 들려주어야겠다, 그리 마음먹었지요.

  산천을 횡단하고 천지를 종단한 끝에 도깨비는 많은 걸 눈에 담았어요. 그 좋아하던 사람을 무수히도 만났죠. 다만 그럴수록 그는 지쳐갔습니다. 세상은 그의 생각과 좀, 많이 달랐거든요. 사람은 더러 선하지 않고 때로 지독했습니다. 겨우 소중한 사람을 얻었을 때쯤, 그걸 빼앗아간 것도 사람이었어요. 결국 도깨비는 큰 상실감에 젖어 긴 잠에 들기로 결심했습니다. 그를 괴롭히는 많은 것들을 놓아두고서요.

  도깨비는 마지막으로 처음 사귄 친구를 다시 만났습니다. 여전히 희멀겋고 조용한 남자에게 그는 부탁을 하나 남겼어요. 우린 똑같이 외로운 처지니까 서로의 손을 잡아줘야 해. 세상이 티끌로 변해 스러져도 너는 날 기억해 줘. 내가 다시 돌아올 때까지.

  이 말을 끝으로 도깨비는 깊이 잠들었습니다. 정신이 아주

몽롱했기 때문에 입 밖으로 뱉었는지, 속으로 삼켰는지는 확실치 않았어요. 어쨌든 그는 산천이 수십 번 변하도록 오랜 잠에 빠져들었습니다. 아마 더 오래도 잤을 겁니다, 방해받지만 않았다면.

어느 날 갑작스러운 통증에 그는 비명을 지르며 깨어났습니다. 온몸을 할퀴고 쑤셔대는 통에 정신도 못 차렸어요. 그는 힘없이 친구를 불렀죠. 그러나 돌아오는 대답은 없었습니다. 도깨비는 어둠 속에서 몸을 웅크렸어요. '내 친구는 어디 있는가' 하고 의미 없는 부름을 이어가면서요.

겨우 정신을 차리고 밖에 나서니 친구가 보였어요. 아주 가까이에 있었죠. 그는 다른 사람들과 함께 시간을 보내고 있었습니다. 홀로 있던 옛날과는 전혀 달랐죠. 심지어 한 여자를 향한 미소는, 맙소사, 저치가 저런 무르고 달콤한 얼굴을 할 줄 안다니. 도깨비는 완전히 달라진 친구를 보며 충격에 빠졌습니다.

하나뿐인 친구는 이제 외톨이가 아니었습니다. 도깨비는 불안해졌어요. 우린 이제 같은 처지가 아니구나. 외톨이는 나뿐이야. 차라리 잠들고 싶었지만, 다시 통증이 찾아왔어요. 이젠 환청까지 들렸죠.

'또 사람에게 배신당했구나. 불쌍한 도깨비.'

누구 목소리인지는 몰라도 듣고 보니 화가 났습니다. 날 기억해 달라고 그토록 간절하게 부탁했잖아. 도깨비는 가슴이 두근거렸습니다. 화끈대고 아픈 것 같기도 했어요. 사람들이 흔히 품고 살아가는 증오와 분노였습니다. 그때 다시 환청이 말을 걸었어요.

'빼앗으면 어때? 친구의 소중한 사람을 말이야.'

그러면 다시 같은 처지가 될 수 있을걸. 그 말에 도깨비는 기어코 나쁜 장난을 떠올렸습니다. 그래, 나만 외톨이로 남을 수는 없지.
제일 먼저 할 일은…… 그렇지. 꿈에라도 찾아갈까?

1장

불길한 방문객

오랜만에 꾸는 꿈이었다. 서주는 숲속으로 길게 이어진 길을 걸었다. 초록이 무성하고 때로 풀잎에 맺힌 물기가 반짝였다. 높이 자란 나무 사이로 내리는 햇살이 눈부셔 그의 눈이 가늘어졌다. 지금은 여름이고 장마의 한중간 아니었던가. 서주는 꿈 바깥을 떠올리려다, 그만두었다.

어느새 그의 외딴 고서점 앞이었다. 눈치 빠른 남자는 이때 두 가지 사실을 깨달았다. 하나는 이 꿈의 핵심은 바로 이 서점이라는 것. 그리고 하나는, 이 꿈은 악몽이 틀림없다는 것이다.

초록빛 벽면은 다 무너진 채였다. 마치 거대한 쇠망치로 두들긴 듯 곳곳이 너절했다. 지붕은 기울고 문은 아무렇게나 삐걱거렸다. 안쪽 역시 마찬가지였다. 책장은 무너지고 망가진 잡동사니가 굴러다녔다. 서주는 발에 툭 차이는 것을 집어 들었다. 머리가 망가진 꼭두각시였다. 하나만 남은 눈이 자리를 비운 주인을 원망하는 듯했다.

전에도 이렇게 서점이 망가졌었는데…… 언제더라. 서주는 현세의 일을 떠올리려 애썼다. 그러나 머릿속이 흐리멍덩해서 떠오르는 것이 무엇이든 뜬구름 같았다. 그는 이마를 감싸고 괴로워하다 옆으로 시선을 돌렸다. 그리고 놀란 숨을 들이켰다.

커다란 전신 거울이 벽에 기대있었다. 그림자를 잠깐 사람으로 착각할 만큼 맑았다. 서주는 홀린 듯 그 앞으로 갔다. 귀신을 보는 담녹색 눈동자가 스스로를 응시했다. 거울 속의 눈은 어쩐지 화가 나 보였다. 밖을 그대로 비출 뿐이니 마음도 같아야 할 텐데 이상한 일이었다.

거울 위에 그가 손을 올렸다. 하얗고 긴 손가락이 서로 맞닿았다. 그러자 거울 속의 남자가 웃었다. 서주는 흠칫 놀라 멀어지고자 했으나 그럴 수 없었다. 남자의 손이 거울 밖으로 나와 서주를 붙잡았다. 순식간에 몸을 내밀더니 똑같은 얼굴로 속삭였다.

"내 서점을 돌려줘."

동시에 바닥이 뒤집혔다. 발밑이 휘청, 가라앉더니 주변으로 물이 쏟아져 들어왔다. 바다에 잠겨가는 배 같았다. 서주는 주변을 둘러볼 새도 없이 연초록빛 물속으로 가라앉았다. 침몰하는 서점의 잔해들 곁에서 수면의 빛을 향해 허우적댔다. 거울 속에 빠지고 만 셈이었다.

진짜와 가짜의 자리가 뒤바뀌었다. 이젠 거울 밖에 서게 된 남자가 서주를 향해 미소지었다. 그 모습마저 소름 끼치도록 두 사람의 모습은 똑같았다. 그 남자가 선 자리는 이제 폐허가 아닌, 원래대로 말끔한 서점이었다. 서점주인이 된 그는 기쁜 표정으로 거울의 표면에 대고 일렀다. 그 목소리가 생생하게 서주의 귓가에 들이쳤다.
"이제 네가 그림자야."
거울 속에 갇힌 서주가 표면을 주먹으로 힘껏 두들겼다. 소용없는 일이었다. 그때 남자의 뒤로 문이 열리며 누군가 서점을 방문했다. 그가 잘 아는 사람일까 싶어 서주는 가슴이 덜컥 내려앉았다.
들어오지 말라고 소리쳐도 목소리는 전해지지 않았다. 바깥의 남자는 비린 웃음을 지으며 몸을 돌려 문 쪽으로 갔다. 그리고 방문객이 안에 들어서는 순간, 강한 힘이 서주를 뒤쪽으로 끌어당겼다. 빠르게 흐르는 물의 압력이 온몸을 짓눌렸다. 바늘구멍을 지나는 압박감에 그는 눈앞이 깜깜해졌다.

 다시 눈을 떴을 때는 현실이었다. 서주는 일인용 소파에서 식은땀을 흘리며 깨어났다. 푸르스름한 어둠에 여태 물속인가 싶어 몇 번 눈을 깜빡였다. 곧 어둠에 적응한 눈이 주변을 분간했다. 책이 그득한 책장과 곳곳에 쌓인 골동품, 산을 이룬 종이 다발과 줄지어 둔 액자. 평소와 같은 그의 집무실이었다.
 꿈에서 깼구나. 안도감을 느끼려는 차에 서늘함이 스쳤다. 돌아보니 창문이 열려있었다. 밖에서 들어오는 바람에 얇은 커튼이 그에게 손짓하듯 나풀거렸다. 일어나서 닫으려는데 무언가가 바닥에 툭 떨어졌다.
 잠들기 전까지 읽던 책이었다. 펼쳐진 채로 떨어진 걸 주우려는데 문득 글귀 하나가 그의 눈에 들어왔다. 책에 등장하는 어떤 피조물의 절규였다.

 나의 모든 악행은 전부 혐오스러운 고독 때문이었다.

 열 번도 넘게 보았을 장면에 불현듯 묘한 감상이 들었다. 누군가 책을 빌려 말을 걸어오는 느낌. 땀에 들러붙은 셔츠처럼 곧바로 떨쳐내기 어려운 불쾌함이었다. 잠시 고민하다 서주는 마음먹은 듯 책을 덮었다. 지금은 무엇도 속단하고 싶지 않았다.

그리고 창문을 닫았다. 열어둔 기억은 없었다. 원래 밤 동안에는 불가해한 일이 수도 없이 벌어지니까. 다만 어떤 일이든 방금 악몽과는 관련 없길 바라며 그는 다시 잠을 청했다.

"잠을 못 잤어요?"

걱정스러운 목소리가 서주를 깨웠다. 반짝 눈을 뜨니 테이블 건너편의 연서가 보였다. 평소 기복이 없던 남자가 어쩐 일이냐는 듯 의아한 얼굴이었다.

두 사람은 손님용 테이블에 마주 앉아 각자의 일을 하던 중이었다. 책을 읽다 깜빡 졸았던가. 서주는 피곤하면 쉬라는 연서의 염려를 장맛비 탓으로 얼버무렸다. 피로의 진짜 이유는 간밤의 고민 때문이겠지만, 구태여 걱정을 사고 싶지 않았다. 서주는 다시 책을 들었고 연서는 잠시 지켜보다 그녀의 노트로 눈을 돌렸다.

밖에는 비가 쏟아지는 중이었다. 일정한 빗소리와 습도가 가벼운 피로로 변해 어깨에 얹혔다. 시간이 조금 지나고 서주는 연서의 연필이 멈춘 걸 눈치챘다. 그녀는 동화 밑그림을 끄적이던 자세 그대로 꾸벅꾸벅 졸고 있었다.

서주는 조용히 의자를 옮겨 연서 가까이에 앉았다. 눈을 감은 옆얼굴에서 잔잔한 평화가 느껴졌다. 그 잔잔함이 좋아서 턱을 괴고 더 자세히 보았다. 그녀가 깨면 몸서리를 칠 거란 생각이 들어 웃음이 났다.

잔잔하다 못해 졸음이 쏟아지는 이 일상이 서주에겐 무엇보다 소중했다. 지금에 이르기 위해 서점에서 인내한 시간만 오백 년이다. 게다가 그는 영생을 살아가는 사람이고, 그녀는 수명이 정해져 있다. 이 생을 마치거든 또 다시 이별이다. 물론 서천 꽃밭의 힘으로 그녀가 이전 생을 기억하게 되었다고는 하지만, 기약 없는 기다림이야 다를 바 없다.

하긴 뭐. 그게 대수인가. 서주는 연서의 머리칼을 손가락으로 가볍게 쓸었다. 피부를 타고 부드러운 감촉이 전해졌다. 이렇게 있을 수만 있다면 나의 괴로움을 돌아볼 가치가 없다고. 서주는 그렇게 여겼다. 태생이 마루 밑의 그림자였고 귀신과 어울려 지냈다. 겨우 찾아든 태양과 사랑에 빠진 건 어쩌면 과분한 일일지도 몰랐다.

비록 영원이란 족쇄가 시시때때로 그의 영혼을 갉아먹고 있지만, 서주는 그녀와 함께 있을 수 있는 지금이 좋았다. 잃는다는 상상조차 두려울 정도였다.

"앗, 차가워."

문득 연서가 작은 탄성과 함께 깨어났다. 서주는 무심결에 그녀의 뺨을 쓰다듬던 손을 거두었다. 그리고 선천적으로 차가운 자신의 손을 원망하며 겉으로는 태연하게 말했다.

"미안해요. 뺨에 연필 자국이 났길래."

"정말요? 내가 엎드려서 잠들었어요?"

"거의 그랬다고 봐야죠. 기다려요. 닦아줄게요."

"이상하네. 고개만 떨군 것 같았는데…… 어머!"

연서가 그녀 앞에 있던 노트를 황급히 들었다. 연필로 그린 동그랗고 귀여운 동물 그림이 물에 번진 채였다. 다음에 출시할 동화의 귀중한 밑그림이었다. 그녀는 아직 스며들지 않은 물기를 소매로 닦고 미간을 좁히며 물었다.

"저, 침 흘렸어요……? 앗, 차가워!"

이번엔 그녀가 정수리를 문질렀다. 머리 위로 떨어진 물방울이 손에 묻어나왔다. 단잠을 깨운 진짜 정체였다. 두 사람은 동시에 위쪽을 보았다. 고풍스러운 서점의 천장, 대들보와 기와지붕의 골격이 멋스럽게 어우러진 사이. 그곳에서 물이 새고 있었다.

❖

　서주는 꽤 놀란 눈치였다. 그는 '모습이 보이지 않고 날아다니는 친구들'을 불러 곧바로 천장을 점검했다. 이윽고 허공에 귀를 기울이던 서주가 제법 심각한 표정을 지었다. 그의 친구들이 좋지 못한 소식을 전한 모양이었다.
　이 사태가 연서에게는 여러모로 의외였다. 특히 웬만해선 침착함을 잃지 않는 그가 눈에 띄게 놀란 점이 그랬다. 평소 영혼을 보지 못하는 연서가 무서워할까 봐 그녀 앞에선 영혼들과 대화하지 않는 서주다. 이렇게 망설임 없이 그들을 부른 건 처음 있는 일이었다.
　왜 저렇게까지 놀랠까? 아무리 잘 관리했다고 한들 여긴 오래된 건물인데. 오백 년 전부터 몇 번을 거듭 고쳤다지만, 낡을 대로 낡았을 터였다. 그 긴 시간 동안 누수가 한 번도 없었을까?
　문득 연서는 이 서점에 대해 잘 알지 못한다는 걸 깨달았다. 겉에서부터 신비로운 기운이 흐르는 장소. 주인을 닮아 차분한 분위기에 이야기로 가득한 서점. 때로 매혹적인 어둠이 존재하는 곳. 그게 이 서점에 대해 연서가 아는 전부였다.
　천장 점검이 끝나거든 연서는 이곳의 역사에 관해 물어보기로 마음먹었다. 마침 친구와 대화를 마친 서주가 연서를 향해 말했다.

"지붕 한쪽이 삭았다는군요. 상처를 치료하지 못해 피부가 썩은 것처럼요."

"상처? 무슨 일이 있었나요?"

"글쎄요. 그렇게 깊게 다칠 일이……."

그는 마치 사람을 대하듯 말했다. 서점에 대한 애정이 깊은 줄은 알았어도 다소간에 별났다. 그때 서주가 문득 테이블 위에 놓인 다과를 뚫어져라 쳐다보았다. 달콤한 과자에서 무언가를 연상한 모양이었다.

"……있었군요. 재작년에."

저승 서천의 꽃을 훔친 죄로 서주가 신의 분노를 샀던 날. 소녀 신 옥토의 칡덩굴이 그를 꿰뚫었다. 신벌(神罰)은 거기서 끝나지 않았다. 온 서점을 뒤덮고 부서뜨렸다. 무너지지 않은 게 용하다는 생각이 들 정도였다.

그래도 잘 고친 줄만 알았는데 아직 망가진 곳이 남아있었나. 연서는 그때를 떠올렸다. 이렇게나 부서진 건 처음이라며 서주가 걱정했던 것치고 수리는 빨랐다. 고작 며칠 사이 서점은 원래대로 멀쩡해졌다. 아마도 그의 친구들이 도와주었으리라. 그러지 않고서야 설명할 수 없는 속도였다.

"응급처치는 해두었습니다. 장마가 지날 때까지는 버틸 테니, 그간 수리할 방법을 찾아야겠어요."

"지난번에 썼던 방법은요? 그때 도와준 친구에게 부탁하면 어때요?"

"친구요?"

무슨 소리냐는 듯 서주의 눈이 커졌다. 방금 지붕 점검할 때 도와준 친구 말이에요. 그렇게 말해도 서주는 고개만 갸우뚱했다. 지난번 서점을 고칠 때도 도움을 받은 게 아닌가? 덩달아 눈을 크게 뜬 연서에게 서주가 곧 이해했다는 듯 웃었다.

"그땐 누구의 도움도 받지 않았습니다."

그렇다면 다 무너진 서점을 그가 고쳤다는 걸까? 연서의 궁금증이 꼬리를 물었다. 서주는 호기심에 물든 그녀의 눈을 보고 부드러운 목소리로 설명했다.

"이 서점에는 특별한 힘이 있습니다. 어지간한 흠집과 상처는 그날 밤에 저절로 고쳐져요. 사람이 자는 동안 몸의 손상을 회복하는 것처럼 말이죠."

평소대로 친절한 설명이었다. 다만 연서는 조금 다른 지점에 주목했다. '피부가 썩었다, 다쳤다, 몸의 손상을 회복한다' 전부 사람에 빗댄 표현이다. 연서는 왠지 서주에게 어떤 의도가 있다고 느껴졌다.

이 남자는 아는 사실을 곧바로 말하지 않고 두루뭉술하게 흘리는 경우가 많다. 듣는 사람이 더 궁금하다 못해 혼란을 느낄 때쯤 진실을 드러낸다. 연서가 표현하기로 그는 조용한 악동이었다.

스무고개로 끌려가고 싶지 않아 연서는 손톱을 만지작대며 일부러 딴청을 피웠다. 그러자 서주가 웃으며 테이블에 앉길 권했다. 이야기를 들려주겠다는 신호였다. 연서는 눈에 띄게 얼굴이 밝아지며 그의 곁으로 갔다. 스무고개는 싫지만, 낭독을 듣는 건 그녀도 무척 좋아하는 일이었다.

테이블의 향로에서 상쾌하고 조금은 달콤한 향이 퍼졌다. 책을 읽을 때면 서주가 늘 피워두는 종류였다. 연서는 간식을 기다리는 아이처럼 설레는 마음으로 자리에 앉았다. 그가 입을 열었다.

"이 서점에 관한 이야기를 들려드릴까요?"

연서가 주저 없이 고개를 끄덕였다. 서주는 잠시 물이 새던 천장을 올려다보았다. 어떤 처치인지는 몰라도 더 이상 물방울이 떨어지지 않았다. 과연 귀신같은 솜씨였다.

걱정되긴 하지만 우선 지금은. 서주는 작게 중얼거리며 서가로 갔다. 돌아왔을 땐 가까운 책장에 꽂혀있던 그의 기록서를 들고 있었다. 검은 비단에 싸인 고서적. 오랜 기간 수집한 온갖 이야기가 담긴 신비한 책이었다.

이 서점에 얽힌 특별한 이야기가 무엇일까? 연서는 눈을 반짝이며 낭독을 기다렸다. 느슨한 자세로 고쳐 앉은 서주가 나긋하게 말했다.

"들려드리죠. 꽤 오래된 이야기입니다. 어떤 서점에 얽힌⋯⋯."

퍼뜩 그가 말을 멈췄다. 이어서 부자연스러운 속도로 문을 향해 시선을 돌렸다. 무언가를 경계하는 듯한 태도였다. 왜 그러느냐고 물으려던 차에 연서는 문을 돌아보고 이유를 알 수 있었다.

현관문이 길게 삐걱대며 열렸다. 날카로운 종소리가 서점 안쪽까지 닿았다. 열린 현관 너머로 장맛비 속에 찾아온 손님이 보였다. 정체를 확인하기 위해 연서가 고개를 내밀자, 서주가 만류했다. 방문객이 인간과는 다른 어떤 존재란 의미였다.

서주는 연서를 자리에 앉혀두고 혼자 문 앞으로 향했다. 평소보다 조심스러운 태도였다. 방문객은 여전히 빗속에 선 채로 움직이지 않았다. 연서의 위치에서는 희끄무레한 형태로만 보여 괜스레 더 긴장되었다. 그런데 방문객의 얼굴을 확인한 서주가 문득 반가운 태도로 말했다.

"귀한 분이 오셨군요."

기다렸다는 듯 정체 모를 방문객이 서점 안으로 발을 들였다. 눈처럼 새하얀 여인이었다. 챙이 넓은 모자에 달린 긴 가림막조차 새하얗게 빛났다. 걸친 옷은 아마도 고려, 혹은 그 이전의 복식으로 보였다.

모자를 벗자 비로소 얼굴이 드러났다. 눈썹이 진하고 강단 있게 생긴 미인이었다. 서주가 정중한 태도로 맞이하자 그녀 역시 격식 있게 모자를 내밀었다. 빗속을 건너왔는데 신기하게도 온몸에 물기 한 점 없었다.

"오랜만일세. 서점에 좋은 향이 감도는군. 자네는 변함없이 아름답고."

기품 있는 외모와 잘 어울리는 우아한 말씨였다. 방문객은 나들이에 나선 선비처럼 느긋하게 서점 안을 돌아보았다. 그러다 안쪽에 있던 연서와 눈이 마주쳤다. 그녀는 서주가 손님을 맞이하는 걸 보고 덩달아 엉거주춤 일어선 참이었다. 뜻밖에 방문객이 연서를 알아보기라도 한 것처럼 묘한 반응을 보였다.

"그대는……."

연서가 알기로는 전혀 마주친 적 없는 상대였다. 손님은 서주를 한번 돌아보고, 다시 연서를 보았다. 그러더니 눈에 띄게 반가워하며 웃었다.

"먼저 온 객(客)이 있군."

낯 모를 신이 말을 걸었다.

❖

"강남대왕국 호구별성(戶口別星) 각시손님일세."

각시손님. 그녀의 이름을 들은 연서의 눈이 휘둥그레졌다. 각시손님이라면 만나본 적 없어도 익히 아는 인물이었다. 그녀를 비롯한 손님네는 마마, 즉 천연두를 관장하는 역신(疫神)*이다. 천연두가 오래도록 인류를 괴롭혀 온 만큼 그들의 이름 또한 온갖 설화로 남아 저명했다.

천연두는 걸리면 보름 내에 절명, 살아도 후유증이 극심하다. 왕이든 천민이든 가리지 않는 데다 번지는 속도도 빠르다. 그 힘이 역사를 바꿀 정도라 옛사람에겐 뿌리 깊은 공포로 남았다.

그런데 지금 연서 앞에서 태연하게 차를 홀짝이는 이가 그 공포의 대상이라니. 연서는 잔혹하기로 이름난 신의 얼굴을 흘끔 보았다. 곱고 수려했다. 어지간한 인간에게서 느낄 수 없는 고상함이 있었다. 각시손님은 찻잔을 내려두고 숨을 한 번 고른 뒤에 입을 열었다.

"오동나무 향로에 옥유향이라. 은자(隱者)** 흉내를 내는 것인가?"

---

* 역병을 퍼뜨리는 신.
** 산야에 묻혀 숨어 살며 벼슬을 피하는 사람.

테이블 가운데 피어오르는 향을 보고 각시손님이 부드럽게 웃었다. 서주 역시 미소로 화답했다. 친근할 정도는 아니지만, 적어도 이전에 좋은 관계를 형성한 사이로 보였다. 각시손님에게는 고요한 밤의 정취 같은 분위기가 흘렀는데, 의외로 호기심이 많았다. 그녀는 예고 없이 연서를 돌아보며 질문을 던졌다.

 "사사로운 정에 휘둘리는 이를 어찌 선비라 하겠나. 그래, 그대가 서점주인의 여자인가?"

 질문이 어찌나 명쾌한지 서주마저 당황하게 했다. 그는 떨어뜨릴 뻔한 찻주전자를 황급히 붙들었다. 다만 뚜껑이 덜그럭대는 공교로운 소리는 어쩔 수 없었다. 다음엔 고개가 뻣뻣해진 연서를 향해 어색하게 웃어 보였다. 그녀는 어쩌다 저런 말이 나왔는지 해명해 달라는 눈빛을 보내고 있었다.

 "……이 시대엔 어떤 인간도 소유물이 아닙니다. 다만 제가 기다리던 사람이 맞습니다."

 각시손님은 서주의 완곡한 답이 만족스러운 듯 고개를 끄덕였다. 남녀상열지사는 신이라도 흥미로운지 인자한 미소를 띤 채였다.

 이전에 두어 번 방문한 적 있다는 각시손님은 서점과 서주에 대해 제법 호의적이었다. 인간을 휩쓴 질병이 동시에 인간을 좋아하다니. 연서는 마냥 무서울 것만 같은 역신에게 의외의 기질을 느꼈다. 각시손님은 연서에 대해 끊임없이 궁금해했다. 어느 계절을 좋아하는지, 즐겨 먹는 음식이 뭔지. 소소한 질문이 계속 이어졌다. 향을 두 번 태울 만큼의 시간이 지나서야 그녀는 만족한 듯 물음을 멈췄다.

"마지막으로 볼 수 있어 좋군. 궁금했거든, 저 능청맞은 자를 사로잡은 게 누구일지."

서주가 되물었다.

"떠나시는군요. 강남국으로 가십니까?"

"나는 곧 소멸할 걸세."

돌아온 답은 뜻밖이었다. 본래 마마신은 때가 되면 압록강을 건너 이 땅을 떠나고 시일이 지나 돌아온다. 그런데 소멸이라니. 그녀가 입에 올린 말에 서주는 놀란 기색이었다. 정작 각시손님은 느긋하게 제 처지를 다시 전했다.

"뭘 놀라는가? 잊힌 신의 운명인데."

천연두는 분명 두려운 질병이었지만, 이젠 인류에게 정복당했다. 백신을 통해 종식되었고 몇몇 연구실에나 자료로 남았다. 이제 사람들은 마마신을 맞이하지도 배웅하지도 않는다. 그녀는 이야기책에나 등장하는 잊힌 신이었다.

소멸이라면 일종의 죽음이다. 그런데도 각시손님은 어떠

한 두려움도 없이 초연하기가 이를 데 없었다. 이미 운명을 받아들였거나 처음부터 거부할 생각이 없었거나. 연서는 위로를 전해야 할지 망설였고 서주는 가만히 각시손님의 찻잔을 다시 채워주었다. 붉은빛을 띤 찻물에 비친 제 모습을 잠시 바라보다 각시손님이 입을 열었다.

"그래도 이때가 되니 아쉽더구나. 나는 나의 업(業)과 순리에 따라 살았지. 길 밖으로 벗어나 본 적 없었어. 하여 밖에 무엇이 있는지 모른다네. 모르고 사라지겠지."

분명 담담했지만, 그녀의 눈빛엔 어떤 미련이 담겨있었다.

"밖의 이야기도 궁금하다만, 나는 옛 시절을 돌아보고 싶다네. 신은 인간처럼 주마등을 보지 못해. 그러니 자네가 내 이야기를 들려주겠나?"

그녀가 서주의 기록서에 사뿐히 손을 올렸다. 비에 젖은 꽃잎 같았다. 이전에 들렀을 때 각시손님이 서주에게 자신의 이야기를 들려주었고, 그걸 기록해 둔 모양이었다. 서주는 잠시 고민하다 연서에게 먼저 물었다. 원래 들려주려던 서점에 관한 이야기를 미뤄도 괜찮겠냐고. 물론 연서는 흔쾌히 동의했다.

기록서의 장이 팔랑이며 넘어갔다. 여러 이야기가 종이 위로 지날 동안 향로의 연기가 쉼 없이 피어올랐다. 빗소리가 이어졌고 주변의 습도가 녹지근했다. 이토록 온갖 감각이

들어차 있는데도 연서는 역신의 얼굴에서 불현듯 쓸쓸함을 느꼈다.

이윽고 밀도 있는 공기를 흐트러뜨리며 옛이야기가 흘렀다. 먼 과거, 봄을 앞둔 어느 겨울의 일이었다.

역춘(疫春)
: 역병의 봄

상여꾼은 곡을 하고, 목공은 관을 짜고, 무당이 굿을 하는 동안 의원은 일이 없었다.

역병이 들이닥친 겨울은 이토록 가혹했다. 가난해도 활기 넘치던 작은 마을은 폐허가 되었다. 거리는 텅 비고 길가에 시체가 나뒹굴었다. 안쓰러운 몰골이었으나 거둘 사람이 없었다. 그들 또한 손끝이 썩어가는 중이었다.

마마는 혹독한 질병이었다. 걸렸구나, 깨달았을 때면 이미 농포가 온몸을 뒤덮은 뒤였다. 순식간에 열이 올라 밤낮을 구별 못 했다. 정신이 까마득해졌다가 겨우 헛소리 몇 번 지껄이고 나면 저세상. 고작 열흘 만에 사람이 팩팩 죽어나갔다.

그러니 손님네에게 설설 기는 수밖에 없었다. 어느 마을 사공은 각시손님을 희롱하여 머리통을 잃었고, 어떤 마을 부자는 손님네를 푸대접해 아들이 쇠침에 찔려 죽었다던가. 마마를 옮기는 역신들은 인간의 사정을 봐주지 않았다. 그들은 온 나라를 떠돌아다니며 공포를 전염시켰다. 북쪽의 부여국에서부터 남쪽 끄트머리 사로국까지 두려워하지 않는 이가 없었다.

다만 시대를 막론하고 겁을 상실한 인간은 있기 마련이다. 젊은 의원 하나는 길에 나동그라진 병자들을 제집 앞마당에 끌어모았다. 누울 자리를 봐주고 씻을 물을 데웠다. 그는 병자들의 숨이 넘어가기 직전까지 그들을 돌봤다.

정성이 갸륵하였으나 마을 사람들은 그를 탐탁지 않게 여겼다. 마마는 손님네가 내린 벌이니 치료하려 애쓰는 건 그들 심기를 거스르는 일이라면서. 이 같은 생각 때문에 겨우 살아 돌아온 아들을 잡아 죽인 아버지도 있었다. 핏덩이 같은 자식이지만, 너로 인해 가족 모두가 개죽음당할 수 없는 일이라 울부짖었다 했다.

의원은 그들을 이해할 수 없었다. 신벌이라고? 이건 질병이다. 고뿔에 생강을 쓰고 배앓이에 민들레를 쓰듯 치료할 방도가 있을 터다. 그는 끓어오르는 분노를 매일 꾹꾹 눌러 다스렸다. 누가 그에게 신이 두렵지 않으냐 물었을 때, 딱 한

마디 던져주었다.

「그 귀하신 손님네, 얼굴 한 번 봤으면 좋겠네요. 모가지를 콱 꺾어버리게.」

그가 두려워하는 건 오로지 무력함뿐이었다. 재앙 앞에서 의원이 할 수 있는 일은 없었다. 병자들이 죽을 때마다 그는 살리지 못해 괴로웠다. 어떻게든 치료할 방법을 찾아보고자 낮엔 병자들을 돌보고 밤엔 마마를 연구했다. 동서고금의 지식을 수집하고 약초를 모았다. 그러나 무엇도 쉽게 달라지는 건 없었다.

그러던 어느 늦은 밤, 그는 불현듯 잠에서 깼다. 맞은편 창호 문이 열린 채로 덜그럭거리고 있었다. 방금 들은 게 문 열리는 소리가 맞구나 싶어 의원은 부랴부랴 몸을 일으켰다. 다음엔 열린 문 안으로 들어서는 이를 보고 크게 놀랐다.

흰옷을 입은 여인이었다. 백옥 같은 얼굴에 아미라 부를만한 진한 눈썹이 고왔다. 흰 비단 장삼에 늘어뜨린 머리카락 위로 달빛이 흘렀다. 하늘에서 내린 선녀가 이렇게 생겼을까? 그는 갑작스러운 불청객에 놀라고 그녀의 미색에 또 놀랐다. 염통이 제멋대로 내려앉으니 의원으로서도 당혹스러운 지경이었다.

그러자 멍하니 앉은 그에게 여인이 웃음기를 머금고 물

었다.

「손님 오셨거늘 마중도 없는가.」

온화하기 그지없는 목소리가 찬 겨울바람처럼 들렸다. 뜻을 알아들은 의원은 찬물을 맞은 듯 정신이 번쩍 들었다. 이 여인, 사람이 아니구나. 이어서 본능적인 공포가 엄습했다. 그는 급히 손을 뻗어 한쪽에 둔 활과 화살을 치켜들었다.

그의 모든 행동을 여인은 호기심 어린 눈으로 지켜보기만 했다. 범을 향해 짖는 하룻강아지 정도로 여기는 눈초리였다. 의원은 팽팽해진 활시위를 다시 당기며 물었다.

「누굽니까. 사람, 아니죠?」

「자네가 그리도 미워하는 역신일세. 보았으니 어쩔 텐가. 모가지를 콱 꺾어놓을 텐가?」

그녀의 정체에 의원은 정신이 아득해졌다. 손님네가 진짜 있다는 것도 놀라운데 하필 가장 변덕스럽고 가혹한 각시손님이라니. 식은땀이 흘러 활시위를 잡은 손이 젖어들었다. 그는 동요가 드러나지 않게 이를 꽉 물고 다시 말했다.

「역병이 사라진다면 못 할 것도 없습니다.」

사람을 살릴 수 있으면 신이라도 죽이겠다고. 의원은 불경하기 그지없는 뜻을 고했다. 각시손님은 웃음기가 가셨고 흑요석 같은 눈을 빛냈다. 찬찬히 턱을 들고 물었다.

「그깟 화살로 내 심장을 내어가겠다고?」

이번엔 질문 따위가 아니었다. 그녀는 답을 기다리지 않고 부드러운 숨을 후 불어 날려 보냈다. 그 숨에 닿자 의원은 타는 듯한 고통을 느꼈다. 뜨겁고, 쓰렸다. 속을 갈퀴로 긁어내는 듯했다. 몸뚱이가 곧 무너지듯 꺾여 바닥에 나뒹굴었다. 괴로워하는 그에게 각시손님이 한 걸음 다가와 물었다. 내려다보는 눈이 차갑기 그지없었다.

「어떤가. 거죽을 긁다 못해 뜯어내고 싶지 않은가? 창자가 들끓고 팔다리가 뒤틀리지 않는가? 실은, 물을 게 있어 찾았다네. 자네 말이야, 왜 그리 애쓰나? 어차피 죽을 목숨을 왜 붙잡는 겐가?」

열기에 입이 말라붙어 의원은 쉬이 답하지 못했다. 각시손님은 김이 샌 듯 발끝으로 그의 어깨를 툭 쳤다. 먹지 않을 사냥감을 대하는 고양이 같았다. 반응이 돌아오지 않자 그녀는 지루한 표정으로 돌아섰다.

의원은 고통에 빠진 채로 멀어지는 발소리를 들었다. 터진 농포에서 죽음의 냄새가 진하게 흘렀다. 어릴 적 잠깐 앓았던 마마와는 비교도 되지 않는 아픔이었다. 열이 끓고 오감이 꺼져갔다. 그러나, 그는 다시 한번 정신을 붙잡았다. 해야 할 일이 있었다. 집요하게 여인의 등을 응시하며 몸을 일으켰다. 문지방까지 세 걸음, 놓쳐서는 안 된다는 생각이 들었다.

왜 살리느냐고? 공교롭게도 이는 의원이 스스로에게 수없이 물었던 질문이었다.

온 힘을 다해 그는 다시 활을 치켜들었다. 이토록 의미 없는 일을 하는 이유가 무엇인가. 무력해서 죽고 싶던 어느 밤에 그는 답을 깨우쳤다. 창호 너머로 병자들의 신음이 이어지고 있었다. 생의 끄트머리를 붙잡고 늘어지며 살고 싶다고, 그리 울었다. 동이 틀 때까지 이어진 신음에 의원은 결국 눈물을 흘렸다.

「그들이 나를…… 살렸으니까.」

끈질기고 억척스러운 그 소리가 내일도 이어질지 알고 싶어 살았다고. 의원은 그리 말했다. 돌아본 각시손님은 그의 답을 어찌 여기는지 오묘한 표정이었다. 그러다 입꼬리를 끌어올리며 말했다.

「저런, 오늘 밤은 이다지도 고요한데. 그들이 자네를 잊었나 보군.」

「아니, 기억해. 내 손짓, 몸짓, 눈빛까지 전부.」

몸 안에서 치미는 열기에 화살 끝이 흔들렸다. 그는 머리를 한 번 털어내고 말을 이었다.

「그러니까 난, 죽어도 살아.」

씹어뱉은 말을 끝으로 의원이 활을 쏘았다. 날카로운 화살촉이 여인의 가슴에 파고드는 걸 보며 그는 앞으로 쓰러졌다. 이젠 앞이 보이지 않았다. 다만 찬바람이 피부에 닿는 건 느낄 수 있었다. 마지막으로 그는 다른 방에 있는 병자들을 염려했다. 곁에 화로를 피워두었던가, 날이 이리 추운데…….

그때 환청처럼 각시손님의 목소리가 들렸다.

「기억이라. 재미있는 말을 하는구나.」

불현듯 의원의 목덜미에 서늘한 감촉이 들었다. 몸을 달구었던 열이 그곳으로 순식간에 빠져나갔다. 농포가 사라지고 터진 석류알 같던 얼굴도 원래대로 돌아왔다. 그는 놀란 숨을 가쁘게 들이켜며 고개를 들었다. 그림 같은 미소가 코앞이었다.

「흥이 졌군. 이제 매일 밤 나를 기억하겠어.」

이 말을 끝으로 각시손님은 연기처럼 사라졌다. 의원은 얼른 목덜미를 훑었다. 그녀의 손이 닿은 자리에 우툴두툴한 곰보 자국이 만져졌다.

좀 전의 일이 도무지 꿈같아서 의원은 다시 잠을 이루지 못했다. 쏘았던 화살은 바닥을 굴렀고 달빛은 여전했다. 방 안에 흐트러진 것이 없었다. 다만 그녀가 마지막 남긴 말이 잊히지 않아 그는 열린 문을 한참 바라보았다. 도무지 흉터를 남긴 꿈은 처음이었다.

꿈으로 여기려는 노력이 무색하게 각시손님은 다음 날부터 수시로 의원을 찾아왔다. 하는 짓은 대수롭지 않았다. 병자 너머에 쭈그려 앉아있고, 읽던 책 귀퉁이에 그림을 그리고, 의원이 밥술 뜨는 걸 빤히 바라보았다.

「자네는 항시 바쁘군. 나를 재밌게 해줄 생각은 없는가?」

꽤 신경 쓰일만한 물음에도 의원은 무시로 일관했다. 각시손님이 농을 걸어도 답하지 않았다. 다만 계속 경계했다. 저 여인의 정체를 알게 된 이상 응당 그럴 수밖에. 하루빨리 그녀가 흥미를 잃고 떠나길 바랄 뿐이었다.

이토록 조심했어도 사고는 찰나에 벌어졌다. 그가 한눈을 판 사이 지저분한 작은 손이 각시손님의 치맛자락을 붙잡았다. 고열에 정신이 흐린 소녀였다. 다 죽어가는 목소리로 소녀가 물었다.

「어머니?」

혼미한 중에도 죽은 어미를 찾더니 결국 사달이 난 셈이었다. 얼마나 열이 끓었는지 소녀는 답도 듣지 못하고 까무러쳤다. 각시손님은 가만히 손이 닿은 자리를 내려다보았다. 눈부시게 흰 비단 치마에 검은 손자국이 선명했다. 더럽고 불경해 보였다. 각시손님이 말했다.

「이런 애를 낳은 기억이 없는데.」

말릴 새도 없이 각시손님의 흰 손이 작은 이마에 내려앉았다. 놀란 의원이 다급히 그녀를 떼어놓았지만 소녀는 움직임이 없었다.

「어린아이잖아요!」

「역병이 나이를 가리진 않지. 죽음이 그러하듯.」

자비 없는 대답에 의원은 피가 식었다. 그깟 비단 더럽힌 게 목숨을 내놓을 일인가? 다음엔 가슴에서 울컥 열이 솟았다. 사람이나 신이나 측은지심 없기로는 마찬가지구나. 그동안의 울화가 한꺼번에 치솟아 그는 각시손님에게 비난을 퍼부었다.

「사람들은 손님네만 찾아대며 살려달라 비는데, 당신은, 당신은…… 자비라고는 없습니까!」

잔인무도한, 무자비한, 선심이라곤 모르는. 의원의 말을 따분한 표정으로 듣던 각시손님이 입을 열었다.

「의원이나 되어 눈보다 혓바닥이 먼저로군. 병자를 살필 생각은 않는가.」

그녀의 말에 의원은 황급히 소녀를 살폈다. 놀랍게도 농포는 가라앉고 열이 떨어진 채였다. 잠든 얼굴 역시 한결 편안한 표정을 띠고 있었다.

주변의 병자들 또한 그랬다. 고통에 찬 신음이 누그러지고 비틀림이 잠잠해졌다. 분명 마마를 뿌리고 거두는 손님네의 힘이었다. 멍하니 선 의원에게 각시손님이 말했다.

「마마는 작게 앓고 나면 다시는 들지 않아. 의원 선생, 생채기 하나에 벌벌 떨지 마시게나.」

하여간에 이상한 여인이었다. 그 이후로도 종일 곁을 맴돌며 참견하다, 잠잠하게 앉아 먼 곳을 보다, 돌연 날리는 눈을 붙잡으며 즐거워했다. 도무지 가늠할 수 없어 자꾸 지켜보게 되었다. 기품이 흐르는 자태로 안색은 황량했고, 고고한 거목 같으면서도 바람에 쓸릴 흰 나비 같았다. 어느 것에도 잡히지 않을 거면서 기척은 외로웠다. 몇 발짝 뒤에서 지켜보고 있자면 금방 돌아보곤 함박꽃처럼 웃었다.

자꾸 눈에 밟혔다. 예측할 수 없으니 궁금했다. 말을 붙이고 싶어졌다. 그저 호기심, 단지 경계심. 의원은 울렁이는 마음을 그렇게 정의했다. 그 이상은 망상으로 두었다. 그녀에게 가닿지 않았다. 아무렴 의원이 어찌 역병을 사랑할까.

그렇게 정처 없는 시간이 흘러 마을엔 역병이 잦아들었다. 의원의 간병을 받은 병자들은 대부분 자리를 털고 일어났다. 사람들은 마침내 그를 인정하고 칭송했다. 지극정성에 천지가 감동했든 귀신같은 솜씨로 역병을 다스렸든, 어느 쪽이든 그는 칭찬받아 마땅하다고 입을 모았다.

병자들이 누워있던 앞마당에 과일과 곡식이 놓였다. 의원은 고혈을 받아먹을 수 없다며 돌려주러 다녔다. 각시손님은 흡족한 미소를 띠고 그를 지켜보았다. 의원의 근질거리는 입꼬리도, 애써 담담한 척 찡그린 미간도. 사람들의 감사를 받으며 맑게 웃는 것까지 전부 눈에 담았다.

그러다 마당에 눈이 소복하게 쌓인 어느 날에 그녀가 의원에게 말했다.

「나는 이제 떠나려 하네.」

「……떠나다니요?」

「뭘 놀라는가? 역병이란 본래 떠도는 것인데. 가을이 지고 겨울이 온 것처럼 나도 떠나야지.」

눈에 덮인 세상은 고요하여 목소리가 똑똑히 들렸다. 예상은 하였으나 예고는 없던 작별 인사였다. 하얀 눈밭에 선 백옥 같은 여인이 아득하게만 보였다.

「바람이 매서워도 꽃향기를 머금었으니. 곧, 봄이 올 거야.」

질긴 고뿔처럼 들러붙더니 이토록 쉽게 떠난다고. 마음이 울렁이는 바람에 의원은 말을 꺼내지 못했다. '이제야 떠난다니 잘되었다', 혹은 '남아주길 바란다' 그중 어떤 게 제 마음인지 갈피를 잡을 수 없었다. 뱉은 건 단지 평범한 원망이었다.

「본래 그렇다, 순리일 뿐이다……. 올 때나 갈 때나 제멋대로십니다.」

「반길 줄 알았는데? 그래, 순리인 게지. 지독한 역병도 한철이라네.」

신과 인간 사이에 운명보다 단단한 끈이 있던가. 의원은 각시손님이 말한 순리에 대해 도무지 반박할 수 없었다. 그러나 머리로 그렇게 이해한다 한들 소란스러운 마음은 그대로였다. 그는 차마 그녀를 시원스레 보내지 못했다.

그때 문득 창호에 걸어둔 겨우살이가 보였다. 역귀를 잡는 부적이었다. 이까짓 걸로 신을 붙잡을 수 있을 리가 없는데도, 그는 마지막 희망이라도 되는 양 겨우살이를 뜯어냈다. 그리고 각시손님의 머리칼에 꽂아 장식해 주었다. 하얀 진주알 같은 열매가 바람결에 반짝이며 덩달아 여인의 까만 눈도 흔들렸다. 간절한 듯 나직한 목소리로 의원이 말했다.

「아직 겨울입니다.」

짧은 말에 묶인 채로 각시손님은 발을 떼지 못했다. 터무니없게도 고작 겨우살이가 신을 붙잡았다. 눈이 내렸고, 바람이 시렸다. 둘은 겨울의 한중간에서 한참을 머무르며 서로를 마주보았다.

그러나 역병이란 본래 떠도는 것. 인간의 마음 하나가 세상의 이치를 거역할 수는 없었다. 그들은 얼마간 함께 더 시간을 보냈으나 각시손님은 곧 다시 작별을 고했다. 이번에야말로 의원은 담담하게 그녀를 배웅했다.

「가십니까.」

「이젠 정말 가야 하네. 강이 녹으면 늦어.」

「밥 한술 뜨시지 않고요.」

「먹어본 적이 없는데도.」

「……이 약초, 넣어두십시오. 발이 짓물렀을 때 바르는 겁니다.」

「방랑객 생활 천년에 발병 날까 걱정해 주는 건 자네가 처음이로군. 내가 역신이라는 걸 잊은 겐가?」

「그냥 받으세요. 제 마음 편하자고 하는 짓입니다.」

이런 약초 따위라도 건네야 이별을 받아들일 일이다. 의원은 씁쓸한 표정으로 약초 꾸러미를 각시손님의 손에 쥐여주었다. 그러자 평소 이렇다 할 반응을 보이지 않던 각시손님이 그 손을 붙잡고 말했다.

「돌아오겠네.」

평소와 다르게 마음이 배어난 목소리였다. 의원은 참을성 없이 되물었다.

「언제요?」

「얼어붙은 강을 건너 봄꽃이 핀 들판을 지나, 억센 장맛비를 참아내고 낙엽 내리는 오솔길을 걸어서……. 겨우살이가 다시 열매를 맺을 때쯤, 내 자네를 보러 오겠네.」

사계절과 같은 작별을 끝으로 각시손님은 길을 떠났다. 사박거리는 발소리가 들리지 않을 때까지 의원은 그 자리에 서 있었다. 그녀는 돌아보지 않았고, 그는 뛰어가 끌어안고 싶은 걸 참았다. 흑단 같은 머리칼에 꽂힌 겨우살이가 멀리서도 빛났다.

한편 두 사람의 일과는 무관하게 마을에는 새로운 바람이 불고 있었다. 역병을 피해 떠난 이들이 돌아왔고, 그중 마을을 다스리는 관리도 있었다. 역병 소식을 듣자마자 꽁무니를 빼더니, 그간 긁어모은 재물로 좋은 시간을 보냈는지 얼굴에 한층 기름기가 돌았다.

「임금님도 벌벌 떠는 마마를 다스려? 그 비결이면 궁궐 한 채와도 바꿀 수 있을 것인데?」

사람 목숨을 엽전으로 세는 인간답게 관리는 셈이 빨랐

다. 천하를 호령하는 황제도 두려워하는 게 마마인데, 그걸 다스릴 힘이라니. 값어치를 매기기에도 황송했다.

관리는 서둘러 연회를 벌였다. 떨떠름한 표정을 한 의원을 불러다 곁에 앉혀두고 공치사를 아끼지 않았다. 귀한 술을 권하고 산해진미를 대접했는데, 촌놈 눈이 돌아가는 꼴을 보고야 말겠다는 듯 끈질겼다.

성화에 못 이긴 의원은 술 몇 잔을 연거푸 들이켰고 이내 얼굴이 달아올랐다. 그러자 관리는 은근슬쩍 속내를 꺼내 보였다.

「의원 양반, 마마를 다스린 비결이 뭔가?」

의원은 눈을 껌뻑이더니 작은 한숨을 섞어 답했다.

「그런 건 없습니다.」

다시 물어도 답은 같았다. 금은보화에 고래 등 같은 기와집을 주겠다고 해도 변함없었다. 끝끝내 의원은 관리가 원하는 답을 내놓지 않고 자리를 떴다. 신분의 격차를 생각하면 경을 쳐도 모자랄 일이었지만, 관리는 성내지 않았다.

어디 아랫것들 다루는 방법이 하나뿐이랴. 사람 마음을 얻기는 어려워도 배를 갈라 심장을 꺼내기는 쉽다. 관리는 음산하게 웃으며 다음을 도모했다. 그는 본래 쉬운 길을 좋아하는 자였기에.

❖

 의원의 집 마당엔 아직 눈이 소복하게 쌓여있었다. 마루에 앉아 내다보니 오간 사람의 발자국은 하나뿐이었다. 의원은 언뜻 쓸쓸함을 느꼈다. 내가 이리도 참을성 없는 자였던가. 그가 겨울의 마른 공기를 뒤로하고 방에 들어가려던 참이었다.
 거친 수레바퀴 소리가 빠르게 가까워졌다. 이내 한 무리의 사람이 앞마당에 뛰어들었다. 가장 앞선 사내가 달려들어 의원의 멱살을 잡고 외쳤다.
「다 나았다며. 다시는 안 걸린다며! 그런데 이 꼴이 뭐야!」
「갑자기…… 왜 이러시는 겁니까?」
 분명 마마를 앓던 소녀의 아버지였다. 참을성 있게 병을 견뎌내고 어머니를 그리워하던 소녀. 그 소녀의 아비가 울분을 쏟아내었다.
「네가 건드린 사람들, 다 죽었어. 눈, 코, 입, 귀! 구멍마다 피를 쏟아내면서!」
 의원의 손을 거쳐간 사람들이 전부 죽었다고, 순식간에 열꽃이 피더니 비명도 내지 못했더라고. 느닷없는 말에 의원은 멍한 표정만 지었다.
 끌고 온 수레엔 여러 구의 시신이 놓여있었다. 고통에 일그러진 얼굴, 살이 뭉그러진 흉터가 언뜻 마마의 흔적 같았다. 다만 어떤 위화감이 들어 살피려는데 누가 의원의 어깨를 잡아챘다. 관청의 군졸들이었다. 이어 관리가 뒤따라 들어와서는 의기양양하게 말했다.

「으흠, 그대에 대한 원성이 자자하던데. 내가 그대를 아끼지만, 공과 사는 구분해야 도리 아니겠나?」

곧장 관청으로 끌려간 의원에게 혹독한 매질이 이어졌다. 엎어지면 머리채를 잡아 다시 무릎 꿇렸다. 사방으로 피가 튀었다. 마을 사람들은 그를 둘러싸고 지켜보는 중이었는데, 그 비참한 광경에도 말리는 이가 없었다. 언젠가 그에게 고마움을 표했던 이들은 이제 그를 원수로 여겼다. 조롱을 퍼붓고 침을 뱉었다. 의원은 부어올라 잘 보이지도 않는 눈으로 그들을 곁눈질했다. 가족을 잃은 심경이 오죽하겠느냐마는, 그래도 잠깐 믿어줄 짬이 없었을까. 서글픈 마음이 들어 그는 고개를 떨궜다.

관리는 가장 높은 자리에서 그 모두를 지켜보며 우스워했다. 이윽고 친히 의원 곁에 와서 속삭였다.

「이보게, 어서 마마를 고친 비결을 말하게. 나야 없으면 아쉬울 뿐이지만 자넨 개죽음 아닌가?」

이번에도 의원은 고개를 가로저었다. 주고 싶어도 안 될 일이었다. 가져보지 못한 걸 어떻게 내놓는단 말인가. 그가 끝내 입을 열지 않자 관리는 분한 듯 그를 걷어찼다. 옆으로 쓰러진 의원은 몽롱한 정신으로 그녀를 떠올렸다.

떠난 뒤에 이런 일이 벌어져 차라리 다행이었다. 알았다면 가만있지 않았을 테니까. 다시 죽음을 뿌렸을지도 모르지. 그런 뒤엔 그 무게에 한숨 지었을 테고. 제 손에 묻은 피를 한참 동안 닦아내었을 것이다.

의원은 다시 피를 한 번 토하고 지그시 눈을 감았다. 지금의 일에 원망은 없다. 그러나 다시 돌아온다던 여인을 보지 못하는 게 아쉬웠다. 짙은 피비린내 속에서 그는 눈을 감았다.

그때 익숙한 바람이 그를 깨웠다. 아는 향기가 났다.

「손님 오셨거늘 내다보지 않고. 도무지 마중할 줄 모르는 사내로다.」

봄의 단내를 감춘 겨울 내음. 힘겹게 눈을 뜨자 멀리 문간에 선 여인이 보였다. 새하얀 옷에 고운 낯, 각시손님이었다. 불청객의 등장에 흥이 깨진 관리가 새된 소리로 명했다.

「누구냐! 누가 감히 허락도 없이 관청 문을 열었느냐!」

군졸들은 명령에 따라 삽시간에 각시손님을 에워쌌다. 치켜든 칼에서 바람 우는 소리가 났다. 당장이라도 덤벼들 흉흉한 기세에도 각시손님은 동요하지 않았다. 단지 우아한 몸짓으로 턱 끝을 살짝 들며 말했다.

「나는, 역병이다.」

곧이어 산들바람 같은 숨결을 타고 역병이 몰아쳤다. 끔찍한 비명이 터져 나왔다. 그 자리에 있던 모두가 숨결이 닿은 자리부터 썩어들어 갔다. 농포가 얼굴을 뒤덮고 피고름이 흘렀다. 많은 사람들이 저마다 팔다리를 버둥대며 나뒹구는 꼴이 지옥도 같았다. 고고한 여인은 그들의 괴로움을 지켜보며 지엄하게 물었다.

「마을 어귀에서 송장 한 구를 보았다. 독을 먹어 죽었거늘, 밀랍을 발라 마마 흉내를 냈더구나. 손님 무서운 줄 모르고 누가 감히 장난인가?」

그러자 놀란 생쥐처럼 관리가 뒤로 주저앉았다.

「소, 손님이라고? 그런 게 진짜 있다고?!」

그의 반응에 각시손님은 부드러운 미소로 화답했다. 너로구나. 새하얀 손이 관리를 향해 뻗쳤다. 죽음을 예상한 관리가 돼지 먹따는 소리로 비명을 질러댔다. 처절했지만 신의 분노를 다스리기엔 몹시도 부족했다. 역병의 손길이 뻗치려 할 때였다.

「안 됩니다!」

겨우 몸을 일으킨 의원이 소리쳤다. 피 칠갑을 한 손으로 각시손님을 붙잡고 말했다. 부아를 다쳤는지 새근대는 소리가 뒤섞여 있었다.

「죽이지 마세요. 다른 사람들도요. 제가 살린 이들입니다.」

「자네를 죽이려 하였어.」

「내가 죽어도…… 죽이지 마세요.」

그가 그녀의 심장을 쏜 날처럼 곧은 눈을 하고 말했다.

「의원한테 죽일 놈은 없습니다.」

고집스러운 그의 태도를 각시손님은 가만히 보았다. 어찌 이리 미련하고 방자한가. 감히 신을 두 번이나 붙잡다니. 제 목숨은 가볍게 여기면서 남의 목숨은 중한, 애쓰는 꼴이 우습고, 궁금하고, 애틋한 인간.

각시손님은 결국 관리를 향한 손을 거두었다. 그리고 의원을 붙잡아 일으켜주었다.

문득 그의 목덜미에 난 흉이 보였다. 생각보다 진하게 남아있었다. 각시손님이 물었다.

「저들은 이제 자네를 기억하지 않겠군. 밤마다 어찌 살 것인가?」

그가 소년처럼 맑게 웃으며 답했다.

「당신이 기억하겠죠.」

사소하고도 탐욕스러운 바람에 각시손님이 툭 웃음을 흘렸다. 그리고 어깨를 나란히 한 채로 걸으며 생각했다. 이대로 돌아가 차 한잔 나누고 다시 길을 떠날까. 아니야, 이미 땅

거미가 내려 길에 오르기엔 좋지 않겠어. 의원은 제 몸을 못 돌보는 법이니 조금만 더 지켜볼까. 더도 말고 상처가 나을 때까지만.

그러나 섬뜩한 소리가 발길을 잡아 세웠다. 육신이 꿰뚫리는 서걱거림이었다. 곧 각시손님 옆에 나란하던 남자가 무너졌다. 뒤에서 찌른 칼이 명치께에서 머리를 드러냈다.
「호호, 역병을 퍼뜨린 요괴가 맞았구나! 셈을 다시 해보자고. 네놈들의 목을 임금님께 진상해야겠다!」
관리가 껄껄대며 웃었다. 칼을 뽑자 의원은 속절없이 앞으로 쓰러졌다. 칼끝이 이번엔 각시손님을 가리켰지만, 그녀는 미동하지 않았다. 단지 몸을 웅크리고 앉아 의원의 얼굴을 들여다보았다. 그는 이미 숨이 끊어진 채였다.

각시손님은 죽은 의원의 미간을 손끝으로 펴주었다. 여태이리도 걱정이 많군. 답이 돌아오지 않을 말은 안으로 삼켰다. 그리고 답이 필요치 않은 말을 밖으로 흘렸다.
「죽일 놈이 없다…… 단 하나도?」
천천히 몸을 일으킨 각시손님이 대문을 향해 걸었다. 한 발짝 떼자, 관리가 비명을 질렀다. 두 발짝 떼자 고꾸라졌다. 세 발짝에 농포가 얼굴을 뒤덮었고 네 발짝엔 온몸에 열꽃이 피었다. 다섯, 여섯, 일곱 발짝엔 팔다리가 썩어 문드러졌다.

각시손님이 대문 앞에 섰을 때 그는 열두 가지 병신이 되었다. 바닥을 기며 울부짖는 소리가 축생과도 같았다.

관청을 나선 각시손님은 다시 길에 올랐다. 눈밭에 서자 비단신 안으로 찬 기운이 들었다. 문득 품에 넣어둔 약초가 떠올랐다. 천 리쯤 걸으면 발병 날까? 조금 우스워졌다.
인간의 생은 짧다. 원래 그러한데 더 줄었다고 하여 슬퍼할 필요는 없다. 각시손님은 고요한 걸음으로 겨울밤에 접어들었다. 몇백 몇천 번을 걸었던 길이 유난히 길게 느껴졌다. 봄이 언제고 오지 않을 것만 같았다. 새하얀 눈밭에서 돌아보니 발자국이 하나뿐이었다.

평소대로면 서주의 낭독이 끝난 뒤에 이런저런 대화를 나누었겠지만, 연서는 쉽게 감상을 꺼낼 수 없었다. 이 비극적인 이야기의 주인공이 하필 곁에 앉아있기 때문이었다. 남의 여린 살을 허락 없이 꺼내 본 것 같아 괜스레 미안한 마음마저 들었다.
막상 주인공인 각시손님은 담담했다. 생각에 잠긴 듯 잔잔하게 고개를 끄덕일 뿐이었다. 서주가 찻주전자를 다시 데워

온 뒤에야 그녀가 입을 열었다.

"인간들은 환생이란 걸 한다지."

"그렇습니다만, 곧 떠나실 분께 재회를 추천하고 싶진 않군요."

넋두리 같은 물음과 여지 없는 대답이었다. 조금은 냉정하게 느껴질 정도였다. 연서는 당연히 그가 각시손님을 도와주리라고 예상했기에 내심 놀랐다. 사실 서주야말로 몇 세기를 기다림으로 보내지 않았는가. 그렇다면 사랑하는 이를 다시 만나고 싶은 심정을 누구보다 잘 이해할 텐데.

같은 이유로 연서 역시 남 일 같지 않았다. 몇 번의 환생 끝에 함께 보내는 이 시간이 얼마나 소중하던가. 그녀는 조금이라도 도와주고 싶어 서주에게 물었다.

"차사님에게 물어보면 환생했는지 알 수 있지 않을까요?"

서점에 자주 드나드는 저승차사는 산 사람의 인적 정보가 담긴 명부를 지니고 있다. 게다가 이승과 저승을 오가며 영혼들을 만나곤 한다. 연서는 의원의 환생을 찾는 데 분명 그의 도움을 받을 수 있으리라 여겼다. 그러나 연서의 질문에 서주는 다소 무심하게 대답했다.

"추천하고 싶지 않습니다만."

"어떤 방법이라도 있는 겐가?"

두 사람의 대화를 얼핏 들은 각시손님이 물었다. 그 눈빛이 간절해서 연서는 더욱 외면하기 어려워졌다. 그녀는 잠시 망설이다 털어놓았다.

"여기를 자주 방문하는 손님 중에 성격 나쁜 저승차사가 있는데, 물어보면 찾으시는 분의 위치를 알려줄지도 몰라요."

"그게 정말인가?"

"이승의 영혼을 모두 관리하거든요. 만약 그 의원이 지금 환생해서 살아가는 중이라면……."

"차사가 도와준대도, 어떤 대가를 요구할 줄 알고요?"

방금 전보다 가라앉은 목소리로 서주가 끼어들었다. 희미한 변화였지만 표정도 굳은 채였다. 연서는 그가 일종의 경고를 보내고 있다는 걸 눈치챘다. '신과의 거래는 꼭 대가가 따른다'. 이는 서주가 종종 경각심을 심어주던 규칙 중 하나였다.

다만 이럴 때 연서는 안전하게 선을 넘는 방법을 하나 알고 있었다.

"그럼, 당신이 도와줘요. 같은 처지에 인정머리 없게 굴지 말고요."

"……."

유달리 남의 일에 적극적인 연인을 보며 서주가 옅은 한숨을 지었다. 예상대로 되고 말았다는 의미로 들렸다. 그는 어쩔 수 없다는 듯 집무실에서 무언가를 꺼내왔다. 응접용 테이블에 내려놓은 건, 금빛 천에 돌돌 말려 정체를 알 수 없는 물건이었다. 주먹만 한 크기의 원통형 물건에 손을 올린 채 서주가 솜씨 좋은 야바위꾼처럼 말했다.

"저희 서점은 사후의 일까지 책임지진 않습니다. 그래도 원하십니까?"

마지막 경고 같았다. 각시손님은 잠깐 고민하다 고개를 끄덕였다. 이야기 속 과거에도 현재에도 그녀는 대개 의연했으나, 이번엔 손이 얕게 떨리고 있었다. 오랜 간절함의 실체를 아는 건 용기가 필요한 일이다. 그 마음을 이해하기에 연서는 각시손님의 손을 잡아주었다.

손님의 의사를 확인한 서주가 눈빛으로 답을 대신했다. 겉을 감싼 천을 벗기자 곧 물건의 정체가 드러났다. 겉보기엔 평범한 찻잔이었다. 검푸른 돌을 쌓아올린 듯 표면이 울퉁불퉁하고, 군데군데 섞인 이끼 빛깔 외엔 대수롭지 않았다. 다만 서주의 설명은 예상 밖이었다.

"이건 말이죠, 우물입니다."

우물? 이 찻잔이 조롱박을 매달아 사용하는 그 우물이라고? 연서는 말장난을 하는 건가 싶어 눈을 치켜떴다. 하지만 서주에게 농담하는 기색은 없었다.

"오래전에 우물은 계시의 역할로 쓰였습니다. 어떤 우물은 세 번 넘치면 말세가 온다고 하죠. 이건 그런 종류는 아닙니다만, 다른 일을 할 수 있습니다."

그의 말을 듣고 보니 찻잔 안쪽이 유독 깜깜해 보였다. 빨려들어 한없이 아래로 떨어질 것 같다고 해야 할까. 이내 서주는 테이블에 놓여있던 만년필을 집어 들었다. 그가 오랜 기간 사용하여 손때 묻은 물건이었다. 만년필을 찻잔에 넣자, 신기하게도 물이 저절로 차올랐다. 놀란 연서가 살펴보아도 안쪽은 평범한 찻잔이었다. 물길 따위는 없었다. 서주가 말했다.

"우물은 때로 다른 세계를 잇는 통로가 됩니다. 거인들의 세계, 용궁, 무릉도원. 두레박 끈은 많은 이들을 다른 세계로 데려다주었죠. 그중 이 우물과 연결된 세계는…… 저승입니다."

소개에 화답하듯 찻잔 안쪽이 빛을 발하기 시작했다. 물이 부글대며 금빛 알갱이가 피어오르더니 풀잎을 만난 반딧불처럼 서주의 만년필에 달라붙었다. 세 사람의 얼굴을 물들일 만큼 제법 밝은 빛이었다.

"우물에 넣은 물건의 주인이 이승에 있다면, 빛을 발할 겁니다."

우물이라는 호칭이 의아하긴 했지만, 사용법과 그 효과는 간단했다. 하지만 몇백 년 전 알고 지낸 사람의 물건을 여태 지니고 있으려나. 연서는 걱정스러운 눈으로 각시손님을 돌아보았다. 그러나 곧, 의미 없는 염려였다는 걸 알게 되었다.

각시손님은 뒷머리에 꽂아둔 겨우살이를 조심스레 뽑아내었다. 진주알 같은 열매는 긴 세월을 보냈음에도 흠집 하나 없었다. 그녀가 어떤 심경으로 간직했을지, 그 뜻이 전해져 연서는 마음이 조금 쓰렸다.

비운 찻잔에 겨우살이를 넣자 다시 물이 차올랐다. 자리의 모두가 숨을 죽이고 변화를 기다렸다. 별 의미 없이 피어오른 기포 하나에 연서는 몸을 들썩이기까지 했다. 그러나 시간이 꽤 흐른 뒤에도 아까 같은 빛은 없었다. 아쉬움을 안고 연서는 각시손님의 안색을 살폈다. 그녀는 여전히 담담했지만 눈빛에 아쉬움이 담겨있었다.

"응답 없는 간절함이 어디 한둘인가. 다만 자네들의 호의를 기억……."

"어, 잠깐만요!"

연서가 지른 탄성에 각시손님이 말을 멈추었다. 찻잔에 비로소 금빛이 피어오르고 있었다. 불티보다 느린 속력으로 퍼지더니 곧 수면을 환하게 물들였다. 연서는 자기 일이라도 된 양 기뻐하며 쾌활하게 말했다.

"지금 이승에 있다는 거잖아요! 잘됐어요! 이제 찾기만 하면……."

그러나 연서는 곧 입을 다물었다. 각시손님은 기뻐하지 않았다. 고고한 눈매가 일그러지고 다문 입이 미세하게 떨렸다. 형언할 수 없는 슬픔에 젖은 얼굴이었다. 자신의 소멸을 이야기할 때보다 더 무거운 목소리로 그녀가 중얼거렸다.

"어쩌지도 못할 일, 차라리 모를 것을……."

기대와는 전혀 다른 반응에 연서는 서주가 옳았다는 걸 깨달았다. 어쭙잖은 희망은 절망을 돋보이게 할 뿐이었다. 차라리 기약 없는 기다림으로 끝내는 게 나았을까. 연서는 마음이 좋지 않았다.

그러나 살아온 세월만큼 두터운 가면이 없다고, 각시손님은 금방 기분을 추슬렀다. 원래대로 여유로운 태도를 걸치더니 겨우살이의 물기를 닦아내고 머리에 다시 꽂았다. 다만 연서는 아무렇지 않은 듯한 그 모습이 오히려 걱정되었다. 바람구멍 하나 없어서 속이 곪은 건 아닐까 싶었다.

나갈 채비를 마친 각시손님을 배웅하려 서주가 문을 열었다. 아직 비가 내리는 중이었다. 벗어두었던 모자를 다시 쓴 뒤에 각시손님이 말했다. 반투명한 가림막에 가려 표정이 더욱 가늠되지 않았다.

"오늘 초대해 주어 고마웠네. 덕분에 즐거운 시간을 보냈다네."

"초대…… 받으셨다고요?"

금시초문이라는 듯 서주가 되물었다. 각시손님 역시 그를 의아하게 여기며 품에서 비단 봉투 하나를 꺼냈다. 열어보니 한문으로 적힌 편지가 들어있었다. 하단에 찍힌 낙관(落款)은 분명 서주의 것이었다. 그는 내용을 읽어볼 필요도 없다는 듯 곧바로 입을 열었다.

"누가 제 이름을 훔쳤군요."

몹시도 형편없는 필체였다. 지렁이가 꿈틀대는 듯한 모양에 지저분하게 지웠다 쓴 흔적까지. 나이 일곱에 명필 소리를 들은 서주로서는 웃음도 나오지 않았다. 이런 조악한 글씨에다 그의 이름을 올린 건 모욕이나 다름없었다.

다만 낙관은 분명 그의 것이었다. 서주는 곧장 집무실로 가서 낙관이 자리에 있는 걸 확인했다. 누군가 멋대로 사용했다는 뜻인데, 그 또한 쉽게 이해되지 않는 일이었다. 서주가 매일 앉는 책상이다. 없어졌다면 바로 알아차렸을 일이다.

누가 서점주인의 이름을 훔친 걸까? 그 정체도, 의도도 쉽게 추측되지 않아 세 사람은 잠시 고민에 빠졌다. 서주의 낙관을 잠시나마 멋대로 쓸 수 있고, 조악한 필체를 가졌으며, 한문으로 편지를 적을 줄 아는 사람. 그리고 각시손님과 인연이 있는 사람.

범인의 정체를 고민하던 연서가 퍼뜩 꼭 들어맞는 인물을 떠올렸다.

"옥토 아닐까요?"

소녀 신은 종종 친구들의 이름을 언급했다. 마고신, 염라대왕, 조왕대신. 하나같이 쟁쟁하여 연서의 간담을 서늘하게 하는 신들이었다. 손님네 역시 그중 하나였다. 유랑길 친구라고 했던가. 옥토의 이름을 들은 각시손님이 과연 아는 눈치로 고개를 끄덕였다. 그럴만하다는 표정이었다.

옛 친구를 만나고 싶었던 옥토의 장난으로, 연서는 거의 결론 내렸다. 다만 서주는 여전히 편지를 응시하는 중이었다. 그냥 봐서는 알지 못할 내용이라도 적혀있는 걸까? 연서가 물어보려던 차에 그가 빙긋 웃으며 말했다.

"그런가 봅니다. 그녀가 돌아오면 알려드리도록 하겠습니다."

"그렇군. 만나볼 수 있다면 좋겠어. 다시 서찰할 텐가?"

"아뇨, 제 친구가 찾아뵐 겁니다."

서주는 초대장을 꺼낸 비단 봉투를 각시손님에게 건넸다. 서점의 물건을 지니고 있으면 그가 보낸 사자가 찾아갈 거라고 덧붙였다.

서점을 떠난 각시손님이 빗속으로 사라지고서도 두 사람

은 한참 동안 문 앞에 남아있었다. 그녀의 쓸쓸함이 남 일 같지 않아서일까, 아니면 마무리가 안타까워 그럴까. 연서는 쓸쓸하게 말했다.

"도울 방법이 정말 없을까요?"

"더 끼어들면 대가를 치러야 할 겁니다. 난 당신이 휘말리지 않길 바라요."

한때 강력했던 신이라도 퇴색되어 사라지게 만드는 힘. 순리는 이토록 절대적이었다. 그건 한쪽을 덜면 기우는 수평 저울처럼 저항할 수 없는 인과였다. 다른 말로 이치, 또 다른 말로 운명. 거대한 힘을 지닌 신이라도 이 힘에서 자유롭지 않았다.

순리를 거스르는 건 역류하는 물고기와 같다고. 떠밀려가거나 물살을 넘는다 해도 힘이 빠져 스러지고 말 것이라고. 서주는 항상 이렇게 설명해왔다. 신을 기만한 대가로 영원이란 고통에 얽매인 그이기에 누구보다 잘 알 수밖에 없었다. 다만 연서의 생각은 조금 달랐다.

"그냥…… 시도는 해볼 수 있잖아요."

그녀는 무력한 삶의 괴로움을 잘 알았다. 더는 꺾일 것도 없이 한없이 아래로 가라앉는 기분. 그러한 과거를 보낸 탓일까, 연서는 어떤 일이든 시도해 보고자 노력했다.

운명을 바꿀 수 없다면 잠깐이라도 원을 풀고 갈 수는 없을까. 얼굴을 보는 정도만이라도. 연서는 여전히 각시손님을 돕고 싶었다.

그때 서주가 예고 없이 그녀를 다정하게 끌어안았다. 애틋하게 어깨에 얼굴을 파묻으며 말했다.
"그냥 우리에게만 집중해요. 힘들게 만났잖아요."
"우리 문제는 다 해결했잖아요?"
돌아온 건 침묵이었다. 이견이 있으리라고 생각지 못했던 연서는 어리둥절해졌다. 그녀는 불행한 삶을 되풀이하는 운명에서 벗어났고, 환생하더라도 서주를 기억하고 사랑을 이어갈 수 있다. 작은 말다툼이 있긴 했어도 그간 함께 보낸 시간은 행복했다.

그런데 침묵한다는 건, 그는 다른 생각을 품었다는 뜻이 아닌가. 연서가 다시 물으려던 참에 서주가 입을 열었다.
"영원이 남았죠."
오래 묶여있어 익숙해져 버린 족쇄가 덜그럭댔다. 연서는 한 걸음 물러서며 그를 떼어냈다. 서주는 무거운 눈을 하고 있었다. 그가 영원히 사는 삶을 괴로워하는 건 알았으나, 평소와 다른 진지한 태도에 연서는 놀랄 뿐이었다.

영원. 모든 걸 퇴색시키는 절대적인 시간. 서주는 단 한 번도 불로불사를 달가워한 적 없었다. 연서가 영원히 그를 기억하게 되고서도 걱정을 앞세웠다. 단지 사랑한다는 이유로 감내하기엔 너무 큰 짐이라면서.

"영원은 모든 걸 퇴색시킵니다. 기쁨, 슬픔, 분노. 사람을 사람답게 만드는 모든 마음을 재로 만들어요. 무감각, 그게 영원입니다. 지나치게 오래 사는 건 좋은 게 아니에요. 걸음을 떼지 못하고 홀로 남을 뿐."

"그래서 내가 남기로 했잖아요. 또 내가 힘들까 봐 걱정하는 거예요? 그런 거라면······."

"그뿐 아니라."

잠깐 그의 시선이 각시손님이 사라진 자리를 향했다. 긴 시간 한 사람만을 간직한 여인의 마지막이 이 남자에게 어떤 영향을 끼친 걸까? 연서는 그의 마음을 알고 싶었다. 잘 안다고 생각했는데 불현듯 한 걸음 멀리 떨어진 것처럼 느껴졌다.

장대비가 짙어지고 비로소 서주가 입을 열었다.

"사랑만으로 영원을 견딜 수 있을까 싶어서."

비가 오는 날엔 때로 깊이 가라앉은 마음이 고개를 든다. 장맛비에 호수 위로 침전물이 떠오르는 것과 같다. 그래서일까, 서주는 평소라면 하지 않을 말을 뱉고 말았다.

❖

　방문객들이 모두 떠난 뒤에 서점은 어둠에 잠겼다. 자정을 지난 시각에도 서주는 응접 테이블을 떠나지 않았다. 평소라면 집무실에서 잡무를 보고 눈이라도 붙였을 테지만, 오늘은 예정된 손님이라도 기다리는 듯했다.

　비가 내리는 밤이라 밖이 한층 어두웠다. 길눈을 흐리는 음습한 기운이 주변을 떠도는 듯했다. 조도 낮은 조명에 의지하여 책장을 넘기던 그가 조용히 중얼거렸다.

　"도깨비 놀기 좋은 날이군요."

　누가 곁에 있기라도 한 것처럼 혼잣말치고 선명한 목소리였다. 그는 피로한지 눈꺼풀을 조금 문지르고 책을 내려놓았다. 그리고 안쪽 서가를 향해 시선을 돌렸다. 누군가를 응시하는 듯한 무게가 담겨있었다. 깊은 어둠 안쪽에서 걸어 나오기를 기대하는 것처럼.

　그때 팽팽해진 끈을 자르듯 툭, 하는 소리가 곁에서 들렸다. 소리가 난 방향은 엉뚱하게도 테이블 위였다. 서주는 올려둔 책 위에 물방울 두어 개가 떨어져 있는 걸 확인했다. 천장의 누수가 다시 말썽이었다.

　손을 뻗어 쓸어내자 농도 짙은 물기가 엉겨들었다. 불순물이라도 섞인 걸까. 서주가 손가락의 물기를 확인하려는데 다시 툭 떨어지는 소리가 났다. 이번에 책 위로 떨어진 물방울은, 새빨간 빛이었다. 피……인가? 서주가 닦아낼 새도 없이 핏방울이 연달아 떨어졌다. 책의 하얀 지면이 불길한 빛으로 젖어들었다.

다소 불쾌한 기색을 띠고 서주가 말했다.

"……클리셰를 싫어하진 않습니다만, 서점에서 책을 더럽히다니요."

고작 이 정도 기현상을 무서워하기엔 서주는 세상의 비밀을 너무도 많이 알았다. 창가에 선 그림자, 정체 모를 핏자국, 문밖에서 새어드는 목소리. 귀신들의 구질구질한 소통 방식이야 이골이 난 그이다. 받아주기야 하겠다만 예의는 지켜야지. 서주가 말했다.

"다음부턴 노크로 부탁드립니다."

정중한 목소리를 알아들었는지 핏자국이 순식간에 사라졌다. 원래대로 말끔해진 책을 서주는 만족스러운 듯 덮었다. 그리고 다시 안쪽 서가를 바라보자, 그곳에 방금까지 없었던 게 우뚝 서있었다.

커다란 탈을 쓴 남자였다. 책장 사이 깊은 어둠에 잠겨 탈만 떠있는 듯 보였다. 한 아름 되는 크기에 네눈박이, 붉게 옻칠 되어 송곳니가 뺨에 닿도록 웃는 얼굴. 분명 서점 통로에 걸려있던 방상시 탈*이었다. 서주가 탐탁지 않게 말했다.

"이매망량이 겁도 없이 방상시를 건드리는 건가요."

그러자 탈의 입꼬리가 더 치켜 올라갔다. 나무 탈이 삐걱거리며 억지로 벌어졌다. 곧 수십 개의 허연 이빨을 쏟아질 듯 드러내며 탈이 서주에게 달려들었다. 성인 남성 하나쯤 그냥 삼킬 수 있을 정도로 입이 벌어졌다. 탈을 쓴 남자는 제자리에 선 채로 얼굴만 주욱 늘어났으니 몹시 기괴했다.

다만 코앞에 들이닥칠 때까지 서주는 미동하지 않았다. 흔들린 건 바람에 움직인 그의 머리칼 정도였다. 그 때문일까. 기세 좋게 들이닥치던 탈은 한 뼘 거리를 남겨두고 멈췄다. 이내 힘을 잃은 채로 바닥에 툭 떨어졌다. 서주는 나뒹구는 탈을 한 번 본 다음 서가를 향해 인사를 건넸다.

"인사가 제법 거칠군요. 오랜만입니다."

어둠 속에 서있던 남자가 그제야 조명 아래로 걸어 나왔다. 장난기 가득한 얼굴에 앳된 티가 나는 청년이었다. 두 다리는 진흙탕을 걸어온 듯 검게 물들어 있었고, 아무렇게나 걸친 한복은 낡고 지저분했다. 마치 방랑객처럼도 보였다. 야밤의 불청객이 배시시 웃으며 말했다.

"안녕, 김 서방?"

개구쟁이 같은 순수한 미소였다. 그는 바닥에 떨어진 탈을

---

* 궁중에서 역귀를 쫓기 위해 사용한 탈.

들어 장난치듯 얼굴을 슬쩍 가렸다. 순수하고 귀여운 얼굴 위로 괴이한 웃음이 덧씌워졌다.

"서점에 재밌는 물건을 많이 가져다 놨더라. 하지만 이런 건 잡귀나 역귀를 쫓는 게 다인걸. 내겐 통하지 않아."

"당신이 손님에게 초대장을 보냈습니까?"

"왜 그렇게 생각해?"

결백을 주장하는 질문이 아니었다. 남자의 말투는 그런 짓을 한 이유를 맞춰보라는 쪽에 가까웠다. 서주는 겉옷 안주머니에서 초대장을 꺼내 읽었다.

긴 세월에도 아직 귀신이 되지 않았으니, 서로 만나기를 청합니다(千秋未鬼 相面願求)…….

자간이 일정하지 않고 높낮이가 뒤죽박죽으로 형편없는 필체였다. 줄이 맞지 않는 건 물론이고 몇몇 글자들은 한 글자인 양 가까웠다. 그러나 이 조악한 글자에 숨은 의도를 서주는 알아채고 있었다.

"일부러 귀(鬼)와 미(未)를 붙여 적었잖아요? 도깨비(魅)를 숨겨두려고."

남자가 정답이라는 듯 웃음을 터뜨렸다. 그 웃음으로 서주는 자신의 추측을 확신으로 발전시켰다. 하루 사이 서주가 겪었던 악몽, 서점의 평소 같지 않은 결함, 정체 모를 초대장. 그 모두가 이 남자, 도깨비의 짓이었다.

대화가 이어진 건 도깨비의 웃음이 겨우 잦아든 뒤였다. 그는 서점주인도 서주도 아닌 호칭을 제멋대로 붙여 말했다.

"이봐, 김 서방. 표정 풀어. 간만인데 서운하게."

"제 꿈에도 찾아왔었죠. 서점을 돌려달라는 게 무슨 뜻입니까?"

자연스럽게 다가온 도깨비가 서주의 한쪽 어깨에 손을 올리고 말했다. 잔웃음이 남은 말씨였다.

"성질은 여전히 급하네. 겉은 따분해졌는데 말이야. 전엔 뭐랄까, 더 거칠지 않았어? 버림받은 가축 모양새로."

비아냥대는 말에 서주는 불쾌한 듯 손을 떼어내려 했다. 그러나 장난 같던 손아귀가 강한 힘으로 그를 움켜쥐었다. 미간이 일그러질 정도의 통증이 느껴졌다. 서주보다 한 뼘은 작은 남자에게서 주변을 압도하는 적개심이 뿜어져 나왔다.

"네가 내 서점을 엉망으로 만들었어. 난 단지 빌려줬을 뿐인데."

괴력이 서주의 어깨를 부술 듯 죄어들었다. 저항할 엄두가 나지 않을 정도였다. 서주는 고통을 참아내며 물었다.

"몇백 년 만에 나타나서 왜 이러시는 겁니까?"

오랜만에 만나 이럴 이유가 뭔지, 서주는 도무지 짚이는 바가 없었다. 그의 물음에 도깨비는 날카롭게 뜬 눈으로 제 앞섶을 열었다. 가슴께 깊은 상처가 나있었다. 손톱으로 파낸 흔적과 검게 썩어들어 간 자리가 보기에 잔혹할 정도였다. 도깨비가 으르렁거리듯 말했다.

"네가 이렇게 만들었잖아."

도깨비의 두 눈동자에 새파란 불꽃이 이글거렸다. 이내 두 사람을 휘감듯 세차게 번졌다. 타오르는 불꽃 속에서 도깨비가 마지막으로 선언했다.

"도깨비에게 싸움을 걸었으니 대가를 치러야겠지?"

불꽃은 순식간에 두 사람을 집어삼켰다. 어찌나 맹렬한지 서점 안이 순간 백야처럼 환해졌다. 그러나 순식간에 점멸하여 사라졌고 서점은 다시 어두워졌다. 부서진 물건 한 점, 흩어진 종이 한 장 없이 원래대로였다.

다만 두 사람이 있던 자리엔 한 사람뿐이었다. '서주'였다. 그는 헛기침하며 소매를 털더니 양손을 앞뒤로 뒤집으며 내려다보았다. 제 몸이 낯설기라도 한 사람 같았다. 이내 옆에 걸린 작은 거울에 얼굴을 비추더니, 만족스러운 듯 입꼬리를 끌어올렸다.

"하하, 하하하하."

소리 내어 웃는 일이 거의 없는 남자가 몹시도 즐거워 보였다. 꽤 길게 이어진 웃음을 멈추자 서점은 다시 고요해졌다. 서점주인 홀로 방문객을 기다리는 평소와 같았다. 서주는 느릿하게 안쪽 서가로 갔다. 그리고 즐비한 책을 쓸어보며 무언가를 찾았다.

그가 집어 든 건 기록서였다. 원하는 걸 손에 넣은 도굴꾼처럼 씨익 웃더니, 콧노래를 흥얼대며 집무실로 갔다. 모두가 떠난 테이블 위로 스산한 노랫소리만 길게 남았다.

2장

파수꾼의 사연

이튿날도 우중충한 날씨였다. 하늘엔 금방 비를 쏟아낼 듯한 먹구름이 끼어있었고, 높은 습도에 사람들은 피로와 우울감을 호소했다. 연서 역시 날씨 탓을 해보려 했지만, 결국 실패하고 말았다. 지금의 불편한 기분은 날씨 탓이 아니라는 걸 그녀는 명백하게 알고 있었다. 오전 내내 일이 손에 잡히지 않는 이유는 어제 서주와의 대화 때문이었다.

'사랑만으로 영원을 견딜 수 있을까 싶어서.'

지난밤을 지새우고도 다시 떠올리니 가슴이 내려앉았다. 그가 때때로 힘겨워하는 건 알았다. 해결되지 않는 문제라는 것도 안다. 그러나 그가 입 밖으로 말을 꺼낸 건 처음이었다. 아마 그녀가 볼 수 없는 마음속에 차곡차곡 담아두었던 게 흘러넘쳤으리라. 연서는 마음이 아파 고개를 푹 숙였다.

사랑은 모든 걸 해결해 줄 마법 같지만, 실제로는 그렇지 않은 경우가 더 많다. 연서 역시 그 사실을 알고 있었다. 사랑해서 다 된다면 이혼 전문 변호사는 진작 굶어 죽었겠지. 세상엔 정말 현실적으로 접근해야 하는 문제도 많고.

하지만 연서의 문제는 조금 독특했다. 남들은 변호사 상담이라도 받겠지만, '내 남자친구가 영원히 사는 삶이 괴롭다는데 어떡하죠?'라는 질문을 도대체 누구한테 할 수 있단 말인가. 남다른 골칫거리에 연서는 억울할 지경이었다. 한편으로 힘겨움을 진작 공유하지 않은 그에게 서운했다. 동시에 그의 고통이 슬프고, 결국 내가 할 수 있는 일은 없다는 자괴감이 밀려와 책상에 엎어졌다.

번민을 다스리기 위해 눈이라도 붙일까 싶었다. 그때 걱정스러운 목소리가 가까이서 말을 걸어왔다. 전 직장 동료이자 현 직장 상사 상훈이었다.

"연서 씨, 무슨 고민 있어? 밥도 안 먹고?"

퇴사 후 그의 제안으로 함께 일하게 된 지 2년째. 그간 연서는 상훈 덕에 직업적으로 의미 있는 시간을 보냈다. 그녀의 첫 동화는 출간하는 동시에 적극적인 마케팅 공세를 탔다. 홍보를 비롯해 여러 관련 상품과 행사가 좋은 반응을 얻어 베스트셀러에 오르기까지, 매대에 걸린 자신의 책을 얼떨

떨하게 보던 나날은 연서에게 다시 없을 추억이었다.

'어른들을 위한 동화, 아름답게 뒤틀린 환상 세계'. 상훈이 작품에 입힌 수식어가 연서는 무척 마음에 들었다. 이제 그는 연서가 겸임하던 회계 업무도 정리하고, 작가로서의 그녀를 적극 지원 하는 중이었다. 사람 좋은 표정을 한 상훈이 말했다.

"데뷔작이 잘된 걸로는 모자라? 역시 야망이 크구나?"

"그, 그건 아니고요. 더 잘해야죠."

"무리하진 마. 내가 제안한 건 생각해 봤어?"

"아, 그거요……."

연서가 말끝을 흐렸다. 상훈의 투자 계획 중 하나로 그는 연서에게 프랑스 아트스쿨 유학을 권했다. 현지의 그림책 유통을 담당하는 대신 학비는 전액 지원. 생활비도 일부 도와주겠다고 하니 사실상 연서에겐 놓쳐서는 안 될 기회였다.

다만 필요한 기간은 최소 5년이고 그보다 더 오래 걸릴지도 모른다. 이제 막 서주와 함께하게 된 참이다. 그를 생각하면 연서는 쉽게 결정 내릴 수 없었다. 연서의 모든 선택을 존중하는 사람이니 가지 말라고 하진 않겠지만, 함께하기까지긴 시간이 걸린 만큼 이별이 달가울 리 없다.

게다가 서주에게 드러내지 않은 괴로움이 있다는 걸 알아 버렸다. 힘겨워하는 연인을 두고 어떻게 훌쩍 떠날 수 있을까. 연서는 망설임을 내려놓을 수 없었다.

"가면 좋겠지만……."

"좋겠지만, 누구한테 안 좋을까 봐?"

감 좋은 상훈이 연서의 마음을 꿰뚫어 보았다. 돌려 말해도 소용없을 상대였다. 연서는 멋쩍게 입을 열었다.

"남자친구에게 아직 말을 못 했어요."

"언제 하려고?"

"조만간……. 싫어하겠죠?"

"글쎄. 조금은?"

편을 들어주지 않는 상훈을 연서가 샐쭉하게 보았다. 예상한 반응이었던지 상훈은 끅끅대며 짓궂은 웃음을 흘렸다. 그리고 점잖은 체하며 다시 말했다.

"사람 관계가 어떻게 좋기만 해? 그 정도는 참아줘야지. 연서 씨한테 잘해준다며."

"네. 근데…… 그게 지금은 말을 꺼내기가 좀…….."

"왜? 싸웠어?"

하소연할 곳 없이 답답하던 마음을 상훈이 툭 건드렸다. 연서는 우물쭈물하다 조심스럽게 털어놓았다.

"있죠, 그 사람이 무슨 수를 써도 해결해 줄 수 없는…… 저와는 다른 세계의 고민을 가졌다면 어떻게 해야 좋을까요?"

영생을 체험해 본 적도 없고, 체험해 볼 길도 없다. 서주의 마음을 추측하는 게 할 수 있는 전부다. 하루하루 말라가고 있을까? 그의 말대로 무감각해진 건 아닐까? 누구도 알아주지 않아 외롭진 않을까. 다시 복잡해지는 마음을 애써 붙잡고 연서는 상훈의 답을 기다렸다. 사뭇 진지하게 고민하며 앓는 소리를 내던 그가 입을 열었다.

"연서 씨 남자친구가 혹시…… 마피아야?"

황당한 질문에 연서가 멍해졌다. 그녀의 갈 곳 잃은 시선에 상훈이 어깨를 으쓱해 보였다.

"아니야? 요새 위험한 사랑 타령하다가 신세 망치는 소녀들이 하도 많아서."

"일단 저는 소녀가 아니니까, 틀린 말이네요."

"흐음, 마피아가 아니면 혹시 도깨비나 구미호? 그쪽도 멋있지."

"……일단은 사람이요."

"그럼 2단은 괴물인가? 푸하하."

도저히 참을 수 없었다. 연서가 주먹을 불끈 쥐고 그를 노려보았다. 남은 진지한 고민을 토로했는데 장난도 정도껏이지. 그런 연서의 반응이 재미있는지 상훈은 신나게 웃기만 했다. 얄밉기 짝이 없었다. 이윽고 웃음을 그친 상훈이 담백하게 물었다.

"나한텐 주먹도 휘두르려고 하면서 그 사람은 왜 어렵게

만 생각해?"

연서는 잠깐 말문이 막혔다. 더 가까우면서, 더 소중하면서 왜 어렵느냐고. 상훈은 그렇게 묻고 있었다.

"……그 사람이라 어려운 거죠. 가깝고 소중하니까."

"오, 역시 통찰력이 좋네."

대답이 마음에 든다는 듯 상훈이 연서의 어깨를 툭 쳤다. 그리고 조금은 진지한 태도로 다시 물었다.

"그 사람이 문제를 해결하게 도와달래?"

"아니요."

"그럼 힘들어 죽겠다고 매일 하소연이야?"

"아니요, 오히려 너무 참기만 해서 문제예요."

"아하, 그런 타입이구나."

상훈은 잠깐 턱을 만지작대며 고민했다. 그러다 중요한 걸 떠올린 듯 물었다.

"연서 씨가 그 사람에게 바라는 건 뭔데?"

"네?"

예상치 못한 방향으로 틀어진 질문이었다. 내가 바라는 게 뭐냐고? 지금 힘든 건 그 사람인데 바라는 게 있어도 되는 건가?

"연서 씨를 필요로 해주었으면 좋겠어? 아니면 혼자 잘 이겨내길 바라는 거야? 그것부터 먼저 생각을 정리해 봐."

"저는……."

연서가 고민 끝에 말했다.

"저를 상처로 여기지 않았으면 좋겠어요."

"상처?"

이번엔 상훈에게 뜻밖의 대답이었는지 의아한 얼굴이었다. 다만 연서는 구체적으로 설명할 수 없어 입을 다물었다. 어떻게 말할 수 있을까. 먼 전생에 그녀가 먼저 죽었고, 이에 죄책감을 품은 서주가 몇 세기에 걸쳐 괴로워했다고. 스스로 갉아먹으며 끝까지 희생하려 했다고.

다시 만났을 때, 연서는 그가 가진 죄책감에 가슴이 저몄다. 내가 입힌 상처라는 생각에 한없이 미안하기만 했다. 이런 맥락을 상훈에게 설명할 길이 없어서 연서는 고개를 떨궜다.

그러자 돌연 상훈이 연서의 어깨를 붙잡고 열성적으로 물었다.

"사랑하는 여자의 노력과 수고를 상처로 여긴다고? 뭐 그런 얼빠진 놈이 다 있어! 이렇게 남의 일을 진심으로 걱정하고 고민해 주는 사람이 얼마나 된다고."

"아, 아니. 그게 아니라요."

상훈의 열렬한 오해에 연서는 꽤 긴 해명을 해야 했다. '일종의 트라우마'라는 말이 겨우 상훈을 납득시켰다. 이윽고 연서의 섣부른 걱정이었다는 결론을 낸 상훈이 말했다.

"난 또 뭐라고. 연서 씨가 또 미리 삽질하는 중이었구나?"

불필요할 정도로 핵심을 꿰뚫은 말이었다. 연서의 상처받은 얼굴에도 상훈은 별다른 수습 없이 유쾌함을 되찾았다.

"고민 많고 신중한 거 좋지. 그게 연서 씨 장점이기도 하고. 하지만 무엇보다 자기 마음이 뭔지부터 파악하라고. 그래야 남의 마음도 알지."

마침 점심 식사를 끝낸 직원들이 사무실 문을 열고 들어왔다. 상훈은 자신의 자리로 가기 전에 풀이 죽은 연서에게 속삭였다. 다른 사람에게 들리지 않을 정도의 목소리였다.

"너무 시간 끌지는 말고. 소녀가 아니라며? 그럼 더 솔직해져 봐, 나처럼."

그는 자랑하듯 자신의 휴대폰을 흔들었다. 때마침 그의 연인, 다은에게 전화가 걸려오고 있었다. 이름 옆에 붙은 하트를 가리키며 상훈이 헤벌쭉 웃었다. 오랜 짝사랑 끝에 얻은 연인이라지만 상당히 볼썽사나웠다.

눈꼴 시린 광경에 등을 돌리고 연서는 다시 일에 집중했다. 오후 동안 그녀는 간간이 상훈의 말을 곱씹었다. 솔직해져 보라고? 말이 쉽지. 평생 붙어 지내도 모르는 게 내 마음이다.

그래도 상훈과 대화하고 보니 연서는 속에 품은 거대한

문제가 조금은 평범해진 듯 느껴졌다. 그래, 고민 없는 사람이 어디 있겠는가. 연서는 그렇게 마음을 다스리며 퇴근 시간에 사무실을 나섰다.

그리고 건널목에 서서 생각했다. 역시 마주 보고 제대로 대화를 나눠봐야겠지. 오늘 갑자기 찾아가긴 그렇고 내일쯤. 놀라지 않게 미리 연락도 해두고. 그러고 보니 오늘 하루 종일 메신저가 조용했네. 늦긴 해도 꼭 답장하는 사람인데 이상하다.

신호가 바뀌고 연서가 생각에 정신이 팔린 채 건너려던 참이었다. 누가 그녀의 팔을 뒤에서 세게 잡아당겼다. 놀랄 틈도 없이 방금 발을 내딛으려던 자리에 차가 쌩하니 지나갔다. 그대로 건넜다면 크게 다쳤을 상황이었다. 갑작스러운 일에 연서는 심장이 고동쳤다. 잠깐 지나서야 정신을 차리고 그녀를 잡아준 사람을 확인했다.

뜻밖에도 지금까지 계속 그녀의 뇌리에 있던 남자였다. 서주가 부드러운 목소리로 말했다.

"마중 나왔어요."

어쩐지 다정한 미소에 이질감이 들었다. 연서는 몇 번이나 눈을 꿈적거리며 그를 보았다.

"서관(書館)에 가고 싶군요."

서관? 서점을 말하는 건가? 갑작스러운 그의 등장에 놀랄 새도 없었다. 연서는 서주에게 이끌려 근처 대형 서점으로 갔다. 그는 산책 중인 강아지처럼 들뜬 모습이었다. 어제와는 분위기가 지나치게 달랐다. 여름에도 걸치던 도포는 어디 두었는지 단출한 흰 셔츠 차림 역시 그러했다.

대형 서점 문을 열자 냉방으로 차가워진 실내 공기가 쏟아졌다. 거의 뛰어온 연서는 그걸로도 모자라 연신 손부채질을 했다. 반면 서주는 기운이 넘치는 발걸음으로 서점에 들어섰다. 서점엔 방문객이 제법 북적였고 많은 책이 가지런히 진열되어 있었다. 서점에는 차분하면서도 잔잔한 활기가 흘렀다. 책을 좋아하는 사람들의 은은한 정열이 모여 만들어낸 공기였다.

그 모습을 보며 서주는 보물섬이라도 발견한 듯 눈을 반짝였다.

"경이롭다."

그건 대개 처음 본 대상에게 하는 말이 아닌가? 연서가 딴지를 걸 틈도 없이 서주는 곧장 중앙 매대로 갔다. 그리고 책을 집히는 대로 읽기 시작했다. 책장이 쉼 없이 넘어가며 활자가 쏟아지는 물처럼 그의 눈에 담겼다. 열중을 넘어 탐닉에 가까웠다. 낯선 모습에 연서가 조심스럽게 물었다.

"찾는 책이라도 있어요?"

답이 돌아오지 않았다. 연서는 다시 말을 걸어보려다 그만두었다. 열중한 옆모습이 소용없을 거라고 이르는 듯했기 때문이다. 하는 수 없이 그녀는 자신의 동화책이 걸린 아동도서 구역을 둘러보러 갔다. 새로 나온 작품과 자신의 것을 둘러보고는 다시 서주의 곁으로 왔다. 소모한 시간은 고작 15분 남짓 되었을까. 그사이 서주가 벌인 일을 보고 연서는 경악을 금치 못했다.

바닥에 앉은 그의 주변엔 수많은 책이 쌓여있었다. 철학, 종교, 예술, 건축, 문학. 인간의 지식이 말 그대로 탑을 이뤘다. 눈길을 끄는 광경에 모인 사람들은 그를 보며 쑥덕거리고 있었다.

연서는 쌓인 책 사이로 얼핏 드러난 서주에게 황급히 다가섰다. 그는 누가 다가온 줄도 모르는 눈치였다.

"지금 뭐 하는 거예요!"

작은 소리로 낼 수 있는 최대한의 크기로 그를 불렀다. 그런데 분명 들었을 텐데도 서주는 반응이 없었다. 주변의 웅성거림이 더 커졌고 연서는 부끄러움에 뺨이 달아올랐다. 우선 눈앞의 상황을 해결하려 책을 정리하는데 그제야 서주가 자리에서 일어섰다. 다만 한다는 짓이 고작 옆 코너로 가서 새로운 책을 읽는 일이었다.

원래 자리에 쌓인 책을 채 정리하지 못했는데 그가 새로운 난장을 벌였다. 연서는 책을 정리하랴 그를 관찰하랴 정신이 없었다. 그야말로 아수라장이었다.

서점 직원이 나선 다음에야 사태가 종료되었다. 각진 안경을 쓴 중년 여성 직원은 가차 없이 두 사람을 나무랐다. 혼나는 중에도 서주가 한눈을 파는 통에 연서는 그의 팔을 잡아끌었다. 도대체 오늘따라 왜 세 살짜리 애처럼 구는지 알 수 없었다.

다행히 직원은 변상을 요구하진 않았다. 연서는 미안함에 차라리 그렇게 하고 싶었지만, 상한 책이 없었다. 그렇게 난장판을 벌였는데 한 장도 구겨지지 않은 게 오히려 신기할 정도였다. 겨우 훈계에서 벗어난 두 사람은 곧장 출구로 향했다. 연서는 한숨을 푹 내쉬며 서주를 돌아보았다.

"오늘따라 왜 이러는 거예요? 평소엔 있는 듯 없는 듯 조용한 사람이……?"

뒤따라오고 있어야 할 남자가 없었다. 가슴이 철렁 내려앉는 걸 느끼며 연서는 황급히 안을 둘러보았다. 천만다행으로 그는 가까운 곳에 있었다. 조금 전 연서가 들렀던 아동도서 구역이었다. 다만 약간의 위기감이 느껴지는 건, 서주는 저보다 반 토막쯤 될 소년과 언쟁을 벌이는 중이었다.

"나이 많은 형이 이걸 믿어요?"

퉁퉁한 소년이 퉁명스레 말했다. 맞은편의 서주는 동화책 한 권을 들고 있었다. 도깨비를 속여 넘긴 꾀 많은 사람 이야기로, 표지의 엉엉 우는 도깨비가 우스꽝스러웠다. 그가 도깨비를 가리키며 소년에게 물었다.

"진짜 있는데? 너 도깨비 본 적 없어?"

"차라리 산타클로스가 있다고 하세요. 관심 끌고 싶어서 안달 났어요?"

"이상하네. 그새 다 산속으로 숨었나?"

혹시 모를 상황을 대비해 연서는 서둘러 서주에게 향했다. 그런데 하필 서점 카트가 그녀의 앞을 가로막았다. 돌아서 지나가려니 친구들과 문구를 구경하러 온 여학생들 무리가 있었다. 그들을 지나치자 이번엔 퇴근길에 서점을 찾은 직장인들로 길이 막혔다.

연서가 시간을 지체하는 동안 서주는 미소를 머금고 소년에게 말했다.

"그런데 넌, 나이도 어린 게 예의가 없구나."

그가 말을 마치자마자 소년의 새된 비명이 서점을 관통했다. 어린애가 악을 쓰는 소리에 사람들이 모여들었다. 소년의 어머니로 보이는 여성도 급히 뛰어왔다. 연서는 사색이 되어 서주의 옆으로 달려갔다. 그는 안색 하나 바뀌지 않고 평온하게 소년을 내려다보기만 했다.

"무슨 일이야! 왜 그래!"

어머니가 걱정하며 묻는 말에도 소년은 울음을 멈추지 않았다. 바닥에 주저앉아 통통한 팔다리를 마구 내저었다. 흡사 축사 문에 낀 새끼돼지 같았다. 주변에 어른들이 충분히 모여들었다는 걸 확인하고서야 버럭 소리쳤다.

"도깨비가 나왔어!"

잠시 동안 좌중이 얼어붙었다. 이어서 김빠진 탄식과 웃음이 새어 나왔다. 소년의 어머니가 황당한 듯 다시 물었다.

"도깨비 때문에 울었다는 거야?"

"그래! 저 형이 그림책을 펼쳤는데, 그 안에 있던 도깨비가 튀어나왔다고! 파란 눈에 이빨이 크고 날카로웠는데……."

만약 소년이 이야기꾼을 꿈꾼다면 제법 흥미로운 시발점이었겠지만, 더 이어갈 수는 없었다. 소년의 모친은 황급히 작은 입을 틀어막았다. 그리고 주변 시선에 얼굴이 달아오른 채로 아이를 잡아끌었다. 출입구 앞에서 소년은 기어이 주둥이의 자유를 되찾고 소리를 빽 질렀다. 왜 믿지 않느냐는 아우성은 어머니의 옆구리에 낀 채로 끌려가고서야 잦아들었다. 잔뜩 구겨진 둥그런 얼굴엔 서러움이 뚝뚝 흐르고 있었다.

 모여든 사람들도 곧 흩어졌다. 연서는 황급히 서주를 붙잡아 출구로 이끌었다. 한시라도 빨리 이 서점에서 나가야 했다. 몇 걸음 떨어진 자리에서 예의 서점 직원이 흉흉한 눈초리를 하고 있었기 때문이다.
 짧은 시간 동안 얼마나 진을 뺐는지 연서는 출입구의 회전문을 밀기도 힘든 지경이었다. 바깥 공기를 쐬며 그녀는 얼굴을 한 번 쓸어내렸다. 깊은 피로감이 밀려왔다. 그럼에도 뒤따라온 남자에게 참을성 있는 태도로 물었다.
 "방금 그 애한테 무슨 짓을 한 거예요?"
 서주는 어깨를 으쓱하며 가볍게 대꾸했다.
 "그냥, 장난?"
 별일 아니라는 투에 연서는 맥이 빠졌다. 서주는 이따금 특별한 존재나 독특한 물건을 통해 신기한 일을 벌인다. '장난'이라는 건 아마도 그런 범주의 일이리라.
 하지만 그가 특별한 힘을 사용해 누군가를 괴롭힌 적은 없었다. 더군다나 서주는 평소 예의 없는 사람을 싫어하긴 해도 어린아이에겐 무척 관대했다. 버릇없이 굴었다 해도 괴롭혀 울릴 사람이 아니다.
 오늘 그는 정말이지 이상했다.

"어디 가서 얘기 좀 해요."

"그럴까요? 마침 경치 구경을 하고 싶었는데."

무거운 제안에 웃음으로 대꾸하다니. 연서는 화가 나기보다 마음이 불안해졌다. 그가 완전히 다른 사람으로 변한 것만 같았다.

옮긴 자리는 서울의 야경이 내려다보이는 옛 성곽이었다. 조명에 반짝이는 성곽은 멀리 이어져 도시 어딘가로 소실점을 맺었다. 과거의 줄기가 현재로 이어졌다고 전하는 듯했다. 후덥지근한 날씨였지만, 산등성이를 타고 시원한 바람이 불었다. 연서는 답답함이 조금 가셨다.

서주는 여전히 평소와 달랐다. 다정하게 말을 걸어오지도 않았고 연서의 손을 잡지도 않았다. 앞서 달려가서는 한참 멍하니 서있기를 반복했다. 마치 새로운 세상에 마음을 빼앗기기라도 한 것처럼 눈을 빛냈다.

"그렇게 예뻐요? 떨어지겠어요."

서울의 야경이 아름답긴 해도 자주 보던 풍경이다. 뭐가 여전히 그리 좋을까? 그러자 서주가 멀리 반짝이는 불빛에 홀린 듯이 말했다.

"신기하지. 내가 잠든 동안에도 세상은 흘러간 게."

어떤 책에 나온 글귀인가 싶어 연서는 그를 가만히 보았다. 서주는 그제야 그녀를 돌아보고 송곳니가 드러나도록 씩 웃었다. 본 적 없이 천진했다. 괜히 우스워져서 연서도 답변하듯 맑게 웃었다. 그러자 서주는 잠깐 몸을 굳히더니 퍼뜩 손을 내밀었다. 연서는 기꺼이 그의 손을 잡고 걸었다.

인적 드문 자리에 이르러 연서는 해야 할 말을 꺼냈다.

"당신 오늘 좀 이상해요."

"그런가요?"

"어제 일 때문에 그래요?"

그의 손이 움찔 튀었다.

"당신이 했던 말이요. 사랑만으로 영원을 견딜 수 있겠느냐고."

"아, 아아…… 그런 말을 했었지."

긴장이 조금 풀어진 듯한 목소리였다. 연서는 자신이 전달하려는 생각에 집중하느라 그의 미묘한 변화를 눈치채지 못했다.

"나는 당신이 가진 고통을 해결해 줄 힘은 없어요. 하지만 원한다면 계속 같이 있을게요."

"같이 있겠다고?"

그녀의 말에 깊은 흥미를 느낀 듯 서주의 표정이 달라졌다.

"해결되는 건 없어도, 같이 있으면 슬픔을 나중으로 미룰 수는 있잖아요. 그러니까……."

"영원히?"

"네?"

연서가 고개를 들었다. 그는 아주 재미있는 이야기를 들었다는 듯 웃고 있었다. 두 눈에 흐르는 빛이 섬뜩해서 연서는 뒷걸음질 쳤다.

"영원히 나를 배신하지 않을 거냐고."

무언가 잘못되었다는 예감이 그녀의 뒷목을 타고 올랐다. 몸을 돌려 도망쳐야겠다는 생각이 들려는 차에 그가 놓치지 않고 연서의 손목을 붙잡았다.

"너, 진짜 착하구나. 이렇게 어리석은 인간은 처음 봐."

순식간에 주변 풍경이 일그러졌다. 바람 한 점 없이 폭풍에 쓸려가는 듯했다. 잠깐 사이 두 사람은 다른 공간에 와있었다. 낡고 적막한 그의 서점 안이었다.

일정한 시계 초침 소리가 날카롭게 들렸다. 연서는 놀라움과 공포에 휩싸여 잡힌 팔을 빼내지도 못했다. 그의 눈은 본 적 없는 푸른색으로 빛나고 있었다. 먹잇감을 내려다보는 뱀 같았다.

잘 아는 장소와 익숙한 사람이다. 겉보기엔 그랬다. 그러나 연서는 직감적으로 무언가 단단히 잘못되었다는 걸 깨달았다.

"당신 누구예요?"

잠자코 있던 남자가 그녀를 놓아주었다. 그리고 서늘한 웃음을 띤 채로 몇 걸음 물러섰다. 다음엔 서커스 단장의 소개처럼 두 팔을 벌렸다.

"이 서점, 마음에 들어?"

연서는 두려움에 찬 눈만 굴릴 뿐 대답하지 않았다. 서주의 모습을 한 남자는 픽 웃음을 던지고 서가에서 책을 한 권 빼 들었다. 책장을 넘기는 손끝이 평소와 다르게 거칠었다.

"잠이 오지 않는 밤에 이야기 한 자락 듣고 가세요. 하하, 낭만적이기도 해라."

한숨 섞인 비아냥이었다. 그가 든 책은 서주의 기록서였다. 서점주인이 되어 수집한 여러 사연과 이 땅에서 벌어진 신비로운 이야기가 적힌 기록서. 서주가 손님에게 이야기를 들려줄 때 흔히 꺼내드는 책이다.

남자는 탐탁지 않은 표정으로 기록서를 내려다보며 날카롭게 말했다.

"남의 아픔을 낭만 취급하다니. 이 서점주인은 그런 놈이야, 고통을 수집품으로 여기는 무뢰한."

"누구냐고 물었어요."

두려움을 숨기고 연서가 재차 물었다. 직전보다 날 선 목소리에 남자는 금방 표정을 바꿔 웃었다.

"그의 오랜 친구."

친구라지만 결코 호감이 느껴지지 않는 말씨였다. 어떤 악귀들은 사람의 형상을 빌려 못된 장난을 친다던데, 혹시 그런 종류인 걸까. 연서는 우선 자리에서 벗어나야겠다고 마음먹고 뒷걸음질 쳤다. 남자는 그녀의 태도를 즐거운 듯 보며 말했다.

"너희를 오래 지켜봤어. 시끄럽고 고약한 녀석들. 내 서점을 함부로 부숴가며 재밌게도 놀던걸."

'내' 서점이라고? 남자가 뱉은 말에 연서는 움칫 발걸음을 멈췄다. 막 뒤로 돌아 뛰어가려던 참이었다. 다시 돌아보았을 때, 남자는 없었다. 직전까지 그가 있던 자리엔 은은한 조명 빛만 내리쬐었다.

불현듯 연서의 등 뒤, 아주 친밀한 거리에서 낮은 목소리가 들려왔다.

"하지만 넌 마음에 들어. 친구 하고 싶어."

놀라 비틀거리는 걸음으로 연서는 한쪽 벽을 향해 물러섰다. 장식장에 부딪혀 등에 아릿한 통증이 들었다. 흔들리고 치이는 소리가 짧은 불협화음처럼 울렸다. 남자는 비릿하게 웃으며 천천히 그녀를 향해 다가왔다. 서로의 발끝이 한 걸음을 남겨두었을 때 그녀가 입을 열었다.

"고맙지만 난 아니야."

연서는 뒤편으로 손을 뻗어 장식장에 놓인 화병을 집어 들었다. 그리고 망설임 없이 벽에 내리쳤다. 깨진 조각이 사방으로 튀었다.

도망칠 수 없다면 가시를 세우는 수밖에. 연서는 병목을 틀어쥐고 날카로운 쪽을 남자에게 겨누었다. 조각이 튈 때 스쳤는지 손아귀에서 피가 흘렀다. 그는 휘둥그레진 눈으로 연서를 한 번, 바닥에 고인 피를 한 번 보더니 웃음을 터뜨렸다.

"풋, 아하하하하."

상황에 어울리지 않는 유쾌한 웃음이었다. 연서는 경계를 늦추지 않고 깨진 병목을 꽉 쥐었다. 웃음을 멈춘 뒤에 남자는 눈꼬리에 맺힌 눈물을 닦아내었다. 그런 다음 연서를 보았을 때, 두 눈에서 푸른 불꽃이 튀었다.

"위험한 물건은 내려두고, 앉아."

어떠한 저항도 없이 연서는 그의 주문에 따라 깨진 화병을 툭 떨어뜨렸다. 자신의 행동에 당혹감을 느낄 새도 없이 그녀는 테이블 의자로 가서 앉았다. 착한 마리오네트처럼 어떠한 반항도 없었다. 다만 공포가 밀려와 바른 자세를 한 채로 몸을 떨었다.

남자는 집무실에서 약과 붕대를 가져왔다. 그가 멋대로 연서의 손을 집어 들고 상처를 치료하는 동안, 그녀가 할 수 있는 건 초조하게 눈을 굴리는 일뿐이었다. 상처는 그리 깊지 않았는지 붕대에 옅은 피가 배어 나오는 정도로 그쳤다. 처치가 끝난 뒤에 남자는 연서의 손을 테이블에 올려두고 물었다.

"어떻게 해야 날 좋아해 줄까?"

으음, 길게 고민하는 음성 끝에 문득 그의 표정이 밝아졌다.

"이야기를 들려줘야겠다. 너, 옛날이야기 좋아하지?"

남자는 연서에 대해 잘 아는 양 말하며 기록서를 펼쳤다. 먼 옛날, 기억하는 이도 없는 오래된 이야기가 시작되었다.

환상서점(幻想書店) 上
: 책도깨비와 들쥐 떼

한때 번영했던 나라가 마침내 쇠락하여 멸망하던 날이었다. 적국의 군사들은 궁궐의 사면을 둘러싸고 난폭하게 소리쳤다. 우레 같은 위협 소리에 안에 남은 사람들은 죽음을 예감했다. 다만 모두 울고 좌절하는 중에 의연한 이들도 있었다. 세상의 이치를 연구하는 학자들이었다.

그들은 가장 어리고 날랜 학자에게 보따리를 하나 건넸다.

엄숙한 예식과 같은 행위였다. 약속한 때가 왔으니 돌아보지 말고 떠나거라. 선배 학자들의 말에 어린 학자는 무겁게 고개를 끄덕였다. 가족과도 같은 이들과 함께하는 마지막 순간임을 알았지만, 눈물을 보이지 않았다. 그가 떠난 뒤에 남은 학자들은 모두 목을 매어 자결했다.

비밀 통로로 궁을 빠져나온 어린 학자는 숨 가쁘게 북쪽 숲으로 향했다. 인적 드문 자리에 푸른빛 바위가 보였다. 그 앞에 멈춘 어린 학자는 손톱이 부러지도록 땅을 팠다. 반나절을 멈추지 않은 끝에 흙 속에서 찾던 것이 드러났다.

돌을 깎아 만든 문이었다. 열어보니 땅 밑으로 향하는 통로가 나있었다. 크기는 고작해야 두 뼘 정도. 사람이 드나들 만한 곳은 아니었다. 어린 학자는 개의치 않고 보따리를 풀었다. 처음부터 어디 숨을 생각은 없었던지 망설임 없었다.

보따리 안에 든 건 조국의 온갖 기록물이었다. 언젠가 이 나라가 존재했음을 알려줄 중요한 단서였다. 어린 학자는 사명 앞에서 숨을 한번 가다듬고, 보따리를 통로 안쪽으로 던졌다. 짧은 정적 끝에 보따리가 바닥에 닿는 소리가 났다. 이곳은 망국의 책 무덤. 어둠 안에 놓인 서책과 기록들은 학자들의 마지막 유산이었다.

서둘러 흙을 덮은 뒤에 그는 자결했다. 흙더미에 붉은 피가 스며들었다. 아래로 향한 끝에 몇 방울의 피가 통로 안쪽으로 떨어졌다. 어린 학자는 죽어가며 소망했다. 바라건대 내 나라가 존재하였음을 알아주기를. 승전국의 거짓이 아닌, 온전한 우리인 채로.

❖

그 뼈가 삭아서 날리도록 긴 시간이 흘렀다. 책 무덤 안은 내내 고요했다. 땅 위에선 무수히 많은 것이 변할 동안 바람 한번 들지 않았다. 애석하게도 어린 학자의 나라는 완전히 잊혔다. 책 무덤 따위를 찾는 이는 없었다.

다시 천 년쯤 흘렀을까. 별안간 바닥에 떨어졌던 책이 홀로 우뚝 섰다. 어린 학자의 피가 묻은 얼룩이 선명했다. 책은 이내 푸른빛을 발하더니 사람의 형상으로 변했다. 소년은 아니고 청년이나 될까. 수더분하게 생긴 사내였다.

그는 크게 기지개를 켠 다음 한가로이 하품했다. 그리고 주변에서 책 한 권을 뽑아 읽었다. 새끼 사슴이 걸음마를 떼듯 자연스러웠다. 어느 날 새롭게 펼친 책에서 사내는 저가 도깨비라는 걸 알았다.

「책이 변해 태어났으니 책도깨비인가. 사발이나 메주보단 훨씬 낫네.」

아무도 듣지 않을 말을 중얼거리며 사내는 킬킬대고 웃었다. 책에 적힌 내용들은 하나같이 그를 매혹했지만, 그중에서도 가장 마음을 끄는 건 따로 있었다.

「사람이라……. 이거 참, 별짓을 다 하면서 사는구먼. 밖엔 이 녀석들이 많단 말이지?」

짙은 어둠 속에서 도깨비의 푸른 눈동자가 호기심에 반짝였다. 그는 이곳이 무덤이라는 걸 깨우쳤고, 자연스레 바깥이 궁금해졌다. 햇살, 물빛, 지저귐. 회색 천장에 아로새긴 구름이 아니라 책에 적힌 진짜 세상. 청록과 홍연은 과연 어떤 빛일까. 그리고 사람은, 실제로 보면 어떠할까.

백문이 불여일견이라 했던가. 도깨비는 무덤을 나서기로 마음먹고 천장을 부쉈다. 돌무더기와 흙이 쏟아졌다. 헤엄치듯 기어오르는 동안 입안으로 흙이 한 움큼 들이쳤다. 세상의 첫맛은 시큼하고 비렸다. 마침내 땅 위에 선 도깨비가 몸을 털고 고개를 들었다.

하얀 달이 뜬 들판이었다. 멀리서부터 밀려온 바람에 머리칼이 살랑였다. 잠든 새의 새근거림이 지척에서 들렸다. 허리를 펴도 머리에 닿는 게 없었다. 진짜 세상은 천장이 이리도 높구나. 그는 문득 설레었다.

「책에 나온 그대로야!」

기쁨에 찬 도깨비는 천방지축으로 사방을 뛰어다녔다. 들판에 풀어놓은 토끼처럼 경쾌했다. 아무리 달려도 길은 끝나지 않았다. 넓다, 넓어. 가슴 가득 숨을 불어넣자 탁한 먼지 냄새가 아닌 상쾌한 풀 내음이 그를 채웠다.

한참을 달린 끝에 도깨비는 냇가에 멈추었다. 수면에 비친 제 모습이 보였다. 지하의 습기에 까맣게 물든 두 발, 작달막한 키, 구름 같은 곱슬머리. 처음 확인한 제 모습은 책으로만 보던 사람과 똑 닮아있었다. 도깨비는 제 뺨을 신기한 듯 주물럭거렸다. 이리 생겼으면 사람 곁에 있어도 도깨비인줄 모르려나? 만족스러운 기분이 들어 히죽 웃었다.

마침 냇물 건너편에 한 사람이 앉아있었다. 몰골이 너절하고 눈빛은 흐리멍덩한, 꼭 아기던 걸 벼랑에서 놓치기라도 한 듯한 방랑객이었다. 요란하게 불러봐도 그는 도깨비에게 눈길을 주지 않았.

기꺼이 내를 건너 도깨비는 남자 곁으로 갔다. 그리고 고민했다. 사람이란 녀석을 어찌 대해야 하려나. 책에서 본 많은 글귀가 떠올랐다. 이름이라 물으라던가, 존함이라 여쭈라던가? 답을 알 수 없어 도깨비는 되는대로 말을 조잘거렸다.

「이봐, 너. 아니아니. 이보게, 자네 이름이…… 이것도 아닌가. 으흠, 그대여. 존함이 어떻게 되는가?」

이윽고 방랑객이 입을 열었다.

「꺼져라.」

예측하지 못한 대답이었다. 도깨비는 깜짝 놀라 웃음을 터뜨렸다. 사람이란 처음 본 사이에도 험한 말을 지껄이는군. 책에서 본 것과는 영 딴판이었다.

「하하하! 그럼 김 서방이라고 부르지 뭐. 그런데 자네, 기운이 묘한데. 나랑 비슷한 냄새가 난단 말이야. 축축한 흙냄새. 마루 밑에서 긁어낸 것 같은……. 무슨 사연이라도 있나?」

「너, 도깨비냐?」

비로소 방랑객이 도깨비에게 관심을 보였다. 치켜든 눈은 예쁜 담녹색이었지만, 흉흉한 빛을 띠고 있었다. 결코 호감이나 호의로 해석할 수 없었다. 그러나 도깨비는 아랑곳하지 않았다.

「맞아! 땅 밑에서 지금 막 올라왔어. 아, 세상 참 좋은데. 정말 좋아. 날씨는 쾌청하고 바람은 선선하고, 꽃향기는 감미로워. 이봐, 김 서방. 자네만 죽상이야!」

「미친놈인 줄 알았더니 막 태어난 애송이였나. 축하해? 세상에 나온 거.」

이 또한 결코 덕담으로 해석할 수 없는 비아냥이었다. 도깨비는 역시 개의치 않았다.

「고마워! 자네가 내 첫 번째 친구야!」

주저 없는 해맑음에 방랑객은 눈살을 찌푸렸다. 그리고 도깨비의 말을 곱씹듯 중얼거렸다. 좋은 세상이라. 그가 무거운 목소리로 입을 열었다.

「아무것도 갖지 마. 친구, 가족, 그런 거. 반드시 놓치게 될 거야. 그것도 아주 더러운 꼴로.」

「응?」

짜증스러움도 비아냥도 없는 담백한 진심이었다. 방랑객은 도깨비를 똑바로 응시하며 말했다.

「떠돌이들은 귀한 걸 가져서는 안 돼. 그게 우리 운명이니까. 명심해, 세상은 멀리 떨어져야 좋아 보인다는 걸.」

얼른 이해되지 않는 충고였지만, 거칠고 투박한 말씨 너머로 진심 어린 염려가 느껴졌다. 과연 친구로 삼을만한 자로다. 도깨비는 다시금 방랑객이 마음에 들었다. 다만 그의 말을 순순히 따를 생각은 없었다.

「김 서방, 그럼 우리 내기할까? 난 말이지, 소중한 걸 절대 잃어버리지 않을 거야. 난 세상을 잘 알거든.」

「허, 이제 막 태어난 게 무슨 수로?」

「책을 읽었지! 무수히 많은 세상을 이미 보았다고.」

자연, 신, 인간, 삼라만상과 이치. 파도가 무너지는 향기와 꽃이 피는 소리까지. 그러니 겪어보지 않아도 알아. 즐거움에 겨운 삶이 되리라는 걸. 기쁜 듯 말하는 도깨비에게 방랑객은 대꾸하지 않았다. 다만 그 눈에는 고난을 앞서 겪어본 자의 측은지심이 담겨있었다.

이윽고 도깨비는 다음을 기약했다. 내기에서 이기면 자네에게 없는 것, 자네가 좋아할 만한 걸 주지. 그런 소리를 휘파람새가 울 듯 멀리 던지며 걸음을 옮겼다. 다시 만나면 친구에게 세상의 아름다움을 알려주리라고 그는 굳게 마음 먹었다.

세상을 유랑하며 도깨비는 걸음 닿는 데마다 이야기판을 벌였다. 실로 '책도깨비'다운 일이었다. 꿈결 같은 이야기를 늘어놓다가 바람결에 사라지는 재담꾼. 사람들은 그의 이야기에 울고 웃고, 놀라며 즐거워했다.

그러나 나날의 환호 속에서도 아쉬움은 있었다. 구름처럼 몰려든 관객들은 날이 어스름해지면 그의 곁을 떠났다. 가족 곁으로 돌아가야 한다는 이유였다. 도깨비는 이해할 수 없었다. 이야기보다 재밌는 게 어디 있단 말인가. 그래서 하루는 돌아가려던 관객 하나를 붙잡고 물었다.

「저기, 가족이 뭐예요? 그게 그렇게 재밌어요?」

엉뚱한 질문에 나이 든 농부는 한바탕 웃음을 터뜨렸다.

「이 사람아, 재밌다고 가족인가? 같이 먹고, 자고, 살고! 곁에 머물고 싶어야 가족이지!」

곁에 머물고 싶어야 한다고? 도깨비에게는 뜬구름 잡는 소리였다. 마음은 책으로 배울 수도 없거니와 그는 무덤에서 태어나 피를 이은 사람도 없다. 도깨비의 정체를 알면 하나같이 겁을 먹는 통에 색시를 만들지도 못했다.

결국 이후로도 그는 밤이 오면 항상 혼자 남았다. 어느 밤, 보따리를 싸고 다른 마을로 넘어가려던 참이었다. 돌연 검은 옷을 입은 무사들이 그를 막아 세웠다. 그리고 나타난 건 고귀한 신분의 여인이었다.

「나라에서 제일가는 재담꾼이라더니. 과연 사람을 홀리는 재주로다.」

「누구세요?」

「예를 갖춰라! 희빈마마시다!」

이 나라에서 신분이 두 번째로 높은 여인. 왕의 총애를 받는 후궁이었다. 그녀는 은밀하게 도깨비를 궁으로 데려갔다. 그리고 거나한 술상을 차려 그를 대접했다. 다만 춤과 노래 따위는 없었다. 한밤에 만난 권력가에겐 비밀스러운 기류가 흘렀다.

하나 어떤 꿍꿍이가 있다 해도 고작 인간들의 일이다. 도깨비는 대수롭지 않게 여겼다. 상에 오른 메밀떡을 실컷 먹은 뒤에 재담을 벌였고, 종이 꼭두로 연극을 보여주었다. 한 식경 내내 후궁은 즐거운 듯 웃었다. 도깨비를 부른 진짜 목적을 꺼내놓은 건 그다음이었다. 절그럭대는 묵직한 소리와 함께 금붙이 여럿이 상 위에 올라왔다.

「내 부탁을 들어주거든 주마.」

글쎄, 금붙이가 많기로 도깨비를 대적할 사람이 있을까. 책에서 꺼내면 그만인 걸 그가 탐낼 리 없었다.

「금붙이는 저도 많은데요?」

「농을 치는구나. 돌아갈 집은? 가족은 있느냐?」

「……가족?」

「부모 형제, 처자식도 없느냐? 저런…… 외롭겠구나.」

후궁이 몸을 더 가까이 기울였다. 먹잇감의 약점을 알아본 사마귀 같았다.

「원한다면 내가 만들어주마.」

「곁에 머물고 싶어야 가족이라는데 무슨 수로요? 사람 마음을 어떻게 맘대로 합니까?」

「내 미천한 신분이야 너도 익히 알겠지. 저 아래부터 기어 올라올 동안, 가장 다루기 쉬웠던 게 사람이다.」

동냥아치로 태어나 중전의 자리까지 넘보는 후궁. 탁월한 미모와 번득이는 통찰력으로 왕의 마음을 사로잡은 여인. 이 나라에 그녀의 사연을 모르는 이는 없었다. 도깨비는 달콤한 눈웃음 아래로 드리운 까마득한 어둠을 응시했다. 그리고 기름기 묻은 입가를 핥았다. 어디 한번, 믿어볼까.

「욕심쟁이가 등장하는 이야기는 항상 재밌죠. 들어나 봅시다! 금붙이는 됐고, 서역에서 온 책 스무 권에 당신이 말한 가족을 줘요. 여기, 이 끝내주는 메밀떡도 다섯 가마 추가!」

「아하하! 참으로 유쾌한 자로다. 그래, 내 부탁 말이지. 근래 들어 나라에 들끓는 쥐 떼를 그대가 데려와 주었으면 해.」

「쥐를요?」

쥐를 잡으려거든 하인들에게 몽둥이나 들려 보내면 그만이다. 그것들이 좋아하는 거야 볍씨나 들깨 따위가 아닌가. 재담꾼에게 쥐 떼를 잡으라니 도무지 영문 모를 요구였다. 어리둥절한 도깨비에게 후궁이 요염하게 웃으며 말했다.

「그래. 그 녀석들은 이야기 듣길 좋아하는 쥐새끼들이거든.」

쥐 떼를 찾을 단서랍시고 받은 건 조그맣게 찢긴 쥐 가죽이었다. 퀴퀴한 냄새를 굳이 한 번 맡아본 뒤에 도깨비는 콧잔등을 찌푸렸다. 다음엔 머리를 들고 멀리서 부는 바람을 읽었다. 곧 쥐 가죽과 같은 냄새가 실려 오는 방향을 찾아냈다. 잰걸음으로 쫓아 당도한 곳은 깊은 산속이었다. 나무 그림자가 깜깜하게 드리운 자리에 서니 사방천지에서 같은 냄새가 났다. 더는 쫓을 수 없을 것 같아 도깨비는 바위에 털썩 걸터앉았다.

주변 어딘가에 들쥐 떼가 있는 게 분명한데. 이야기를 좋아한다고 하였으니 판을 벌이면 나오려나. 하지만 들쥐 떼가 좋아할 이야기가 도대체 무엇인가. 말하기는 들쥐 말로 찍찍대야 하나? 도깨비는 꼬리를 무는 질문을 애써 접었다. 이럴 때에는 뭐라도 시도해 보는 게 정답이라지. 그는 소매에서 대나무 피리 하나를 꺼냈다.

피리는 저절로 울며 신비로운 음률로 주변을 채웠다. 그 위에 어떤 이야기를 얹을 것인가. 고심하던 도깨비는 서역에서 온 이야기 하나를 떠올렸다. 쥐 떼를 이끈 어떤 사나이의 이야기였다. 그가 흥겨운 목소리로 이야기를 이어갔다.

「그 사내는 피리 소리로 쥐 떼를 홀려 모조리 강에 빠뜨렸어. 그러나 약속했던 보상은 없었지. 부탁했던 사람들은 되레 그를 욕하며 돌을 던졌어. '순진하긴. 그걸 믿었나? 어리석은 사내야.' 화가 난 사내가 다시 피리를 불자 이번엔 아이들이 그를 뒤따랐어. 들판을 지나, 강을 건너, 동굴에 이르렀지. 아이들이 모두 사라진 후에야 어른들은 후회했어. 하지만 그들은 영영…….」

「다시 만나지 못했나요?」

가느다란 목소리가 끼어들어 도깨비는 퍼뜩 앞을 보았다.

생각지 못한 관객이 와있었다. 지저분하고 깡마른 소년이 이야기를 멈춘 도깨비에게 다시 물었다. 아이들은 부모를 다시 만났느냐고.

이야기에 열중한 소년이 몸을 내밀자, 덮수룩한 앞머리가 넘어갔다. 드러난 한쪽 얼굴에는 심한 화상 자국이 있었다. 눈꺼풀은 눌어붙고 우글거리는 피부는 선홍빛이었다. 화상 자국을 내보인 소년은 부끄러운 듯 얼른 머리칼로 감췄다. 다음엔 순진하게 헤, 하고 웃었다. 허를 찌르는 말간 웃음에 도깨비는 숨을 죽였다.

망설이다 메밀떡 하나를 꺼내주자 소년의 눈이 휘둥그레졌다. 그리고 낚아채 입에 쑤셔 넣었다. 빠르기가 며칠 굶은 듯 게걸스러웠다. 이윽고 수풀 저편이 흔들리며 아이들 여럿이 조심스레 걸어 나왔다. 하나같이 비렁뱅이 꼴에 깡마른 몸, 그리고 진한 화상 자국이 나있었다.

사지 한쪽이 없거나 손가락이 두셋만 남았거나, 머리 가죽이 타서 머리칼이 듬성듬성한 아이도 있었다. 다 해서 일곱 명. 가장 앞선 소녀가 도깨비에게 물었다.

「우리를 잡아가려고 왔어요?」

도깨비는 이곳으로 이끌어준 쥐 가죽을 꺼내 보았다. 소녀의 옷이 찢어진 자리와 딱 맞았다. 후궁이 말한 들쥐 떼란 분명 이 어린애들이었다.

아이들은 무척 초라했다. 고귀한 여인과는 도통 접점을 찾을 수 없었다. 왜 이 아이들을 찾을까? 설마 잡아 죽이려고? 생각이 복잡해진 탓에 도깨비는 엉뚱한 소리를 늘어놓았다.

「아니야! 나, 나는 도깨비거든! 이야기 들려주는 걸 좋아하는 책도깨비라고.」

「도깨비!?」

아이들이 주춤대며 멀어졌다. 아차 싶어도 말을 뱉은 뒤였다. 벌어진 거리만큼 도깨비는 수치심이 들었다. 도깨비 같은 건 다들 싫어하는데, 왜 말했을까. 그는 아이들이 곧 비명을 지르며 도망가리라고 예상했다. 그 꼴을 보고 싶지 않아서 먼저 자리를 뜨려던 때였다. 처음 말을 건 소년이 그의 옷자락을 잡아당겼다.

「그럼 재밌는 이야기 또 알아요?」

하나 남은 까만 눈동자가 깜빡거렸다. 느릿하고 부드러웠다. 그저 순수하고 마냥 착했다.

결국 밤이 새도록 도깨비는 아이들에게 이야기를 들려주었다. 경계하던 아이들도 점점 홀린 듯 그의 재주를 구경했다. 그러다 아무렇게나 누워서 함께 잠들고 이슬을 맞으며 깨어났다. 멍하니 아침 해를 보던 도깨비가 퍼뜩 이상하단 생각이 들어 아이들에게 물었다.

「너희들, 왜 집에 안 가? 가족들이 기다릴 텐데.」

아이들은 서로를 묘한 눈초리로 쳐다보았다. 그중 씩씩한 소녀가 나서서 답했다.

「여기가 우리 집이에요!」

「너희들만? 어른들은 어딨고?」

「죽었어요. 마을에 불이 나서, 전부 다.」

한때 고향이 있었으나 다 타서 없어졌다고. 그때 입은 화상으로 몰골이 추해 빌어먹지도 못한다고. 아이들은 눈물 한 방울 내지 않고 제 처지를 읊었다. 한없이 여린 것들이 속은 무겁고 단단했다. 도끼가 박힌 채로 자라난 나무 같았다.

이 아이들은 도깨비가 무덤에서 나와 본 사람 중에 가장 순수하고 맑았다. 같이 있는 동안 즐거웠다. 이 또한 처음 느껴본 감정이었다. 도깨비는 불현듯 이런 생각을 떠올렸다. 같이 있고 싶다. 함께 지내고 싶다. 머물고 싶다. 그의 흔들리는 눈동자를 보던 소년이 물었다.

「그런데, 도깨비님은 왜 집에 안 가요?」

무덤에서 태어난 도깨비와 들쥐 같은 아이들. 닮은꼴을 알아본 양 그들은 서로를 바라보았다. 도깨비는 방랑객의 충고도 후궁의 부탁도 다 잊어버린 채, 가족을 만들었다.

"재미있어?"

이야기를 들려주던 남자가 책에서 눈을 떼고 물었다. 칭찬을 기대하는 어린애 같은 표정에 연서는 조금 소름끼쳤다. 그도 그럴 것이 가짜라는 걸 들킨 뒤에도 남자는 여전히 서주의 모습을 하고 있었다. 연서는 움직이지 않는 손을 들썩이며 말했다.

"이거 먼저 풀어요. 아니다, 그 사람인 척하는 것부터 그만둘래요? 정말 불쾌한데."

재미없는 말을 들었다는 듯 남자의 얼굴에서 흥미가 가셨다. 그는 천천히 의자에 등을 기대어 손끝으로 책상을 두들겼다. 느리고 일정한 간격의 소리에 남자의 불쾌감이 실려왔다. 이윽고 생각을 마쳤는지 두들기는 소리가 멈췄다.

"그러지 뭐."

이어진 변화는 제법 기괴했다. 먼저 얼굴부터 몸까지 외피가 뜯어졌다. 마른 생선 껍질이 열기에 팔랑이는 모습과 비슷했다. 동시에 덩치는 점점 작아지더니 폭삭 주저앉았다. 주변에는 가루분을 터뜨린 듯 먼지가 무성해졌다. 그 가운데서 '진짜 그'가 푸른 눈을 빛내며 모습을 드러냈다.

"둔갑하면 피곤한데 잘됐어. 어때, 이 모습이 낫지?"

구름처럼 살랑이는 머리칼, 장난기를 머금은 작은 입. 그리고 지하의 기운에 까맣게 물든 두 발과 허리띠를 질끈 동여맨 옛 의복까지. 연서는 그가 이야기에 나온 도깨비라는 걸 바로 알 수 있었다.

정체를 알고 보니 그의 의중을 더 파악할 수 없었다. 이야기에 등장했던 방랑객. 그는 아마도…… 연서를 잃고 떠돌던 시기의 서주일 것이다. 도깨비가 그의 오랜 친구라던 말, 그리고 이야기의 묘사를 통해 알아챈 사실이었다.

그렇다면 둘은 우호적인 사이일 텐데. 일면식도 없는 연서에게까지 이럴 이유가 뭘까. 의문은 예측할 수 없는 공백이 되어 그녀를 두렵게 했다. 이를 해결할 수 있는 방법은 한 가지, 공백을 채우는 것뿐이다. 연서는 침착하게 질문했다.

"그다음은요?"

"응?"

"아이들을 숲에서 만난 다음에 어떤 일이 있었냐구요."

"드디어 내 얘기를 들을 마음이 생겼어?"

그럴 턱이 있나. 연서는 울컥 치켜드는 반항적인 생각을 눌러두었다. 그리고 잠자코 고개를 끄덕였다. 지금은 도망칠 방법도, 그를 제압할 방법도 없으므로 사건의 정황을 알아두는 편이 이롭다.

그런데 뜻밖에 도깨비가 연서의 턱을 치켜들고 물었다.

"아닌 것 같은데."

두 눈에서 푸른 불꽃이 일렁였다. 이를 마주친 연서는 다시 꼼짝도 할 수 없게 되었다. 어두운 산중에 도깨비불을 만나 홀린 사람처럼 새파란 불빛의 흡인력에 눈을 떼지 못했다. 어지럼증과 함께 약간의 들뜬 기분이 밀려왔다. 그저 따르고 싶은 위험한 감상이 들었다.

도깨비가 키득대고 웃으며 속삭였다.

"난 진심으로 네가 마음에 들어. 그러니까 나에 대해서 더 알려줄게. 우리가 진짜 친구가 되기 위해서."

환상서점(幻想書店) 下
: 잠들지 못한 이야기의 안식처

재담꾼 도깨비가 가족을 얻은 지도 한 계절이 지났다. 떠돌뱅이 아이들과 궁상맞은 재담꾼은 그간 제법 잘 어울리는 짝이 되었다. 재담 하나를 풀면 하루 내내 축제가 벌어졌다. 이야기가 끝나면 아이들은 저들 입맛대로 내용을 다시 떠들었다. 그림을 그릴 때도, 노래와 춤으로 즐길 때도 있었다. 그러다 지치면 함께 머리를 맞대고 잠들었다. 꿈에서도 함께 노는 기분에 도깨비는 매일이 좋았다.

다만 때때로 후궁을 떠올렸다. 그녀가 아이들을 잡으려는 이유가 뭘까. 지저분하고 냄새나서, 불결한 걸 치우려고 한 걸까. 그랬다면 잔혹하기 이를 데 없는 사람이다. 그리 생각하면서도 도깨비는 한편으로 작은 희망을 품었다. 혹시 살리기 위해서는 아니었을까. 높은 자리에 오른 사람일수록 덕이 높다던데. 측은지심으로 아이들을 품어주려던 건 아닐까.

만약 그렇다면 아이들은 춥고 배고픈 나날을 떠나보낼 수 있을지도 모른다. 그때 생각에 빠져있던 도깨비에게 소년이 말을 걸었다.

「도깨비님. 매번 재미난 얘길 들려주니까, 저도 비밀 얘기 하나 해줄게요.」

속닥거리는 목소리에 도깨비가 웃었다. 다람쥐가 도토리를 묻은 자리, 뭐 그런 거려나. 조막만 한 손에 이끌려 그는 귀를 기울였다. 소년이 간지러운 숨을 섞어가며 말했다.

「사실은요, 마을 어른 중에 산 사람이 하나 있어요.」

생각지도 못한 고백에 도깨비는 펄쩍 뛰듯 되물었다.

「정말?! 누구?」

「아이참, 비밀이라는데 소리치면 어떡해요. 엄마가 돌아가시기 전에 그분을 기다리라고 했거든요. 우리를 다 먹여살려줄 거라고. 그분이 누구냐면······.」

이어진 말에 도깨비는 숨이 멎을 듯 놀랐다.

「궁궐에 계신 후궁 마마예요.」

마을 어른들이 모조리 죽은 날. 그날은 출세한 귀인이 밥을 대접하는 날이었다. 후궁은 아이들과 동향 사람으로 길에서 동냥하다 양반의 눈에 들었다. 소년은 어머니의 마지막 말을 똑똑히 기억했다. 지 괴롭히던 놈들도 고향 사람으로 여기는 게, 마음이 예쁘다고.

「우리 같은 어린애들이 바라는 게 뭐 있겠어요? 안심하고 발붙일 자리면 다지.」

소년이 멋쩍게 말했다. 그때 별안간 주변에 있던 소녀가 버럭 화를 내며 다가왔다.

「너 또 그 소리야? 그 사람은 우릴 해칠 거라니까!」

「아니야! 우리 살아있는 거 알면 데리러 올 거야!」

「이 바보야! 우릴 다 죽일 거라고!」

가차 없는 나무람에 소년은 울음을 터뜨렸다. 도깨비는 혼란스러울 따름이었다. 후궁이 아이들과 동향 사람이었을 줄은 몰랐다. 인간들은 교집합에 쉬이 정을 품는다던데. 그럼 소년의 말대로 살리기 위해 찾은 걸까. 하지만 만약 아니라면, 섣부른 선택으로 아이들을 위험에 빠뜨릴지도 모른다.

그때 소년의 서러운 외침이 도깨비의 번민을 끝냈다.

「누나 미워. 나는 어른들이 데리러 오는 거 맨날 기다린단 말이야!」

울음인지 말인지도 모르게 다 뭉개진 외침이었다. 그게 도깨비의 가슴을 저몄다. 발붙일 자리가 없는 게 어찌나 괴로운지 그 또한 잘 알고 있었다.

도깨비는 자리를 떠나 곧장 궁궐로 향했다. 담벼락을 뛰어넘고 지붕 위를 달려 가장 안쪽에 있는 후원으로 갔다. 버드나무 가지가 늘어진 연못이 보였다. 청록빛 물결을 가로지른 다리 위에 후궁이 서있었다. 그녀는 갑작스레 나타난 도깨비를 보고서도 놀라지 않았다. 흐드러진 버드나무 가지 아래서 담대한 목소리로 물었다.

「내 부탁을 잊었나 하였다. 좋은 소식을 가져왔을 테지?」

「그 애들을 어쩌려는 거예요?」

「후훗, 들쥐 떼에게 정이라도 주었느냐?」

「그 애들의 부모, 일가친척, 이웃 사람. 혹시 당신이 죽였어요?」

단도직입한 질문에 후궁은 말없이 시종들을 물렸다. 그리고 한참 말없이 보다가 입을 열었다.

「그래. 내가 죽였다.」

아니기를 바란 답이었다. 아이들의 희망이 부서지는 듯하여 도깨비는 가슴이 내려앉았다. 왜 그랬느냐고 윽박지르자, 후궁이 무거운 목소리로 말했다.

「그들은 나를 멸시했다. 내 어미가 죄 없이 맞아 죽을 때도 돕는 이가 없었다. 그런데 살아보니 알겠더구나. 배고픔이 사람을 그리 만든다는 걸.」

「그런데 왜 죽였어!」

「도우려고 했다.」

물기 어린 목소리였다. 후궁의 두 뺨이 일그러졌다. 봉황의 꼬리 같은 눈가에 물기가 맺혔다. 선홍빛 입술이 죄를 고하듯 무겁게 떨어졌다.

「음식 냄새에 산적 떼가 몰려들 줄은 꿈에도 몰랐어. 그래, 내 경솔함이 귀한 목숨 여럿을 잡아 죽였다. 그래서 애들이 살아있단 말에 품어서 속죄하려 했어. 나를 믿지 못해도 좋다. 하지만 이것만은 알아야 해.」

마지막 말을 꺼내는 그녀는 진정으로 가여운 얼굴을 하고 있었다.

「사람이 어찌, 사람을 해치나.」

그리고 긴 침묵이 이어졌다. 도깨비는 그녀의 눈물을 한참 지켜보다 결론을 내렸다.

「그 애들, 당신을 기다린다고 했어.」

도깨비는 아이들이 머무는 자리를 알려주었다. 후궁은 곧장 사람을 불러 그곳으로 향했다. 아이들을 데리고 올 그녀를 도깨비는 혼자 남아 기다렸다. 그는 자신의 선택을 확신했다. 세상은 분명 좋은 쪽으로 흘러간다. 인간들은 선한 마음씨를 가졌다. 무덤 속에서 읽었던 무수히 많은 책이 그리 말했다. 그보다 깊고 넓은 지혜가 어디 있겠는가. 도깨비는 스스로를 의심하지 않았다. 그게 몹시도 오만한 일이라는 건 미처 알지 못했다.

기다리는 동안 도깨비는 문득 무덤에서 나온 날을 떠올렸다. 드넓은 세상에 즐거운 일만 이어질 것 같은 예감. 그때의 마음을 다시금 느꼈다. 석양의 온도가 따스하고 스치는 바람이 산뜻했다. 한참 눈을 감은 채로 안락함을 즐기다, 문득 아이들이 있는 산을 보았을 때였다.
「……불?」
저녁노을 사이로 잿빛 기둥이 용솟음쳤다. 서쪽 하늘이 그을음으로 물들었다. 산등성이의 불길은 멀리서도 보였다. 불길한 일의 신호탄으로 충분했다.
허둥지둥 뛰어간 산속은 이미 온통 화마에 휩싸인 채였다. 도깨비는 불길 사이를 뛰어다니며 아이들을 찾았다. 그러나 그의 애탄 부름에도 대답은 없었다. 매캐한 연기와 뜨거운 불티만이 그의 앞을 오갔다.
마침내 아이들을 찾은 건 함께 놀던 고목 아래였다. 가엾게도, 도깨비의 간절한 바람과 다르게 아이들은 모두 숨이 끊긴 뒤였다. 고목의 가지마다 목이 매달린 채로 열매처럼 기우뚱거리고 있었다. 그 처참함에 도깨비는 힘이 풀려 주저 앉았다.

이내 그가 괴상한 목소리로 울었다. 경악과 원망, 분노와 처절함을 뒤섞어 내뱉었다. 낯선 감정이 척추를 타고 늑간을 데워 염통을 방망이질 쳤다. 그는 머리를 치켜들고 바람을 찾았다. 멀리서 한 가닥 달콤한 향내가 흘러들었다. 후궁이 아직 가까운 자리에 있었다.

쫓아간 자리는 산 중턱이었다. 다시 만난 후궁은 이번에도 당황하는 기색이 없었다. 단지 재미있는 유흥거리를 만난 듯 웃었다.

「올 줄 알았다. 신기한 재주가 있으나 예측하기 쉬운 자로군.」

방금 전 속죄하겠다며 울던 여인이라고는 믿을 수 없었다. 물을 필요도 없이 아이들의 죽음은 그녀가 벌인 일이었다.

「속죄한다고 했잖아. 왜! 왜 죽였어!」

「속죄? 아하하하……. 마을 사람 전부를 바쳐서 굿을 하면, 중전의 자리에 오를 수 있다 하였다. 그 비천한 생에 더도 없는 쓸모를 주었거늘, 무슨 속죄를 하란 말이냐? 쥐새끼들이 도망쳐서 꼬여버린 일을 네가 이토록 잘해주었구나.」

「어떻게 이렇게까지 잔인할 수가 있어? 저 애들, 살아서도 발붙일 데가 없었는데. 그런데 저렇게 허공에 매달아서…….」

도깨비의 절규에 후궁은 자신의 걸작을 소개하듯 미소 지었다.

「죽어서도 도망 못 치라고.」

그녀의 말에 도깨비는 온 마음이 무너졌다. 허무함에 몸을 웅크리고 울었다. 어떻게 사람의 탈을 쓰고 이럴까. 아니, 사람이라 그럴 수 있었나. 도깨비의 심경으로는 도무지 이해할 수 없었다.

세상의 모든 걸 이해한 줄 알았는데 고작 사람의 마음 하나를 몰랐다. 모든 일이 한탕의 바둑판이라면 처음부터 그릇된 수를 놓은 셈이다. 그런 줄도 모르고 자만했다. 상대에게 놀아나 집을 내어주었다. 그 안에 든 가족마저도.

창자가 끊어지는 고통 속에서 도깨비는 기어이 피눈물을 흘렸다. 그러자 주변 땅에서 검푸른 안개가 피어올랐다. 산을 뒤덮고 타오르던 불길은 새파란 빛으로 변했다. 음산한 기운이 모여들었다. 자리는 순식간에 도깨비 터가 되었다. 분노한 도깨비가 입을 열었다. 전에 없이 스산한 목소리였다.

「언젠가…… 피리를 부는 사내가 있었어.」

심상치 않은 기운에 후궁이 병사들에게 소리쳤다. 그러나 누구도 함부로 나서지 못했다. 도깨비 터에서 어디 사람이 함부로 큰 소리를 낼 수 있을까. 병사들이 머뭇대는 동안 도깨비의 이야기가 이어졌다.

「그는 늘 혼자였어. 어느 날 더럽고 지저분한 들쥐 떼와 친구가 되기 전까지. 사람들에겐 모두 없앴다고 했지만, 사실 그는 몰래 쥐 떼를 숨겨두었어. 모두를 설득할 수 있다고 믿었거든. 다 같이 행복해질 수 있다고 생각한 거야.」

풀숲에서 일제히 바스락대는 소리가 났다. 부스스 떨리는 움직임이 점차 가까워졌다. 무언가, 무수히 많은 것들이 이쪽으로 향하고 있었다. 곧이어 나타난 건 회갈색 털의 쥐 떼였다.

해일처럼 밀려든 쥐 떼가 일제히 달려들었다. 병사들은 혼비백산하여 도망쳤지만 후궁은 미처 그러지 못했다. 그녀가 가려는 길마다 쥐 떼가 머리를 쳐들었다.

「뭐야, 이것들 뭐야! 쥐, 쥐!」

악을 쓰며 몸부림쳐도 소용없었다. 순식간에 그녀는 쥐 떼에 뒤덮였다. 꿈틀대는 꼴이 마치 거대한 한 마리 들쥐 같았다. 그 모습을 지켜보며 도깨비는 이야기의 끝을 고했다.

「멍청한 사내. 오만하고 어리석은 꿈인 줄도 모르고.」

곧 꿈틀거림이 멎었다. 쥐 떼가 흩어진 자리엔 고운 살결도, 요염한 미소도 더는 없었다. 남은 건 새하얀 백골뿐이었다. 생전의 욕심을 놓지 못한 듯 그녀는 궁궐의 누각을 향하고 있었다. 지극히 허망한 모습이었다.

❖

아이들을 땅에 묻고 도깨비는 다시 세상을 떠돌았다. 재담을 할 기분이 나지 않았고 발걸음은 무거웠다. 목적지 없는 여행이 더는 즐겁지 않았다. 인적 드문 숲에 이르러 그는 발걸음을 멈추었다.

도깨비는 바윗돌에 앉은 채로 눈을 감았다. 시간의 흐름이 피부를 훑고 지나갔다. 점차 아무런 감각도 느껴지지 않았다. 그는 죽은 듯 세월을 흘려보냈다. 봄꽃도 찬바람도 그를 일깨우지 못했다.

그리고 얼어붙은 시냇물이 다시 흐르던 날, 도깨비가 불현듯 눈을 떴다. 반가운 손님의 기척을 알아보고 말라붙은 입으로 인사했다.

「오랜만이야, 김 서방.」

세상에 나와 처음 사귀었던 친구가 그를 내려다보고 있었다. 방랑객은 여전히 남루했으나 전보단 나은 행색이었다. 다만 내리뜬 눈은 변함없이 냉담했다.

「내 당부를 잊었더군.」

목소리에 묻은 측은지심도 여전했다. 도깨비는 굳어있던 입꼬리를 억지로 끌어올려 웃음 지었다.

「자네가 맞았어. 세상은 책과 다르고 난 아무것도 모르는 한심한 놈이야.」

다만 친구를 다시 만나거든 꼭 물어보고 싶은 게 있었다. 책에서는 도저히 답을 찾을 수 없을 것만 같았다. 도깨비는 글자마다 마음을 눌러 담아 물었다.

「김 서방, 이것만 대답해 줘……. 세상은 이야기처럼 행복한 결말을 맞을 수 없나?」

방랑객은 여전히 냉담한 표정이었다. 또한 담담한 목소리로 나지막하게 말했다.

「나도 몰라. 아직 결말에 이르지 않았으니까.」

궁금하다면 그 앞에 설 때까지 견뎌야겠지. 어떠한 결말을 맞이하는지 두 눈으로 직접 판단하기 위해서. 그러니 살아있을 수밖에.

그의 대답에 도깨비는 허탈하게 웃었다. 그러다 고개를 푹 숙인 채로 울었다. 왜 소중한 걸 잃고서야 어리석었다는 걸 깨달았을까. 온갖 후회가 밀려와 도무지 얼굴을 들 수 없었다.

그런데 퍼뜩 작고 가냘픈 소리가 그를 불렀다. 생쥐 울음소리였다. 부산스러운 찍찍거림이 도깨비를 둘러쌌다. 합쳐서 일곱. 죽은 아이들과 수가 같았다. 그들을 향해 방랑객이 귀찮은 듯 말했다.

「널 찾아달라고 하도 떼를 써서 데려왔어. 친구랍시고 시끄러운 게 똑같아서는.」

생쥐들은 바쁘게 움직여 도깨비의 무릎에 올랐다. 다음엔 어깨를 타고 얼굴 옆으로 갔다. 뺨에 몸을 부비며 애정을 표현했다. 한 생쥐는 손바닥에 올라서 도깨비와 눈을 마주했다. 작은 앞발로 한쪽 눈가를 문지르는 게, 꼭 얼굴에 난 화상 자국을 감추던 소년과 같았다. 생김새는 완전히 달라졌지만 도깨비가 잘 아는 모습이었다.

「너희들, 겨우 쉴 수 있게 되었는데. 나 때문에……」

살아생전 발붙일 곳 없었고 죽어서도 허공에 떠있던 아이들이다. 이제야 저승이란 자리를 얻어 안식에 들 수 있었는데, 하나 남은 가족을 차마 두고 갈 수 없었던 걸까. 하얀 쥐로 변한 아이들의 혼은 하나같이 작고 연약한 데다 솜털처럼 부드러웠다. 이토록 큰 용기를 낸 게 믿겨지지 않았다.

한참을 흐느끼던 도깨비가 마침내 눈물을 그쳤을 때, 그의 손끝에서 푸른 싹이 돋았다. 몸뚱이는 덩굴이 넘실거리며 물먹인 솜처럼 덩치가 커졌다. 이윽고 두 다리는 서까래가 되고 머리칼은 기왓장이 되었다. 두 팔은 대들보로 변해 전부를 떠받쳤다. 마침내 그는 초록빛을 띤 집 한 채가 되었다.

도깨비가 태어난 무덤과 닮은 공간이었다. 바스락대는 종이 뭉치와 빽빽하게 쌓인 서책들. 걱정 없이 잠들고 환상을 꿈꾸었던 안식처. 스스로 그 모든 것이 된 도깨비가 마지막으로 그의 친구를 불렀다.

「여기는 길 잃은 자들의 휴식처이자 떠도는 영혼이 머물 자리, 땅에 묻히지 못한 이야기가 비로소 잠을 이룰 안식처가 될 거야. 김 서방, 이곳을 돌봐줘. 부디 나의 친구들이 편안한 잠에 들 수 있도록…….」

그 말을 끝으로 도깨비는 긴 잠에 들었다. 졸지에 집과 아이들을 지키게 된 방랑객이 한숨을 푹 내쉬었다. 그리고 체념한 듯 안으로 들어서 빼곡한 서가를 보며 말했다.

「누군 서책의 주인이라 서주라더니, 이젠 서점주인을 하라고.」

그의 목소리를 알아듣기라도 했는지 안쪽에서 인기척이 들렸다. 어둠 속에 아이들 여럿이 서있었다. 하나같이 화상자국이 진한 볼품없는 꼴이었다. 그들이 곧 생쥐로 변해 흩어지는 걸 보며 방랑객은 골치 아픈 듯 중얼거렸다.

돌보라고 한들 무슨 수로. 그는 도깨비 같은 재담꾼이 아니었다. 이야기를 풀어 놓기보다 듣는 데 익숙했다. 다만 오래전, 한 소녀의 관심을 끌었던 장기가 있었다. 방랑객이 서가에서 책을 한 권 빼어들었다.

원치 않게 서점주인이 된 남자가 입을 열었다.

「그럼, 책이라도 읽어줄까.」

도깨비의 옛이야기가 모두 끝났다. 우중충한 공기를 깨우듯 다시 천장에서 물방울이 떨어졌다. 테이블에 추락하여 산산조각 나는 소리가 마침표처럼 들렸다. 연서는 놀라움에 닫혀있던 말문을 겨우 열었다.

"그럼 이 서점이…… 당신이라고요?"

"맞아. 놀랐어? 이 모습은 이야기 나누기 편하게 만든 분신이고."

도깨비는 구태여 폴짝대며 자신의 몸이 얼마나 진짜 같은지 확인시켜 주었다. 그러다 연서가 별 반응을 보이지 않자 툴툴대며 그만두었다.

"뭐 그렇게 심각해? 친구 하자는 게 그렇게 어려워?"

상황을 이렇게 만들어놓은 장본인이 할 말은 아니었다. 연서는 도깨비의 투정은 접어두고 일의 인과에 대해 생각했다.

이야기를 끝까지 듣고 나서도 그가 서주를 적대시하는 이유를 알 수 없었다. 그렇다면 서점으로 잠든 과거와 다시 깨어난 지금. 그 시간동안 어떤 일을 겪은 건 아닐까. 거기까지 생각이 미치자 서주가 더욱 걱정되었다. 예측불허의 공격성을 가진 도깨비다. 서주가 좋지 못한 일을 당했을까 봐 염려되었다. 연서가 한층 심각해진 얼굴로 말했다.

"그 사람은 당신을 도와주었는데, 이러는 이유가 뭐죠."

"그랬지. 김 서방은 내 하나뿐인 친구였지."

도깨비가 연서의 의자를 뒤에서 붙잡았다. 그리고 장난스럽게 몸을 기울여 귓가에 말했다.

"날 배신하기 전까지는."

테이블 위로 다시 물방울이 떨어졌다. 파편처럼 튄 물기가 오싹했다. 연서는 문득 궁금해졌다. 서점 전체가 도깨비의 몸이라면, 서점이 부서졌을 때 그는 통증을 느꼈을까?

능청스러운 마술사처럼 부드러운 동작으로 도깨비는 이번엔 테이블에 앉았다. 무릎이 서로 닿을 만큼 연서와 가까운 거리였다. 그는 빙글대는 웃음을 잃지 않고 말했다.

"내가 많이 아팠거든. 그가 널 지킨답시고 여기, 구멍을 냈을 때."

그가 앞섶을 열자 가슴팍에 난 깊은 흉터가 보였다. 꿰뚫린 상처 같았다. 다만 연서가 놀란 건 단순히 흉터 때문만은 아니었다. 그 주변 피부가 검게 썩어있었다. 그 잔혹함에 눈을 돌려 문득 천장을 보았을 때, 연서는 서점의 부서진 자리가 도깨비의 상처와 거의 같은 모양이라는 걸 깨달았다.

도깨비가 천천히 그녀를 향해 몸을 기울이며 말했다.

"고통 때문에 나는 잠에서 깨어났어. 그리고 깨달았지. 도도하던 내 친구에게 소중한 게 생겼다는 걸. 나 같은 건 신경도 안 쓸 만큼……."

원망스럽게도 말이야.

말을 마친 그가 갑작스레 신음하며 가슴팍을 움켜잡았다. 통증이 괴로운 듯 얼굴을 잔뜩 일그러뜨리더니 억지로 참아내며 말했다.

"내 가족은 지금쯤 이승을 떠났을 테고, 나는 완전히 혼자야."

말끝이 미세하게 떨렸다. 원망과 분노 외에 다른 감정이 담겨있었다. 깊은 밤에 홀로 그림자를 내려다보는, 그런 쓸쓸함이었다. 그걸 알아본 연서는 하마터면 그를 불쌍히 여길 뻔했다.

그러기도 잠시, 도깨비는 배시시 웃으며 연서의 손목을 붙잡았다.

"그래서 생각해 봤어. 이 배신감을 어떻게 해야 할까?"

"이거 놔……! 그 사람 어디 있어?"

"찾아도 소용없어. 죽었거든."

그토록 바라던 일이었으니 잘 됐지.

연서가 뭐라 할 새도 없이 그의 눈에 다시 푸른 불꽃이 어렸다. 번쩍이는 빛이 연서의 시야를 어지럽혔다. 온몸의 힘이 빠져나가고 경계심이 흐트러졌다. 저 빛을 쫓아가고 싶은 마음만 남겨두고 전부 잊어버리고 싶어졌다. 두려움에 떠는 그녀에게 도깨비가 속삭였다.

"그러니까 이 서점에서 나랑 있자."

이끌어주겠다는 듯 도깨비가 손을 내밀었다. 연서는 멍하니 손을 뻗었다. 둘이 포개어지기 직전이었다. 갑작스레 연서의 앞이 어두워졌다. 그리고 자상한 목소리가 곁에서 들렸다.

"도깨비놀음에 홀리지 마시게나."

눈꺼풀에 닿은 서늘함이 곧 멀어졌다. 연서의 앞을 가린 건 누군가의 손이었다. 돌아보니 역병의 신, 각시손님이 어느새 나타나 살며시 웃고 있었다.

각시손님의 손이 닿은 뒤로 연서는 어지럼증이 멎고 마음이 가라앉았다. 비로소 이성적인 사고가 이루어졌다. 정말 서주가 죽었을까? 연서가 글썽이며 말을 꺼내려던 참이었다. 그럴 필요 없다는 듯 각시손님이 자신의 입술 앞에 손가락을 세웠다.

"오밤중의 도깨비는 믿을 게 못 된단다."

"거짓말 아닌데."

장난기가 빠진 목소리였다. 도깨비는 차가운 눈으로 불청객을 보았다. 각시손님 역시 찬찬히 그를 응시했다. 둘 사이는 고작 한 걸음 남짓. 인간을 초월한 존재들의 신경전을 담기엔 좁았다. 밀도 높은 공기에 연서는 숨이 막혀왔다.

곧이어 도깨비가 어깨를 으쓱하며 말했다. 장난스러우나 분위기를 풀려는 의도는 없어 보였다.

"나한테 이러면 안 되지. 도와줬는데, 고마운 줄도 모르고."

영문 모를 소리에 각시손님이 눈썹을 찌푸렸다. 도깨비는 품에서 서찰을 꺼내 흔들었다. 누군가 서점주인의 이름을 훔쳐 각시손님에게 보낸 초대장이었다. 도깨비가 모든 걸 꿰뚫고 있다는 듯 은근한 미소를 지으며 물었다.

"보고 싶은 사람은 찾았어?"

감히. 각시손님은 들릴 듯 말 듯하게 짧은 분노를 내뱉었다. 주변 공기가 서릿발 내린 듯 싸늘해졌다. 서점에 놓인 물건들이 덜그럭대며 책이 쏟아졌다. 생명력을 빼앗긴 듯 몇몇 화분은 순식간에 시들어버렸다.

그녀가 할퀴듯 손을 뻗자 도깨비는 허리를 기울여 피했다. 그리고 서찰을 펼쳐 내밀었다. 놀랍게도 그곳에 적혀있던 글자들이 움찔대더니 바깥으로 튀어나왔다. 흡사 출전명령을 받은 군사 같았다. 글자들은 서로 손을 잡고 늘어져 각시손님을 옭아매었다. 하나의 검은 끈처럼 보였다.

검은 끈이 서서히 죄어들었다. 연서는 불안한 눈으로 각시손님을 보았다. 그녀가 큰 힘을 가진 건 사실이지만, 지금은 소멸을 앞두고 많이 약해진 상태다. 과연 도깨비의 통제에 각시손님은 손끝을 움찔거릴 뿐 움직이지 못했다.

도와야 한다는 생각에 연서가 자리를 박차고 일어섰다. 그때 불현듯 멀리서부터 불어오는 바람 소리가 들렸다.

"도깨비 따위가 뉘 앞에서 날뛰는가."

매서운 파열음과 함께 서점의 창문이 깨졌다. 오로지 바람에 의해 벌어진 일이었다. 각시손님의 손가락이 움직이는 방향을 따라 깨진 유리 파편이 날아들었다. 그것들은 쏟아지는 화살처럼 검은 끈을 끊어냈다. 글자들은 녹아내려 흩어져 버렸다.

역병의 신이 분노한 음성으로 말했다.

"재주가 많다 한들 도깨비란 한낱 이매망량일 뿐. 고독에서 태어나 망각과 함께 살아갈 놈이 주제도 모르는구나. 네 놈은 고작해야 헛간에서 썩어가는 잡물이다. 팔다리를 얻어 날뛰어도 아무도 널 기억하지 않을 것이다. 그런 놈이 어찌 감히 신과 인간의 일에 끼어드는가?"

어찌나 명료하게 들리는지 서점의 어두운 공기가 밀려난 듯했다. 내내 여유롭던 도깨비도 이번만큼은 흘려듣지 못했다. 미간이 꿈틀대고 입매가 굳어졌다. 그가 화가 난 목소리로 말했다.

"말이 너무 심하잖아."

도깨비는 빠르게 달려들어 허리춤에 걸어둔 단도를 빼 휘둘렀다. 선뜩한 빛이 스쳤다.

"윽!"

고통에 찬 신음과 함께 각시손님이 주저앉았다. 투박한 단도가 박힌 어깨에서 피가 흘렀다. 하얀 비단옷이 꽃 피듯 붉게 물들었다.

"저미고(猪尾膏)*를 바른 칼이야. 원래 같았으면 어림도 없겠지만, 지금 넌 다 죽어가고 있으니까 움직이지 못할 거야. 혹시 몰라 챙겨두길 잘했네."

바람이 잦아들었다. 각시손님이 괴로운 듯 창백해진 얼굴로 도깨비에게 물었다.

"왜 날 속였지? 난 너를 알지도 못해."

"네 이야기를 봤어."

그가 손가락을 튕겼다. 그러자 어딘가에 있던 기록서가 곁으로 날아들었다. 도깨비는 농구공이라도 되듯 책을 손끝으로 가볍게 돌렸다. 원래대로 잔혹한 웃음을 곁들인 채였다.

"인간을 사랑하다니, 불쌍하긴. 너야말로 인간에게 버림받은 신이면서 고독이니 망각이니 비난하는 건 웃기지 않아? 난 비슷한 처지에 도와주려 했던 거야. 나도 사랑했던 인간들을 잃어봤거든. 그래서 네가 마지막으로 연인을 만날 수 있게 도와주고 싶었어. 어때, 자비롭지?"

* 돼지 꼬리에서 낸 피로 만든 고약. 마마를 쫓는 약으로 쓰였다.

주저앉은 각시손님을 부축하던 연서는 저도 모르게 화가 치밀었다. 자비라고? 어깨에 칼을 박은 게 어떻게 자비인가. 저 남자는 아까부터 앞뒤가 맞지 않았다. 친구가 되고 싶다면 정중해야 할 것이고, 자비의 바탕은 상대를 향한 애정이 있어야 한다. 자기 뜻에 거스른다고 칼을 휘두르는 자를 어떻게 자비롭다고 할 수 있을까.

연서의 노기 어린 눈을 보던 도깨비가 그 앞에 웅크리고 앉았다. 다음엔 턱을 괴고 생글생글 웃어보였다.

"그리고 한 가지 더. 허연서, 네 반응이 궁금했어."

다시 홀릴지 모르는데도 연서는 도깨비의 눈을 피하지 않았다. 등을 꼿꼿이 세우고 그녀의 일상을 망가뜨린 남자에게 물었다.

"나한테 왜 이러는 거예요?"

"넌…… 친절해. 거짓이 없고 남을 위해 기꺼이 희생하지."

귀한 물건을 살펴보듯 도깨비의 눈매가 깊어졌다.

"나는 그런 인간을 본 적이 없어. 그래서 손에 넣고 싶은 거야."

"보려고 한 적은 있고요? 그런 인간 많아요."

주저 없는 말대꾸에 도깨비가 빙긋 웃었다. 이윽고 그녀의 팔을 붙잡아 어디론가 끌고 갔다. 뿌리치려 해도 압도적인 힘의 차이 앞에서는 소용없었다. 누가 좀 도와줘. 부질없는 호소를 속으로 삼키며 연서는 눈을 질끈 감았다.

그때 사방에서 나무 바닥이 뜯겨나가며 무언가 치솟았다. 두터운 칡덩굴이었다. 그것들은 위력적인 움직임으로 날아와 채찍처럼 도깨비를 후려쳤다. 방비하지 못한 그는 어마어마한 속도로 내동댕이쳐졌다. 곧이어 방금까지 그가 서있던 연서 앞에 다른 이가 뛰어들었다. 토끼처럼 앙 다문 입과 발그레한 뺨이 사랑스러운 소녀, 옥토였다.

"옥토!"
"연서야, 괜찮아? 도깨비가 괴롭혔어?"
"난 괜찮아. 그보다 각시손님이 칼에 찔렸는데……."

그때 번쩍이는 칼날이 연서의 뺨을 스치듯 지나갔다. 놀라서 돌아보니 어느새 다가온 도깨비가 어깨에 단검이 박힌 채로 굳어있었다. 다시 보니 각시손님을 찔렀던 도깨비의 물건이었다.

반대편 멀리 떨어진 자리에서 투박한 남자 목소리가 들렸다.

"잊고 간 물건 돌려줬다."

서점주인과 애증 관계에 놓인 친구, 저승차사였다. 머리부터 발끝까지 새까맣게 차려입은 그가 험상궂게 씩 웃었다. 그리고 단검을 던진 손을 툭 털더니 다가와 각시손님을 일으켜 부축했다. 평소처럼 거칠지 않고 정중한 태도였다. 둘은 겉보기엔 화선지와 먹물처럼 달랐지만, 역병과 죽음은 닮은 향을 풍겼다.

뜻밖에 조력자들이 등장하여 형세가 뚜렷하게 기울었다. 도깨비는 화가 나서 씨근대며 그들을 보았다. 그리고 갑작스레 등장한 신들을 향해 퉁명스럽게 말했다.
"머릿수가 안 맞잖아. 치사하게."
"치사한 건 약한 인간 괴롭히는 너고."
차사가 도깨비의 말을 받아쳤다. 늘 보던 시큰둥한 태도에 연서는 괜히 눈물이 고였다. 그제야 혼자 도깨비에게 맞서며 많이 무서웠다는 걸 깨달았다. 훌쩍이는 그녀를 옥토가 꼭 안아주었고, 연서는 다시금 안도했다. 작은 손이 더는 무서워하지 않아도 된다고 달래주는 듯했다.

다만 한편에 홀로 서있던 도깨비는 표정이 점점 더 어두워졌다. 그는 어깨에 박혀있던 단검을 아무렇게나 뽑았다. 피 한 방울 나지 않았다. 차사는 '허깨비인가' 하고 중얼거렸고 옥토는 별다른 관심을 기울이지 않았다. 화를 억누르는 목소리로 도깨비가 말했다.
"왜 이렇게들 나를 방해하는 거야? 나는 그냥 저 여자랑 친구가 되고 싶을 뿐이라고."

"애가 큰일 날 소리 하네. 칼 들고 친구 하자다가 몇 놈이 지옥 갔는지 아냐? 혓바닥 뽑히고 싶어?"

"도깨비랑도 친구 하지만, 너는 싫어!"

차사와 옥토의 재빠른 반응 뒤에 연서가 입을 열었다.

"그 사람을 돌려줘요."

이내 화를 참지 못한 도깨비가 제 머리를 마구 헝클어뜨리며 발을 굴렀다. 그리고 한껏 창백해진 얼굴로 말했다.

"다들 내 서점에서 나가."

그가 뱉은 말에 사방에서 푸른 불길이 치솟았다. 온 사방을 물들이며 연서 일행을 향해 내달렸다. 차사는 발 빠르게 움직여 나머지 세 사람을 낚아챘다. 그리고 불길과 아슬아슬하게 추격전을 벌이며 서점 현관을 향해 몸을 날렸다.

불길을 피해 밖으로 빠져나온 뒤에 연서는 퍼뜩 서점 안을 보았다. 도깨비가 아직 안에 서있었다. 통증이 괴로운지 가슴을 쥐어뜯다 입술을 달싹였다. 들릴만한 거리가 아닌데도 연서는 그의 중얼거림을 알아들었다.

"다시 보자."

동시에 서점 문이 닫혔다. 언제 불길이 일었냐는 듯 고요해졌다. 연서는 장맛비 속에서 몸을 일으키며 마지막으로 본 도깨비의 모습을 되짚었다.

그의 가슴팍에 난 상처가 목덜미까지 번진 듯 보인 건 착각이었을까. 물 자국이 퍼지며 나무를 썩게 하듯, 연서는 왠지 그 상처가 도깨비를 좀먹고 있다는 의심이 들었다.

그의 옛이야기를 생각하면 도깨비는 이런 일을 벌일만한 인물이 아니다. 서주에 대한 원망 역시 어딘가 어색했다. 두 사람의 관계에 누가 끼어들기라도 한 것 같았다. 다분히 악의적인 누군가가.

추적추적 내리는 비가 가벼운 한기를 가져왔다. 연서는 머리가 한결 맑아졌다. 지금은 추측에 앞서 해야 할 일이 있었다. 곁에 모인 신들을 돌아보며 그녀가 말했다.

"도와주세요. 서주, 그 사람을 찾아야 해요."

연서는 저승차사와 옥토에게 도깨비의 옛이야기를 전했다. 서점의 정체를 알게 된 옥토는 말 그대로 펄쩍 뛰며 놀랐다.

"저 서점이 도깨비라고!? 난 몰랐어! 어떡해. 아팠겠다!"

칡덩굴로 도깨비를 사정없이 후려치던 걸 생각하면 안다고 해도 조심했을 것 같진 않았다. 차사도 옥토에게 당한 옛 기억들이 떠오르는지 인상을 찌푸렸다. 그때 조용히 있던 각시손님이 먼저 말을 꺼냈다.

"그보다 서점주인의 오랜 친구라는 사실이 놀랍군. 전혀 어울리지 않아."

말끝에 잔기침이 섞여있었다. 칼에 찔린 상처는 옥토가 치유해 주었지만 기력을 돌아오게 할 수는 없었다. 각시손님은 많이 지친 듯 나무에 기대앉았다. 차사가 그녀의 말에 대꾸했다.

"뭘요. 그놈도 예전엔 성질 더러웠습니다."

연서가 눈을 흘기며 받아쳤다.

"차사님, 그런 식으로 말하지 마세요. 오해하시겠어요."

"무슨 오해? 어이, 인간 나부랭이, 잘 들어. 너한테 잘해준다고 그게 그 사람의 전부가 아니야. 다 상대적인 거라고."

"상대적으로 그 사람한테 먼저 무례하셨겠죠."

"이게 진짜!"

언제나처럼 짧은 말다툼이 벌어졌다. 연서는 더 이상 대꾸하고 싶지 않아 등을 돌렸다. 그러나 평소 쌓아둔 게 있었는지 차사는 불평을 멈추지 않았다.

"특히 너 죽고 나서 얼마나 꼴불견이었던 줄 아냐? 혼자 세상 끝장난 척, 비극의 주인공인 척. 온갖 고상은 다 떨던 시 건방진 놈이 형편없게……."

"까망이 이놈! 또 버릇없이 구는구나!"

옥토의 호통이 날아들어 차사는 말하기를 멈췄다. 연서는 그의 도발에 동요하진 않았지만, 언급한 서주의 옛 모습이 궁금해졌다. 내가 떠난 첫 번째 계절에 그는 어땠을까. 무척 힘겨웠을까. 다시 만나면 물어봐야겠다고 생각하며 연서가 말했다.

"옥토, 그 사람 찾을 수 있겠어?"

"잠깐만. 다시 해볼게."

그가 죽었다는 도깨비의 말은 애초에 믿지 않았다. 연서는 지그시 눈을 감은 옥토를 지켜보았다. 냄새로 기척을 읽어내는 이 소녀라면 분명 서주를 찾을 수 있으리라 기대했다.

그러나 다시 눈을 뜬 옥토는 실망스러운 기색이었다.

"서주는…… 이 세상에 없는 것 같아."

사망 선고 같은 말에 연서의 얼굴이 희게 질렸다. 그걸 본 차사가 무뚝뚝하게 끼어들었다.

"죽었다는 건 아냐. 그놈 처지에 그랬으면 횡재 맞은 거지."

이어서 그는 재킷 안주머니에서 하얀 생쥐를 꺼내 내밀었다. 커다란 손에 잡힌 생쥐가 겁먹은 듯 울었다. 옥토와 각시 손님 역시 생쥐를 한 마리씩 데리고 있었다.

"그놈이 보낸 사자야. 어디로 끌려갔는지는 모르겠지만, 마지막 순간에 보낸 것 같아. 서점 냄새를 맡고 우리에게 왔겠지."

차사의 담뱃대, 옥토의 간식주머니 그리고 각시손님의 편지 봉투. 그들은 모두 서점의 물건을 하나씩 지니고 있었다. 차사는 바들바들 떠는 생쥐를 눈앞에 들어 관찰했다. 뭔가 석연찮은 구석이 있는 듯했다. 그러다 '뭐 일단은'이라고 중얼거리며 툭 내던지고 말했다.

"아마 어딘가에 갇혔을 거야. 이승도 저승도 아닌 단절된 공간…… 도깨비굴이라든가."

연서는 불쌍하게 우는 생쥐를 쓰다듬으며 되물었다.

"도깨비굴이요?"

"도깨비들의 은신처이자 창고야. 금이든 은이든 뚝딱, 알지? 그게 다 도깨비굴에 있던 걸 꺼내놓는 거거든. 감투나 주머니라고도 하고."

"걔들은 진짜 정신머리가 없어. 원래 도깨비굴은 모양이 제각각인데, 보통 잃어버릴까 봐 주머니로 매달고 감투로 쓰고 다니는 거야. 어? 찍찍이 어디 갔지?"

그새 생쥐와 친구가 되었는지 옥토가 친근한 호칭으로 녀석들을 찾았다. 누가 누구보고 정신머리가 없다는 건지. 차사는 그런 의미로 눈을 흘기며 말했다.

"다시 말해, 저 도깨비가 어떤 모양의 도깨비굴을 가졌는지는 아무도 몰라. 찾으려면 개고생이란 뜻이지."

"찍찍이도 모른대. 서주가 끌려가기 직전까지만 같이 있었대."

다시 생쥐를 머리에 올려둔 채로 옥토가 말했다. 하여간에 그를 찾으려면 첩첩산중이란 말이구나. 연서는 걱정과 피로에 젖어 어깨를 축 늘어뜨렸다. 잠자코 보던 차사가 못 이긴 듯 한숨 쉬며 말했다.

"찾을 방법은 있어."

그리고 꺼내든 건 낡은 나침반이었다.

"저승차사의 도반이다."

"도반(道伴)*? 역시 둘이 잘 지내고 있었구나?"

"도망자를 쫓는 도반(逃盤)!"

옥토에게 한차례 성을 낸 다음 차사가 나침반을 들어 보였다. 녹슨 쇠로 만들어진 테두리 안쪽엔 한자로 적힌 별자리가 빼곡했다. 천체 지도의 축소판 같았다. 다만 연서는 이 나침반에 중대한 문제가 있다고 생각되었다.

"방향을 가리킬 지침이 없는데요?"

"너 동화작가라고 하지 않았나? 상상력이 형편없네."

기왕 도와줄 거 말도 곱게 하면 좋을 텐데. 연서는 입술을 꾹 눌러 닫고 그를 흘겨보았다. 차사는 개의치 않고 말했다.

"을묘년 구월 신묘일 생. 본명을 지우고 서주라 불리는 자

---

* 함께 도를 닦는 벗.

를 찾아라."

주인의 명령에 따라 나침반 주위로 빛이 모여들었다. 곧 실을 땋아 올리듯 움직여 한 줄기 지침으로 변했다.

"저승차사들은 이걸로 사람을 찾아. 명부에 없는 자, 잘못 기록된 자, 멀리 도망친 자. 영혼을 특정할 정보만 있다면 누구든 피할 수 없지."

지침은 은은한 빛을 내며 서서히 돌아가기 시작했다. 방법이 있다는 사실에 연서는 가슴을 쓸어내렸다.

그 순간 내내 조용하던 각시손님이 다급하게 끼어들었다.

"전생의 단서만 있더라도 찾을 수 있는 건가?"

"누구 찾으시게요?"

차사의 물음에 각시손님이 눈을 빛냈다. 삶의 끝에서 새로운 희망을 발견하기라도 한 듯 반짝였다. 그러나 그 빛은 금방 꺼졌고 그녀는 고개를 저었다.

"아니, 찾는대도 어쩌지 못할 걸세."

"뭐, 무슨 사연인지 몰라도 먼저 온 손님이 있어서."

마침 나침반의 지침이 멈췄다. 가리키는 방향을 본 차사가 피곤한 듯 말했다.

"역시라고 할지 하필이라고 할지. 귀찮게 됐다."

지침은 정확하게 서점을 가리키고 있었다. 더 설명하지 않아도 정면 돌파가 예상되었다.

"저거 그 도깨비의 본신(本身)이라고 했지? 호랑이 굴도 모자라서 배 속으로 들어가라네."

귀찮은 기색이 역력한 얼굴로 차사가 목을 꺾었다. 시원한 관절 소리가 났다. 빨리 끝내자며 그가 서점을 향해 성큼 한 걸음을 떼었다. 연서 역시 따라가려는데 곁에 있던 각시손님이 그녀를 붙잡았다.

"나는 더 움직이기 어려울 것 같아. 그대에게 부탁 하나 해도 되겠나."

각시손님은 이제 서있기도 벅찬 듯 몸을 연서에게 기댔다. 무게가 솜털처럼 가벼워서 연서는 안타까웠다. 눈을 마주친 각시손님은 지금까지 중에 가장 절박한 표정을 하고 있었다.

"소멸할 때가 되니 추태를 모르는가 싶다네. 나를 한심하게 여겨도 좋아. 다만 그대의 뜻을 이루고 시간이 남는다면, 그걸 내게 베풀어줄 수는 없겠나?"

"베풀어 달라는 게 어떤……."

"마지막으로 그 사람이 보고 싶어."

각시손님의 형체가 처음보다 조금 투명해졌다. 주어진 시간이 얼마 남지 않은 게 분명했다. 연서는 할 수만 있다면 그녀를 돕고 싶었다. 저승차사의 나침반이라면 의원의 환생을 찾을 수 있을 것이다. 하지만 그녀가 소멸하기 전에 서주를 찾아낼 수 있을까. 주제넘은 약속을 하는 건 아닐까 싶어서 연서는 망설였다.

"왜…… 저한테 부탁하시는 거예요? 저는 평범한 인간일 뿐이잖아요. 제 힘으로는 도깨비와 싸워 이길 수 없어요."

그러자 각시손님이 연서의 두 손을 꼭 붙잡았다.

"내가 아는 인간도 약하고 어리석었으며 주제도 모르고 날뛰는 놈이었지. 문드러진 손을 주저 없이 잡고, 배를 곯아가며 남을 먹이며, 밤을 새워 곁을 살피는…… 어설픈 놈이었다네. 다리가 하나 부러진 의자 같았어."

이젠 입을 떼는 것조차 힘겨워 보였다. 그런데도 그녀는 기꺼이 과거를 떠올렸다.

"보고 있자니 곁에서 잡아주고 싶더군."

얼마나 소중하게 품어두었는지, 그녀의 회상엔 따스함이 묻어있었다.

두 사람은 말없이 서로를 보았다. 그것만으로 감정을 나누기엔 충분했다. 옥토가 부르는 소리에 비로소 연서는 고개를 돌렸다.

"가보게. 그대의 친구들이 기다리는군."

연서가 고개를 끄덕였다. 눈빛이 한결 단단해져 있었다.

"……조금만 기다려주세요. 그 사람, 금방 찾아서 데리고 나올게요."

당찬 대답에 각시손님이 한결 편안해진 얼굴로 답했다.

"그대는 강인한 사람이야."

꼭 서주를 찾으라는 각시손님의 인사를 뒤로하고 연서는 서점 안으로 발을 들였다.

세 사람은 서점을 한바탕 뒤진 후에 서가 앞에 모였다. 안은 지나치게 조용했다. 화가 난 도깨비도, 불길에 탄 자국도 없었다. 기껏해야 책이 쏟아지고 의자가 넘어진, 작은 몸싸움을 벌인 흔적뿐이었다. 연서는 다급한 말투로 나침반을 들여다보는 차사에게 물었다.

"나침반은요?"

"그냥 도는 중."

그 말대로였다. 그의 손에 들린 나침반은 빨리 감기는 시계처럼 마냥 돌고 있었다. 서점에 들어오기 전까지만 해도 멀쩡하게 방향을 가리키더니만. 연서는 답답함에 거의 화를 내듯 말했다.

"고장 났어요? 하필 이런 때에?"

"너는 진짜 상식이 없구나. 너무 가까우면 나침반은 원래

이래. 북극점 안 가봤냐?"

가봤겠냐는 말이 턱밑까지 올라왔다. 그러나 지금은 싸움을 벌일 때가 아니었다. 연서는 애써 숨을 고르고 친절한 태도로 다시 물었다.

"가까이 있다면 잘된 거네요. 이제 어떻게 찾아야 해요?"

"찾는 자리에 정확히 가져가면 반응할 거야. 문제는 이 창고엔 물건이 아주 많다는 거지."

서주가 들었다면 창고가 아니라고 핀잔했을 말이었다. 그러나 연서는 이번만큼은 차사의 편을 들었다. 서점엔 무수히 많은 골동품과 서적이 쌓여있었고, 잘 보이지 않는 자리까지 잡동사니가 가득했다. 동서고금을 체험하고 싶다면 서점을 한 바퀴 도는 걸로 충분할 지경이었다.

나침반에 시선을 둔 채로 차사가 말했다.

"대부분 자기가 선호하는 물건으로 도깨비굴을 만들긴 해. 그 도깨비라면, 뭐일 것 같아?"

조금이라도 많이 대화해 본 네가 말해보라는 투였다. 차사의 물음에 연서는 깊게 고민하지 않고 답했다.

"아마도…… '책'일 것 같아요."

책 무덤의 책 한 권에서 비롯된 책도깨비. 서주로 둔갑하고 바깥에 나갔을 때도 그는 책을 탐닉했다. 다만 정체를 책으로 특정한다고 해도 문제였다. 이 서점에 쌓여있는 책이 도대체 몇 권인가. 가끔 폭포처럼 쏟아질까 두려울 정도다. 연서는 지친 눈으로 안쪽 서가를 바라보았다. 들어설 때마다 구조가 달라지는 신비로운 서가. 저 안쪽에 놓여있기라도 하면…… 이번 생에 찾아내지 못할지도 모른다. 섬뜩한 생각에 연서는 애써 고개를 저었다.

"연서야."

그때 어쩐 일로 조용하던 옥토가 연서를 불렀다. 응접 테이블 앞이었다. 소녀는 무언가를 발견한 듯 천장을 가리켰다.

"언제부터 저랬어?"

물이 새는 자리였다. 어제만 해도 물 자국이 좀 있던 정도였으나, 지금은 검고 넓게 썩어있었다. 하루 사이 변한 모습에 연서는 소스라치게 놀랐다. 그리고 다가온 차사 역시 썩은 자리를 기이하게 쳐다보았다.

"독이 묻었네."

"응. 아주 오래됐고, 깊고 진해. 저런 독은 처음 봐."

차고 기우는 달이 생명을 상징하듯 달에서 온 소녀 신은 생명력에 민감했다. 옥토는 부름을 받고 뚫고 나온 칡덩굴을 타고 천장 가까이 갔다. 손을 뻗어 썩은 자리를 살피는 동안 옥토의 눈에 붉은 이채가 돌았다.

"상처 난 자리로 스며들었구나. 무언가의 혼에서 비롯되었는데…… 다 으스러져서 형체가 보이지 않아. 오랫동안 독이

겹치고 겹쳐서, 그야말로 고독(蠱毒)*이고, 고독(古毒)이야."

작은 손에서 따뜻한 기운이 흘러나왔다. 그러자 썩은 부위가 일부분 치유되어 원래대로 돌아갔다. 다만 구심점이 된 뿌리 깊은 독기는 뽑히지 않았다.

지켜보던 차사가 어떤 사실을 깨달은 듯 말했다.

"그 도깨비, 왜 그렇게 남을 못 잡아먹어 안달인가 했는데. 이것 때문이었나."

"이것 때문이라뇨?"

"도깨비들은 대체로 순박해서 남을 해치지 않아. 누굴 칼로 찌른다든지, 멋대로 데려가려고 한다든지. 이런 건 상당히 드문 일이야. 하지만 독에 감염되었다면 얘기가 다르지."

바닥에 내려온 옥토 역시 고개를 끄덕였다.

"사납고 독해져. 그러다 완전히 물들면 원래 모습을 잃어버릴 거야……. 가여운 것."

옥토가 손을 떼자 천장이 순식간에 원래대로 돌아왔다. 검은 얼룩이 오히려 더 진하고 넓어진 듯했다. 연서가 걱정스러워하며 옥토에게 물었다.

"그럼, 이 서점은 어떻게 되는 거야? 도깨비가 독에 완전히 물들어 버린다면."

---

* 맹독성 벌레 여럿을 항아리에 가둬 서로 죽이게 하는 주술. 최후에 살아남은 벌레로 저주를 건다.

도깨비가 곧 서점이다. 분신이라고 하긴 했지만, 도깨비는 독에 물든 상처를 공유하고 있었다. 만약 그가 완전히 독에 물들어 죽기라도 한다면……. 울상을 한 옥토 대신 차사가 답했다.

"썩어서 무너지겠지."

"싫어! 난 여기가 좋단 말이야!"

연서에게 달려가 안긴 채로 옥토가 칭얼거렸다. 그녀 말고도 자리의 모두가 이 서점을 아꼈다. 어떤 영혼이든 어느 때고 쉬어갈 자리가 또 있을까. 누군가는 이곳의 자유로움을, 또 누구는 다정함을, 다른 누군가는 평화로움을 사랑했다. 잃고 싶지 않았다.

다시 고개를 든 옥토가 뾰로통하게 말했다.

"영혼을 바탕으로 만들어진 독이라 약삭빠르고 끈질겨. 그래서 서주도 몰랐을 거야. 알아챌 듯하면 얼른 숨어버렸을걸. 고칠 방법은 하나뿐이야."

"뭔데?"

"도깨비가 스스로 뱉어내야 해. 독이 보여주는 환상을 깨부수고."

"잠깐, 이리들 와봐."

차사가 테이블에 놓인 서주의 기록서를 가리키며 다른 두 사람을 불렀다. 기록서 위에 나침반을 두자 지침에 즉시 변화가 일어났다. 재빠르게 돌던 지침이 일순간 멈췄다. 방향은 아래를 향하고 있었다.

보물찾기가 예상보다 일찍 끝났지만 차사는 개운하기는커녕 오히려 탐탁지 않아 보였다.

"구태여 이렇게 잘 보이는 자리에 두었다는 건, 초대한다는 뜻인가."

그가 기록서에 손을 뻗자, 밀어내듯 허공에 불길이 일었다. 초대받은 손님이 아닌 모양이었다. 옥토 역시 손을 대자마자 뜨거움을 맛보았다. 불길이 일지 않은 건 연서뿐이었다. 차사가 쓴웃음을 지으며 말했다.

"누굴 기다리는지 확실해졌네."

연서는 긴장된 얼굴로 끄덕였다. 이 안에 서주가 있다. 그리고 독에 물든 도깨비를 구해 서점을 지켜야 한다. 어느 한쪽도 잃을 수 없으니 덫에 뛰어들어야만 했다. 두려움에 연서의 손끝이 조금 떨렸다. 그러자 옥토가 그녀의 손을 덥석 잡았다.

"연서라면 할 수 있어."

작은 손이 물러간 자리엔 콩알 같은 씨앗이 남아있었다. 연서는 옥토가 건넨 씨앗을 손에 꼭 쥐었다. 체온이 느껴지듯 은은하게 따스했다.

"도깨비 몸에 상처가 나있었다고 했지? 아마 본신과 연결

되어 있을 거야. 분신이 이 씨앗을 삼키면 정화할 수 있어. 다만 아까 말했듯이 스스로 독을 정화하려는 의지도 필요해."

"어떻게든 설득해야겠네."

"응. 독에 홀렸으니 쉽지 않을 거야. 서주라면 방법을 알지도 모르니까, 먼저 서주를 찾아야 해."

뭐든 쉽지 않은 일이었다. 걱정이 밀려와서 연서는 얼굴이 조금 어두워졌다. 그러다 애써 떨쳐버리고 밝은 목소리로 말했다.

"자아, 그럼 할 일이 두 가지네? 하나는 서주를 구하는 거, 다른 하나는 서점을 구하는 거. 쉽네!"

그러자 차사가 손끝으로 연서의 미간을 톡 치며 말했다.

"넌 미간이 솔직해서 연기는 안 어울려. 남 걱정 말고 너나 걱정해."

하여간에 좋은 뜻을 절대 곱게 전하지 않는 남자다. 그렇대도 그 마음이 고마웠다. 둘의 격려에 굳어있던 마음이 조금 녹아내린 것 같았다. 연서는 기록서를 펼치고 그 앞에 섰다.

기다렸다는 듯 책의 낱장이 저절로 넘어갔다. 이내 어떤 이야기의 초입에서 멈췄다. '환상서점', 바로 도깨비의 이야기였다. 연서는 그녀의 친구들을 돌아보며 인사했다.

"다녀올게."

기록서에 손을 올리자 순식간에 그녀가 불길에 휩싸였다.

그리고 자리에서 사라져버렸다. 때는 아직 밤의 한중간. 창밖엔 날이 흐려 달무리가 떠있었다.

모두가 오늘, 긴 밤이 되리라는 걸 예감했다.

3장

괴이한 기록서

연서는 땅이 흔들리는 감각에 눈을 떴다. 기록서에 손을 댄 순간, 좁은 통로에 빨려 들어가는 듯한 압력에 그녀는 잠시 정신을 잃었다. 남아있는 몽롱함에 잠깐 누워있자니 땅을 통해 어떤 소리가 전해졌다. 따지자면 소리보다는 진동에 가까웠다. 일정하게 이어지는 떨림에 규칙적인 충격음이 얹혀졌다.

무거운 짐을 실은 리어카 같네. 연서는 잠이 덜 깬 사람처럼 엉뚱한 생각을 했다. 그리고 진동이 근접하여 자신을 덮칠 듯 커져서야 화들짝 놀라 몸을 일으켰다. 책 속에서 처음 마주친 건, 촉촉한 콧김을 내뿜는 당나귀였다.

당나귀는 놀라 어버버거리는 연서를 보며 눈을 몇 번 끔

빽거렸다. 그리고 옆으로 지나쳐 제 갈 길로 향했다. 씰룩거리는 엉덩이 뒤로 짚단이 잔뜩 실린 수레가 뒤따랐다. 사극에서나 볼법한 광경에 연서는 잠깐 멍해졌다. 그러다 정신을 가다듬고 주변을 둘러보았다.

그녀가 누워있던 자리는 옛 장터 한가운데였다. 바쁘게 걷는 사람들과 목청 높여 물건을 파는 상인들은 모두 조선시대에 가까운 차림새였다. 짚을 엮어 만든 초가집과 시전(市廛)에 걸린 물건 역시 그랬다. 연서는 종이, 비단과 명주, 어물 등을 신기한 눈으로 보았다. 박물관에서 보던 것들이 원래 자리에 놓여 생동감을 자아내었다.

특이한 점은 누구도 그녀를 인식하지 못했다. 어린아이 하나가 그녀를 향해 정면으로 뛰어들어 연서는 화들짝 놀라 옆으로 비켰다. 하지만 아이는 그 모습을 본 체도 않았다. 아예 없는 걸 무슨 수로 보냐는 듯 멀리 뛰어갈 뿐이었다.

차라리 다행이었다. 이 시대에 존재할 리 없는 청바지와 체크무늬 셔츠 차림을 보고 사람들이 몰려드는 것보다 나았다. 비록 정보를 물을 수 없는 불편함은 있었지만, 연서는 그녀 나름대로 이 세계의 정체를 추측해 보았다.

'도깨비가 살았던 시대이려나.'

가장 가능성 높은 답으로 보였다. 도깨비들은 각자 입맛에 맞게 도깨비굴을 만든다고 했으니, 본 적 없는 현대가 아닌 그가 살던 시기이지 않을까. 그렇다면 도깨비를 찾기 위해서는 그가 있을만한 곳으로 가야 한다. 그건 아마도……

그때 누군가의 말이 그녀를 잡아챘다.

"도깨비다!"

감탄에 가까운 외침이었다. 소리가 난 방향으로 연서는 황급히 고개를 틀었다. 무언가를 둘러싸고 사람들이 모여 있었다. 환호성과 웃음소리에 답가를 보내듯 요란한 꽹과리 소리가 울려 퍼졌다. 광대들의 놀이가 한바탕 벌어지는 중이었다.

사람들 틈으로 기웃대자 탈을 쓴 광대들이 보였다. 하나는 사람 좋게 웃는 탈을 쓰고 어깨를 들썩였고, 붉게 칠한 탈을 쓴 이가 비틀대며 그의 곁을 맴돌았다. 그들은 씨름하듯 다리를 걸었다 풀며 보는 사람들을 감질나게 했다. 생긴 걸 보아하니 도깨비는 둘 중 붉은 탈 쪽인 듯했다.

공연이 흥미롭긴 해도 그녀가 찾던 도깨비는 아니었다. 발길을 돌리려는데 문득 옆에 선 봇짐장수들의 대화가 들려왔다. 솔깃한 내용에 연서는 귀를 기울였다.

"오늘 밤에 넘어갈 거요? 그러지 말지. 그쪽 고개에 진짜 도깨비가 산다는 말이 있거든."

"정말? 언제부터? 옛날에 왔을 땐 그런 소리 없었는데."

"몇 해 전에, 양반댁 마나님이 웬 놈이랑 도망쳤단 소문은 들었지?"

"왜 모르겠어. 밤중에 도망치는 것들 중 연놈 얘기가 젤 재밌는데. 둘 다 절벽에서 떨어져 죽었다지 않았어?"

"그래야 되는데, 그 사내놈이 도깨비라잖아. 희멀건 하니 죽지도 않고 나이도 안 먹는."

봇짐장수의 말에 연서는 가슴이 선뜩했다.

"머리를 산발하고 산중에서 이따금 나타나는데, 애인을 잃어 미친 게지. 허공에 중얼대는 건 귀신과 대화 중이란 말도 있고."

"도깨비들은 원래 떠돌아다니지 않아? 그놈은 거기서 뭐하고 자빠졌대?"

"뭐겠어?"

다음에 이어진 말을 끝으로 연서는 곧장 봇짐장수가 가리킨 숲을 향해 뛰었다. 더 신중할 필요도 없었다. 그들이 말한 도깨비는 그녀가 너무나도 잘 아는 이야기의 등장인물이었다.

"여자가 다음 생에 돌아오길 기다리는 거지."

산길은 잘 정리된 현대보다 훨씬 험했다. 이끼 낀 바위는 오를 수 없을 정도로 미끄러웠고, 아무렇게나 튀어나온 나무 뿌리에 걸려 연서는 몇 번이나 넘어질 뻔했다. 깊은 곳으로 들어갈수록 이름 모를 풀이 시야를 가렸다. 그나마 커다란 바위와 계곡 따위의 지표가 있어 방향을 가늠할 수 있었다.

  목표로 하는 장소는 저 멀리 있는 바위 절벽이었다. 전생의 그와 그녀가 이별했던 자리. 그곳에 과거의 서주가 머무르는 게 분명한데도 연서는 몇 시간째 제자리걸음이었다. 어느 길로 가도 마침내 서점에 닿는 마법이 없어진 걸까. 연서는 턱밑까지 차오른 숨을 고르기 위해 잠시 멈췄다.

  '오늘 안에 만날 수나 있을까.'

  아직 낮이라 해도 산속의 해는 빨리 저문다. 멈춰있을 시간이 없었다. 다시 목적지를 향해 걷던 중에 그녀는 사람 키보다 조금 높은 절벽을 눈앞에 마주쳤다. 돌아갈 방법도, 시간도 없었다. 연서는 튀어나온 돌부리를 붙잡고 기어올랐다.

  높지 않은 절벽인데도 올라서기가 쉽지 않았다. 반쯤 타고 올라왔을 때에는 발이 미끄러져 떨어질 뻔했다. 두세 군데쯤 몸을 긁힌 뒤에야 그녀는 마침내 절벽 위에 올라섰다. 그리고 벅찬 숨을 몰아쉬는 그녀를 맞이한 건 작고 하얀 생쥐였다.

  분홍빛 코와 까만 눈동자가 낯익었다. 보통에 비해 작은, 손가락 한두 마디쯤 될 새하얀 생쥐. 신들에게 보낸 서주의 사자들과 닮은 모습이었다. 녀석은 코를 킁킁대며 연서의 셔츠를 붙잡고 오르더니 가슴팍의 주머니에 쏙 들어갔다. 그리고 안에 있던 초록빛 매듭 책갈피를 물고 고개를 내밀었다.

"아, 이게 여기 있었구나."

예전에 서주에게 받은 물건이었다. 주머니에 넣어두고 수시로 사용하다 깜빡한 모양이었다. 여기서 서점 냄새를 맡고 찾아왔구나. 기특하여 쓰다듬어 주려는데 생쥐가 큰 목청으로 울었다. 다음엔 얼른 바닥으로 뛰어내리더니 재촉하듯 연서를 돌아보았다.

"따, 따라오라고?"

연서는 무거운 다리를 이끌고 생쥐를 뒤쫓았다. 저 생쥐가 정말 서주의 사자라면, 지금 그가 그녀를 부르고 있는 걸지도 몰랐다. 연서는 빨리 서주를 보고 싶어 마음이 조금 들떠 길을 재촉했다.

그러나 그 바람이 쉽게 이루어지지는 않았다. 산속을 뛰어다닌 지 한 시간째에도 목적지는 가까워지지 않았다. 힘에 겨운 연서가 잠깐 쉬려 하면 생쥐는 온 힘을 다해 찍찍댔다. 알아들을 수 없지만 잔소리가 분명했다. 콩알만 한 게 표현은 확실하네. 연서는 생쥐의 보챔에 어쩔 수 없이 다시 일어나길 반복했다.

숲은 아까보다 조금 어두워진 채였다. 걱정스러운 마음으로 연서가 걸음을 서두르던 중이었다. 그런데 허리춤까지 자란 수풀을 치우고 그 사이로 들어섰을 때, 수상한 감각이 그녀의 발목을 스쳤다.

"어?"

내려다본 발은 멀쩡했다. 주변을 둘러보아도 아무런 이상이 없었다. 그러나 그 감각은 분명 착각이 아니었다. 고양이가 꼬리를 감고 지나가는 부드러움, 혹은 물에 떠있을 때 뺨을 간질이는 수면의 감촉. 그런 부류의 섬세한 감촉이었다. 연서는 시험 삼아 뒷걸음질 쳤다.

"어어?"

같은 자리에서 다시 동일한 느낌이 들었다. 연서는 땅따먹기하듯 몇 번 앞뒤로 움직여 보았다. 그러다 문득 셔츠 주머니에서 따뜻한 열감을 느꼈다. 확인해 보니 서주가 준 책갈피가 은은한 빛을 내고 있었다.

특별한 힘을 가진 물건은 아닐 텐데. 연서는 실로 매듭을 엮어 만든 책갈피를 살펴보았다. 혹시 서주의 물건이기 때문일까? 불현듯 아찔함이 밀려왔다. 그녀가 전생의 기억을 떠올릴 때 벌어지는 일이었다. 아주 먼 생에 그녀는 어린아이였던 채로 이 숲을 방문한 적 있었다. 그때의 시야가 연서의 앞에 트였다. 엉엉 울면서도 손에 꼭 쥐고 있던 건, 서주가 시장에서 떨어뜨린 책이었다.

그 시절에 서주는 인간을 피하고자 어떤 경계를 만들어두었다고 했다. 그 경계를 넘기 위한 방법은 그의 물건을 지니는 것. 그리고 이 매듭 또한 서주의 물건이다. 연서는 방금 느낀 오묘한 감각이 경계를 넘을 때 벌어지는 일이라는 걸 깨달았다.

그렇다는 건 목적지에 거의 이르렀다는 뜻과 같았다. 연서는 책갈피를 손에 꼭 쥐었다. 그리고 그의 손을 잡았다고 생각해 보았다. 단단하고 다정한 구속. 그걸 꼭 되찾기로 다짐했다. 다시 앞으로 걸어 늘어진 나뭇가지를 젖히자, 멀리 보이던 절벽이 바로 앞에 있었다.

연서는 생쥐를 따라 절벽 아래 난 동굴로 향했다. 흐드러진 살구나무를 제치고 들어서면 밀회하던 정원이 나타날 것이다. 사철 나비가 날아들고 시냇물 흘러가는 소리가 마음을 평안하게 만드는 장소. 그녀를 기다리는 서주가 머무는 곳. 연서는 동굴 안에 뛰어들었다.

그러나 눈앞의 풍경은 그녀의 옛 기억과 완전히 달랐다. 초목은 모두 시들고 시냇물은 말라붙은 채였다. 언제 죽었는지 모를 나비들의 사체가 발밑에서 바스락대며 부서졌다. 서주의 것으로 보이는 책과 문방사우는 아무렇게 나뒹굴었다.

전생의 그녀가 죽은 뒤에 서주가 상심에 빠졌고, 정원도 망가졌다고 듣긴 했다. 하지만 실제로 보니 그 정도가 처참했다. 비가 오면 오는 대로, 날이 맑으면 맑은 대로 항상 몽환적인 빛을 간직했던 그 정원이라고 생각조차 할 수 없었다.

 불안해진 연서는 서주를 찾기 위해 여기저기를 눈으로 훑어보았다. 더 높은 곳에서 보기 위해 언덕 위로 가려던 참이었다. 바로 근처에서 흐린 존재감이 느껴졌다.

 그가 있었다. 입구에서 얼마 떨어지지 않은 자리, 말라붙은 꽃 덤불 곁에 죽은 듯 앉아있었다. 옥색 도포에는 핏자국이 흥건했고 손발은 힘없이 늘어져 있었다. 옅은 색 머리카락은 다 헝클어져 땅에 닿을 정도로 길었다.

 일견 시체와 다름없었다. 만나면 즉시 껴안고 싶었는데 도저히 그럴 수 없었다. 왜…… 어째서. 놀란 연서가 의미 없는 단어를 흘렸다. 울먹임이 뒤따라 나오려고 하여 그녀는 입을 틀어막았다.

 어떻게 걸은 줄도 모르게 그의 앞으로 가서 연서는 몸을 낮췄다. 항상 투명하게 빛나던 담녹색 눈동자가 공허했다. 어디를 보는지도 모르게 먼 곳을 향했다. 혹시 과거를 떠올리고 있는 건가. 잠깐이나마 행복했던 기억에 머물고 있을까. 연서는 조그맣게 그의 이름을 불렀다. 그러나 아무런 반응도 돌아오지 않았다. 연서를 보고 들을 수 없는, 이 세계의 인물이라는 증거였다.

 마르고 창백한 뺨을 쓰다듬어 줄 수도 없어 연서는 기어이 눈물을 흘렸다. 지금 이 남자를 이렇게 만든 건, 먼저 죽어버린 나다. 그런 생각에 연서의 죄책감과 무력감이 다시 고개를 들었다. 그녀는 닿지도 않을 말을 필사적으로 전했다.

 "이게 무슨 꼴이에요? 바보 같아. 빨리 일어나서 햇살도 보고 정원도 가꿔요. 내가 없다고 이러면 어떡해요. 그래도 잘 살아야지."

 연서는 그를 일깨우고 싶었다. 지금은 당신이 상심에 빠져 있지만, 시간은 계속 흐를 거고 우린 다시 만날 거라고. 그렇게 말해주고 싶었다. 단지 이 세계의 허상이라고 해도 그녀는 그를 사랑했다.

 비로소 그녀는 서주가 영원을 두려워하는 까닭을 마음 깊이 이해했다. 지금도 그는 이때에서 벗어나지 못한 것이다. 끝나지 않는 생을 멍하니 지켜보며, 언제 돌아올지 모를 사람을 기다리는 삶이라니. 마음이 잿더미가 되지 않고서야 어떻게 버틸까. 그녀로서는 더 알아주지 못해 미안할 뿐이었다.

 그때 문득 흰나비 하나가 나풀대며 그의 손등에 내려앉았다. 시체 같던 남자의 눈에 아주 잠깐 생기가 돌았다. 연서는 그 짧은 빛을 놓치지 않았다. 흰나비는 사람의 영혼으로도 여겨진다. 그는 어떤 마음으로 나비를 보았을까.

연서가 일어서서 나비를 쫓았다. 이 세계에서 그녀는 인간을 제외한 동물과 초목에는 영향을 미칠 수 있었다. 동굴까지 오며 깨달은 사실이었다. 곧 연서가 조심스레 두 손으로 나비를 가두어 잡아 남자의 앞에 풀어놓았다. 나비는 떠나지 않고 그의 손등에 앉아 가만히 날개를 팔랑거렸다.

그리고 울먹이는 목소리로 그녀가 말했다.

"나, 돌아왔어요……."

이윽고 흰나비가 서주의 곁에서 맴돌다 멀리 날아갔다. 연서는 천천히 몸을 일으켰다. 결국 그를 돕지 못했다. 별다른 능력도 없는, 평범보다 좀 모자란 인간이니 당연한 일이다. 마지막으로 인사하기 위해 연서는 얼굴을 들었다.

그와 눈이 마주쳤다. 착각 따위가 아니었다. 과거의 서주가 믿을 수 없다는 듯 그녀를 응시했다. 죽은 듯 늘어져 있던 몸을 일으켜 당장 끌어안을 듯 손을 뻗었다. 그러나 닿지 못하고 그녀를 지나쳐버렸다.

영혼을 보는 그의 두 눈이 오묘한 빛으로 일렁였다. 이내 왈칵 차오른 눈물이 빛을 가렸다. 그는 붙잡을 수 없다는 걸 알면서도 연신 손을 뻗었다. 그 손짓이 너무도 가여워서 연서는 덩달아 눈물을 흘렸다.

"돌아왔어요. 돌아올 거예요. 그러니까 조금만 더 참아봐요. 그럼 우리가 다시 만날 수 있으니까……."

그녀의 말이 들렸을지는 알 수 없었다. 가장 황폐했던 날의 서주가 서럽게 울었다. 연서는 허공이나 다름없는 그의 손에 얼굴을 기댔다. 서로 눈을 맞춘 채로 그가 힘겹게 말했다.

"네가 없으면, 나는 아무것도 아니야."

"왜 그런 말을 해요."

"내가 살아있을 이유는 어디에도 없어. 널 기다리는 것밖에는."

"그렇지 않아!"

연서의 외침에도 그는 자신을 학대하기를 멈추지 않았다.

"그런데도 난 영원에 묶여 여기 머물겠지. 내 몸이 한 조각만 남아도, 영혼이 다 썩어서 부스러지더라도."

도저히 그를 위로할 방법이 떠오르지 않았다. 이토록 절망에 빠진 사람을 도대체 누가 구할 수 있을까. 누가 그를 완전히 이해할까. 일으켜 세워 다시 걷게 만들어줄 수 있을까. 도대체, 누가.

그때 뒤에서 누군가의 손이 연서의 어깨를 감쌌다. 그토록 닿고 싶던 손길이었다. 풍파를 좀 더 겪고, 보다 단단해진 날의 서주가 그녀를 내려다보았다. 책 속 세계가 아닌 현실의 남자가 입을 열었다.

"애써 묻은 과거를 허락도 없이 꺼내긴가요."

아는 미소, 아는 복장, 아는 말씨. 연서는 몸을 일으켜 그를 덥석 끌어안았다. 걱정했고, 놀랐고, 미안하다고. 그런 마음이 하나로 뭉그러져 목에 걸렸다. 차마 말로 꺼낼 수 없었다. 서주는 듣지 않아도 알겠다는 듯 그녀의 등을 토닥여주었다.

현재와 과거가 나란히 서로를 마주했다. 서주는 가라앉은 눈으로 과거의 자신을 보았다. 다음엔 깡마른 어깨를 단단하게 붙잡고 말했다.

"이만, 망령은 무덤 속으로 돌아가기로 하죠."

그러자 과거의 서주가 어색하게 굳어졌다. 이어서 속이 텅 빈 조각상처럼 표면에 금이 가더니 산산조각 나버렸다. 바람에 날리는 잔해를 연서는 끝까지 지켜보았다.

곧 연서를 끌어안은 채로 서주가 말했다.

"어쩌다 여기까지 왔어요. 위험하게."

"그런 말을 하려면 당신이 사라지지 말았어야죠! 걱정은 내가 먼저 했다고요!"

"그건 그렇네. 미안해요."

"항상 말이면 다인 줄 알아! 혼자 저기 멀리 가놓고 쫓아

가면 왜 왔냐고!"

"미안해요. 정말로요."

"먼저 걱정시켜 놓고!"

"그건 아까 말한 건데."

이런 상황에서조차 유머를 잃지 않는 남자를 연서가 어이없다는 듯 보았다. 화를 내려는 참에 서주가 얼른 그녀의 뺨에 입 맞췄다. 아직 해야 할 일이 남았기에 연서는 그를 더 이상 추궁하지 않았다.

연서는 먼저 서주가 사라진 동안 서점에서 벌어진 일을 짧게 전달했다. 도깨비가 서주의 모습으로 연서에게 접근했다는 대목에서 그는 특히 인상을 찌푸렸다. 그리고 옥토가 발견한 독에 대해서는 동의한다는 듯 고개를 끄덕였다.

"이상하긴 했습니다. 제 서점은 도깨비의 힘을 지녔어요. 그 자체이니 당연한 일이죠. 한데 특별하게 낫지 않는 상처가 있다는 건, 그럴만한 이유가 있다는 뜻이니까요."

"왜 우리가 몰랐을까요?"

"누군가의 의지가 깃들어서 그럴 겁니다."

옥토는 독에서 영혼이 느껴진다고 했다. 서주는 그 말을 듣고 대부분의 인과를 눈치챈 기색이었다.

"제 눈을 피하기 위해 어떻게든 몸을 숨겼을 겁니다. 그러니 고작해야 서점에 물이 새는 정도였겠죠. 저를 이 공간에 보내버린 것도, 방해요소를 치워버리기 위해서였을 겁니다."

"도깨비를 조종하는 영혼이라…… 원하는 게 뭐길래 이러는 걸까요?"

"아마도 서점에 깃든 도깨비의 힘을 원했겠죠. 악령들의 집착이야 신기한 일도 아닙니다만. 도깨비가 안됐군요."

잠깐 서주의 얼굴에 연민이 스쳐 지나갔다. 연서는 반쯤 확신하며 물었다.

"혹시 일부러 붙잡혔어요?"

"……."

그가 대답 없이 미소 지었다. 불편하지만 긍정한다는 뜻이다. 몸을 아끼지 않는 그를 비난하듯 연서가 매서운 눈초리를 했다. 서주는 어쩔 수 없다는 듯 짧게 해명했다.

"돕고 살아야죠."

오랜만에 만난 친구에게 어떤 문제가 있다는 사실을 깨닫고, 서주는 원인을 알기 위해 붙잡혔던 것이다. 도대체 누가 더 걱정시키고 있느냐는 연서의 질책에 서주는 해명을 다시 덧붙였다.

"대비책은 마련해 뒀어요. 위험하지 않은 일이었습니다."

"그게 뭔데요?"

그가 소매 안쪽에서 청자로 된 작은 기름병을 꺼냈다. 잘록한 허리에 붉은 띠가 감겨있었다. 마개로 닫혀있던 입구를 열자 피비린내가 풍겼다.

"백마의 피입니다. 도깨비의 힘을 무력화시킬 수 있어요."

서주는 손끝에 살짝 피를 바르고 바닥에서 굴러다니던 책을 주워들었다. 그러자 손끝이 닿은 부분부터 책이 부서져 흩어졌다.

"여긴 그가 만든 세계니까 무엇이든 부술 수 있습니다."

"그럼, 방금 과거의 당신도……."

"네. 이 피를 발라주었죠."

반짝이며 흩어지던 파편을 떠올리며 연서가 고개를 끄덕였다. 책 속 세계의 등장인물일 뿐이지만, 연서는 여전히 그를 연민했다. 과거의 서주가 고통을 끝낼 수 있어 다행이었다.

이제 남은 건 도깨비에게서 독을 빼내고 원래 세계로 돌아가는 일이다. 연서가 물었다.

"그러고 보니 이 세계에서 벗어나려면 어떻게 해야 하죠?"

"도깨비굴은 들어올 때도, 나갈 때도 주인의 허락이 있어야 합니다. 이 규칙은 신이라고 해도 어길 수 없어요. 도깨비 감투를 다들 탐낸 이유가 있죠. 누구도 넘볼 수 없는 보물창고가 생기는 격이니."

서점에서나 재밌게 들릴법한 부연이었다. 연서는 지름길

이 없다는 사실에 조금 낙담했지만, 차라리 잘됐다는 생각도 들었다. 애초부터 그녀의 목표는 두 가지였다. 하나를 이루었으니 이젠 다른 하나만 남았다. 그녀가 씩씩하게 말했다.

"좋아요. 도깨비를 찾으러 가요. 우리 서점을 지켜야 하니까!"

마치 정의의 용사라도 되듯 말하는 그녀를 보고 서주가 작게 웃었다. 그리고 서둘러 동굴에서 나가려던 때였다. 먼지 덩이가 굴러오듯 작은 쥐가 달려왔다. 연서를 여기까지 안내해 준 녀석이었다.

생쥐는 곧장 서주에게 가서 익숙한 듯 손에 올라탔다. 연서에게는 가차 없이 호통치던 녀석이 얌전하게 그의 손안에 기대앉았.

"역시 당신이 보낸 아이였구나. 제가 온 걸 알고 이곳으로 부른 거예요?"

"네, 이 아이들이 저를 도와주고 있습니다. 여기 말고도 몇 군데 살펴보는 중이에요."

"밖에서도 봤어요. 몇 마리쯤 되나요?"

"합쳐서 일곱."

"……혹시 도깨비의 가족이었던 아이들인가요?"

잠깐 정적이 흐르고 서주가 고개를 끄덕였다. 아이들의 혼이 여태 이승에 머무르고 있었다니. 어떻게 그럴 수 있었을까? 아무리 영혼이래도 지나치게 긴 세월이었을 텐데.

"몇 번이나 저승으로 갈 것을 권유했지만, 고집을 꺾을 수가 있어야죠. 한데 지금 생각해 보면 이번 일을 예측한 것 같기도 합니다."

"예측이요?"

"가끔 불길한 기운이 다가온다면서 울었거든요. 도깨비가 걱정되어 떠날 수 없었던 거겠죠. 전에도 그랬듯이."

연서는 그녀가 들었던 옛이야기를 잠깐 떠올렸다. 아이들은 구태여 모습을 바꿔가며 남을 정도로 도깨비를 아꼈다. 이번에도 아마 같은 뜻이었으리라. 그렇다고 해도 언제 깨어날지 모를 친구를 기다리는 건 쉽지 않은 일이었을 텐데. 연서는 생쥐의 머리를 살살 쓰다듬으며 물었다.

"힘들었겠다. 친구를 기다린 거야?"

그런데 빨간 눈동자가 점점 날카로워지던 생쥐가 돌연 그녀의 손끝을 콱 깨물었다.

"아얏!"

"아, 이 아이는 좀 사납습니다. 동생들을 지키며 대장 노릇을 하던 녀석이라."

생쥐는 후다닥 서주의 팔을 타고 올라가 어깨에 앉았다. 콧김을 훅 뿜어내는 행동이 묘하게 의기양양했다. 그걸 본 연서는 은근하게 기분이 언짢아졌다. 차마 표현할 수는 없어 일부러 서주의 손을 꼭 잡고 물었다.

"도깨비가 아이들을 알아볼까요?"

"독에 완전히 물들지 않았기를 바라야죠. 혼자 남은 게 아니라는 걸 깨달으면, 이 패악질을 끝내줄지도 모르겠군요."

동굴을 나가는 길에 연서는 서주의 손을 더 꽉 잡았다. 그녀가 생쥐와 나누는 삐딱한 시선을 서주는 영문도 모르고 지켜보았다.

먼 하늘에 붉은 노을이 내렸다. 길게 늘어진 태양 빛에 도깨비가 눈을 떴다. 그가 누운 자리는 어딘가의 넓은 마루 위였다. 잔잔한 바람 외에는 그를 방해하는 게 없었다. 몸은 한없이 나른하고 눈꺼풀이 무거웠다. 이대로 잠들고만 싶었다.

여기까지 온 과정을 떠올리려 했지만 기억나지 않았다. 긴 잠에서 깨어나 친구를 다시 만났던 것 같은데. 도깨비는 이내 귀찮은 듯 몸을 돌렸다. 에이, 뭘들 어때. 뜨거운 햇살을 등졌더니 눈꺼풀 안으로 들어오는 빛이 없어 아늑했다. 마음이 가라앉은 채로 상념이 이어졌다.

나의 소중한 친구는 왜 서점이 부서지도록 놔뒀을까. 서점이 곧 나라는 걸 알고 있으면서. 도깨비는 이유를 알고 싶었다. 그래서 몸을 빚어 세상으로 나왔고, 그 여자를 구하기 위해서였다는 진실을 깨달았다. 두 사람이 길고 단단한 인연의 끈으로 묶여있다는 것도 알게 되었다.

그게 도깨비를 불안하게 만들었다. 나의 첫 번째이자 가장 오랜 친구, 나의 파수꾼. 유령처럼 떠돌던 남자가 그녀 곁에 서는 사람처럼 웃었다. 친구는 더 이상 외롭지 않았다. 서로를 닮은꼴로 여겨 친구가 될 수 있었는데, 이젠 아니구나. 그럼 우린 더 이상 함께할 수 없는 걸까.

두 사람이 손을 잡고 서점을 떠난다면 나는 어떻게 하지. 문득 가슴 한구석이 뜨끔했다. 벌침에 쏘인 듯 통증과 열이 올랐다. 가슴팍의 상처가 다시 말썽이었다. 온몸이 묶인 듯 답답했다. 그럴수록 생각은 자꾸 뻗어나갔다.

그 여자. 허연서, 다정하고 친절한 인간. 유랑하는 중에 많은 사람을 만났어도 그녀는 특별했다. 어떻게 남을 향해 그토록 친밀한 얼굴을 하고, 영원히 곁에 있겠다고 말할까? 눈을 감고 연서를 떠올리는 동안 도깨비는 마음이 간지러웠다.

내게도 그런 사람이 있다면 좋을 텐데. 그는 옆으로 누워 몸을 둥글게 말았다. 손으로 귀를 덮자 주변이 점차 멀어졌다. 심장의 낮은 고동 소리만이 그를 채웠다. 이내 완전히 혼자라는 감각에 잠겼다.

그러자 어떤 속삭임이 안에서부터 피어올랐다.

'친구가 부러워?'

부러웠다. 도깨비는 그토록 단단한 애정으로 엮인 관계를 항상 갖고 싶었다. 문득 과거를 떠올렸다. 내게도 그런 관계가 있었는데. 나의 소중한 가족 말이야……. 어라? 도깨비는 반짝 눈을 떴다. 가족을 떠올리려 해도 기억나지 않았다.

아직도 노을이 저물지 않았는지 시야가 온통 붉었다. 그를 부추기는 목소리가 다시 들려왔다.

'갖고 싶어?'

갖고 싶냐고? 아, 그래. 그 여자 말이지. 내 친구의 망가진 영혼을 이어 붙여준 구원자. 도깨비는 이제 환청을 벗 삼아 물었다. 김 서방 말이야, 이 서점을 계속 지키기나 할까? 그녀를 구하기 위해 한 번 내던졌잖아. 칡덩굴에 꿰뚫렸을 때는 정말 아팠어. 온몸에 구멍이 난 건 처음이었다고.

나는 안중에도 없는 거지? 언젠가 아예 떠나려나? 그럼 나는 또 혼자 남겠구나.

도깨비의 속내에 환청이 키득거렸다. 여인 같기도 하고, 여럿이 합친 목소리 같기도 하다가, 짐승의 울음이나 새어 나오는 바람 소리 같기도 했다.

'빼앗지 그래?'

어떻게 그런 짓을 하겠어. 가족을 잃는 게 얼마나 슬픈 일인데. 잠깐, 그런데 내가 그걸 어떻게 알지? 내게 가족이 있었던가? 생각하려 할 때마다 가슴이 지끈대며 아팠다. 도깨비는 차라리 그를 달래는 환청에 기댔다. 그저 달콤한 말만 듣고 싶었다.

불현듯 의아했다. 내가 왜 그의 사정을 봐주어야 하지? 그는 나를 버렸는데. 송곳 같은 앙심은 곧 노여움이 되었다. 그는 자신이 무엇 때문에 도깨비굴에 들어왔는지 퍼뜩 떠올렸다.

"빼앗을 거야."

도깨비가 입 밖으로 목소리를 냈다. 그래, 그렇게 마음먹고 그 여자를 여기로 이끌었지. 환청이 소란스럽게 깔깔거렸다. 뭐가 그토록 마음에 드는지 기쁜 목소리로 도깨비에게 물었다.

'무슨 수로?'

"그의 숨통을 끊어서."

'그놈은 죽지 않는 몸이잖아.'

스산한 바람의 냉기에 도깨비가 제 몸을 감싸 안았다.

"내가 방법을 알고 있어."

그의 두 눈에 새파란 불꽃이 일렁였다. 분노가 정신을 흐렸다. 아까부터 석양빛이 부자연스럽게 울렁이는데도 그는 의심하지 않았다. 독이 보여준 환상에 빠져있다는 걸 도깨비는 추호도 몰랐다.

사실 그의 눈에 비친 석양은 단지 붉은 치맛자락에 불과했다. 산과 구름은 금실로 놓은 자수였고 태양은 당의*에 새긴 문양이었다. 도깨비는 세상을 보고 있다고 생각했지만, 사실 한 여인의 영혼이 그의 눈을 가린 채였다.

도깨비 앞에 선 여인이 만족스러운 듯 웃었다. 한때 곱게 묶어 올렸던 머리를 다 늘어뜨리고, 새하얗던 살결은 검게 썩어있었다. 괴이한 미소는 농담으로도 요염하다고 할 수 없었다. 그녀의 옛 신분을 증명하는 건 걸치고 있는 궁중 의복뿐이었다.

서두르자던 말과 다르게 서주는 여유로웠다. 동굴에서 나온 직후, 그는 가까운 그루터기에 앉아 휴식하기를 제안했다. 그러기를 한 시간 째. 날은 서서히 저물어갔다. 쌀쌀해진 온도에 서주는 모닥불을 피웠다. 제법 운치 있는 분위기가 되었으나, 연서는 유유자적한 그의 태도가 못내 불편했다.

---

* 조선시대 궁중 여인들의 예복.

급기야 서주가 도포 소매에서 작은 보온병과 다과 꾸러미를 꺼내놓았을 때, 연서는 결국 그를 지적하고 말았다.

"등산 왔어요?"

"정신이 맑아지는 메밀차입니다. 도깨비에게 다시 홀리지 않도록 마음을 안정시킬 필요가 있어요. 받으시죠."

"빨리 찾아야 한다면서요! 뭐야, 그걸 지금 왜 꺼내요?"

신비로운 도포 소매에서 마지막으로 나온 건 찻잔이었다. 서주가 우물이라고 부르던 바로 그 물건이다. 연서는 기막히다는 얼굴로 찻잔을 보았다. 특별한 힘을 지닌 건 맞지만, 지금 꺼낼 이유가 없다. 한가롭게 전생 찾기를 할 때도 아니고. 그런데 서주는 생각이 다른지 여유롭게 웃으며 말했다.

"이 우물에는 아주 특별한 능력이 있습니다."

"알아요. 어제 보여줬잖아요."

"그뿐만 아닙니다. 몇 가지 더 있어요."

짐짓 엄숙한 표정으로 그가 차를 따라 권했다. 모락모락 김이 피어오르는 차를 대체 언제 준비한 걸까. 연서는 더 이상 따지 걸 힘도 나지 않아 찻잔을 받아들었다. 따스한 열기가 손 안 가득 퍼졌다. 서주가 진지한 태도로 말했다.

"여기에 차를 따라 마시면……."

"마시면?"

"차 맛이 아주 좋아집니다."

허무한 농담에 연서는 찻잔을 떨어뜨릴 뻔했다. 서주는 이 상황이 즐겁기만 한지 한껏 미소 지었다. 서점이 사라질지도 모르는 위급한 상황에 이토록 천하태평이라니. 연서는 속이 타서 메밀차를 벌컥 들이켰다. 과연 차 맛이 좋아 다시금 화가 났다.

"급할수록 돌아가라잖아요. 지금은 기다려야 할 때니 잠시 마음을 내려놓으시죠."

"돌아가는 게 아니라 주저앉아 있잖아요, 지금……."

그때 서주의 어깨 위에 앉아있던 생쥐가 코를 움찔거렸다. 다음엔 후다닥 뛰어 내려와 한쪽 수풀로 향했다. 이에 기다렸다는 듯 서주가 말했다.

"마침 왔군요."

수풀 사이로 나타난 건 네 마리 생쥐들이었다. 비슷하게 생긴 하얀 털 뭉치들이 서로 얼굴을 비볐다. 반가움의 표현 같았다. 충분히 인사를 나눈 뒤에 녀석들은 서주의 앞에 나란히 자리 잡았다. 그리고 누가 먼저랄 것도 없이 그를 향해 찍찍댔다. 용케 그 말을 알아들은 눈치로 서주가 고개를 끄덕였다.

이어서 목적지가 정해졌다는 듯 일어서 연서를 불렀다.

"자, 그럼 가볼까요?"

"생쥐들이 도깨비가 어디 있는지 알아온 거예요?"

"맞아요. 늦지 않게 와주었네요."

"어서 가요. 아, 너무 어두워졌네……."

이미 날이 저문 때였다. 숲속의 밤은 어둠이 진하다. 서주가 피워놓은 작은 모닥불로는 고작 세 걸음 거리를 밝히는 게 다였다. 횃불 따위를 들더라도 안전하게 내려가리라는 보장은 없다.

그때 수풀 너머를 걱정스럽게 보던 연서를 서주가 불렀다.

"이쪽입니다."

그는 어느새 초롱 하나를 손에 들고 있었다. 직육면체 틀에 바른 백지 너머로 은은한 불빛이 비쳤다. 가느다란 대나무 손잡이에 매달린 초롱이 흔들릴 때마다 불빛이 나직하게 깜빡였다. 보기 좋은 따스한 빛이었다. 다만 험한 산길에서 의지하기엔 너무 약해 보였다.

"이것보단 횃불이나 손전등 같은 걸 꺼내보면 어때요? 너무 어두워서 내려가다 넘어질 것 같은데."

"내려가지 않을 겁니다. 오밤중의 산행은 위험하니까요."

산을 내려가지 않으면 어떻게 도깨비에게 간다는 걸까. 연서가 보낸 의문스러운 시선에 서주가 말했다.

"이런 동화가 있습니다. 평화로운 어느 날, 한 소녀는 바쁘게 뛰어가는 토끼를 목격합니다. 신기하게도 옷을 차려입고 회중시계를 들고 있었죠. 호기심에 토끼 굴로 따라 들어간 소녀는 지금까지와 다른 기이한 세계를 맞닥뜨립니다."

말을 마친 동시에 서주는 그루터기 반대편으로 갔다. 그리고 초롱을 아래로 기울이더니 바닥에 쌓인 낙엽을 치웠다. 그러자 사람 하나가 충분히 들어갈 너비의 굴이 드러났다. 어둡고 깊어 어디까지 이어지는지 예측할 수 없었다.

땅 밑으로 가는 미지의 통로 앞에서 서주가 연서에게 손을 내밀었다.

"그럼, 가실까요?"

바깥에서 보기와 다르게 안은 제법 넓었다. 두 사람이 나란히 가도 충분히 여유로운 정도였다. 길 가장자리엔 물이 흘러서 작은 개울을 이루었다. 벽에 부딪혀 은은하게 울리는 물소리까지 평범한 동굴과 크게 다르지 않았다.

갈림길 없이 동굴은 직선으로 길게 이어졌다. 그 끝은 어둠에 잠겨 알 수 없을 정도였다. 이 의문스러운 통로에 대한 서주의 설명이 이어졌다.

"여긴 책 속의 샛길입니다. 길을 파악했다면 어디로든 갈 수 있어요."

"샛길이요? 어디로든?"

갑작스레 등장한 신비로운 장소에 연서가 되물었다. 서주는 초롱을 치켜들고 천천히 앞으로 향했다.

"책이 하나의 여정이라면, 내용을 파악하고 길을 안내하는 사람도 있습니다. 그들은 자신만의 해석을 이어 붙여서 새로운 길을 만들어두죠."

"그들이 누군가요?"

"이를테면 서점주인이죠. 제 서점에 제가 파악하지 못한 책은 없습니다. 미지의 도깨비굴이라고 한들."

농담 같은 말을 던지며 서주가 미소 지었다. 그의 설명에 연서는 저항감 없이 고개를 끄덕였다. 애당초 책 속에 존재하는 이 세계부터 환상에 가깝다. 이런 길이 있는 게 이상하진 않았다.

그때 서주가 걸음을 멈추며 연서를 가로막았다.

"잠깐."

잠깐 위를 살피던 그가 초롱을 위로 치켜들었다. 그게 신호라도 된 듯 천장에 불빛이 번졌다. 별처럼 작은 빛이 그득하게 모여 파도쳤다. 오묘한 연둣빛이 어둠을 환하게 물들였다.

갑작스레 펼쳐진 아름다운 광경에 연서는 입을 다물지 못했다. 동굴 안에 어떻게 이런 풍경이 있을까. 주변에 흩날리는 빛에 살며시 손을 뻗어보고서야 연서는 그 정체를 깨달왔다.

"신기하다. 반딧불이네요?"

"반딧불과 닮았지만 다른 녀석들입니다. 현실에는 멸종되어 더 이상 존재하지 않아요. 보금자리를 잃었던 걸 이곳으로 데려왔는데, 덕분에 올 때마다 이렇게 도움을 받고 있습니다."

"그런 일도 했었구나……."

"한 자리에서 오래 지내다 보니 다양한 손님을 만났던 거죠. 여유가 되면 도움을 주기도 하고."

"정말 예뻐요. 땅에 내린 별 같아요."

주변에 흐르는 물 위로 반딧불이 비쳤다. 멀리까지 길가에 반짝임이 이어졌다. 은하수 위를 걷는다면 이런 느낌일까 싶었다.

나란히 선 채로 연서는 서주를 보았다. 초롱과 반딧불의 빛이 어우러져 그의 얼굴 위로 일렁였다. 따뜻한 온기와 더불어 곧 사라질 듯 일렁이는 빛. 돌이켜보면 그에게서 느껴진 서늘함은 대개 이런 종류였다. 어느 때에 돌아보면 사라질 듯한, 손을 뻗으면 연기처럼 흩어질 것 같은 희미한 예감.

연서는 일부러 서주의 팔을 잡고 물었다.

"궁금한 게 있어요."

"뭔가요?"

"대답을 나중으로 미루지 않겠다고 약속해 줘요."

"네, 그럴게요."

서주는 애정이 담긴 시선으로 연서를 보았다. 수백, 수천 번 마주쳤어도 마음을 울렁이게 하는 눈빛이었다. 연서는 이 순간에 머물고 싶어지려는 걸 참고 말했다.

"도깨비의 이야기를 통해 들었어요. 이 서점을 원해서 맡은 건 아니었다고."

"맞아요. 당신이 돌아오기를 기다릴 줄은 알았어도, 서점 주인이 될 줄은 몰랐습니다."

"그렇구나. 처음 알았어요. 생각해 보면 전생에 만났던 기억이 가끔 떠오르긴 해도, 우리는 매번 금방 헤어졌으니까."

그들의 인연이 몇백 년을 이어져왔기에 연서는 서주를 잘 안다고 생각했다. 그러나 사실 그들은 함께하지 않은 날이 더 많았다. 깨닫고 나니 그를 더 알고 싶었다. 연서가 말했다.

"어쩌면 난 아직도 당신을 잘 모르는 건 아닐까, 그런 생각이 들어요."

서주는 긍정도 부정도 하지 않았다. 다만 그녀가 충분히 말을 고를 수 있도록 기다려주었다.

"내가 없을 때의 당신은 어땠어요?"

"음."

잠시 고민하던 그가 입을 열었다.

"당신이 찾아오지 않는 날이면 대부분 그늘 아래 있었어요. 책장 사이를 지나고 밤이 내린 숲을 걸었습니다. 어떤 때에는 긴 잠에 빠져 하루를 보내기도 했고요."

"그 시간은…… 힘들었어요?"

"당신을 보낸 죄책감에 괴롭기도 했죠. 끝나지 않는 삶이 권태로울 때도 있었고."

자신의 탓으로 그가 힘겨웠던 것 같아 연서는 시무룩한 얼굴을 했다. 서주는 그녀의 뺨을 부드럽게 쓸어 올려 이마에 입 맞췄다.

"하지만 전부 그런 때만 있었던 건 아닙니다. 손님들의 이야기를 듣고 기록하며 정원을 가꾸고, 이야기를 들려주거나 곤란한 사정을 도와드릴 때도 있었어요. 하다 보니 나름대로 잘 맞더군요."

"다행이다. 혹시 나를 기다리면서 괴롭기만 했을까 봐, 나는……."

"그럴 리가요. 기다리며 할 수 있었던 일이 많았어요. 지금도 봐요."

약간 서늘한 서주의 손 위로 연서의 따스한 손이 겹쳐졌다. 앞으로 걷는 두 사람은 나란했고 주변엔 반딧불이 별처럼 빛났다. 소음이 모두 가라앉은 채로 그의 목소리가 들렸다.

"덕분에 땅에 떨어진 별 사이를 걷고 있잖아요."

건네받은 말이 마음에 가득 차서 흘러넘쳤다. 연서는 눈가에 고인 물기를 서둘러 훔쳤다. 그는 언제나 이런 식이다. 혹여 마음 쓸까 봐 자신의 고통을 감춘다. 그 속이 다 해어지고 낡았을까 봐 두려울 정도였다.

이내 다시 연서가 물었다. 오래 준비한 마지막 질문이었다.

"영원한 삶을 끝내고 싶은가요?"

직설적인 물음에 서주가 조금 동요했다. 그러나 답은 명확했다.

"네."

가슴 아픈 대답이었다. 도와줄 방법이 없어서, 또한 그를 잃고 싶지 않아서. 연서의 슬픔을 알아본 듯 서주는 그녀를 끌어안고 말했다.

"그렇다 해도 당신과 있는 게 좋아요. 영원 같은 건 깜빡 잊어버릴 정도로."

또다시 그가 진심을 감췄다. 그렇다고 해도 연서가 도울 방법은 없다. 그의 고통을 못 본 체하며 행복하게 웃는 것뿐이다. 그마저도 잠깐 그를 달랠 뿐, 괴로움의 근원은 해결되지 않는다. 연서는 서주와 함께 걷는 내내 마음이 편치 않았다.

수백 년의 시간을 넘었다 해도 그들의 관계는 이토록 평범한 불안에 젖어있었다.

직선으로 이어진 통로엔 중간중간 빠져나갈 수 있는 옆길이 나있었다. 전부 어딘가로 이어지는 출구였다. 이곳은 닫힌 복도보다는 열린 회랑에 가까웠고, 신기하게도 서주는 대부분의 출구를 파악하고 있었다. 지도도 없이 그는 정해둔 출구로 연서를 이끌었다. 짧은 오르막을 올라서 나온 바깥엔 달빛이 환했다.

바로 정면에는 궁궐의 성문이 있었다. 높은 석축과 위용 있는 누각은 현대에서 보던 모습과 거의 흡사했다. 다만 그 위로 검푸른 안개가 흘러나왔다. 달빛을 가릴 정도로 짙고 불길했다. 과연 목적지에 어울리게 위험해 보였다.

겉에서만 봐도 이런데, 안은 어떨까. 생쥐들이 길게 울며 서주의 옷에 파고들었다. 검푸른 안개를 차분히 올려다보던 그가 말했다.

"왜 궁궐인지 모르겠군요. 제가 아는 도깨비는 권력 따위엔 관심이 없는데."

연서가 생각하기에도 그랬다. 옛이야기에서 도깨비는 권력, 재화 같은 세속적인 욕망과 거리가 있었다. 굳이 궁궐에 자리 잡은 이유가 무엇일까. 잠시 서서 도깨비의 의중을 추측하던 중이었다.

사람 키보다 대여섯 배는 될법한 거대한 문이 저절로 열렸다. 두 사람을 안으로 초대하는 듯했다. 문 안쪽은 검은 안개로 가득해서 한 치 앞을 내다볼 수 없었다. 그러나 결론을 내리려면 상자를 열어야 한다. 저 안에 도깨비가 있다면, 가야 한다. 연서는 마음을 단단히 먹고 안으로 한 발짝 내디뎠다.

"잠깐."

갑작스레 서주가 그녀를 멈춰 세웠다.

"먼저 의논하고 싶은 계획이 있습니다."

의아하게 돌아본 연서에게 서주가 비밀 이야기를 하듯 소리를 낮춰 말했다.

"백마의 피가 있다고 해도 불리한 건 이쪽입니다. 힘으로는 도깨비를 당해낼 수 없어요."

"그럼 어떡해요?"

"다만, 예로부터 도깨비를 다루기 좋은 방법이 있죠."

서주는 한 손가락을 들어 관자놀이 주변을 톡톡 두들겼다. 꾀가 많은 사람 특유의 여유로운 미소를 띤 채였다.

"인간의 지혜."

잠깐 동안 그는 연서에게 귓속말로 계획을 전했다. 다 듣고 난 뒤에 연서는 반신반의하는 마음으로 고개를 끄덕였다.

"해볼게요. 하지만 실패한다면 우리도 위험할 텐데……."

"약간의 위험은 감수해야죠. 지금은 이게 최선입니다."

연서가 생각하기에도 그랬다. 다만 걸음을 떼려 하니 중압감이 제법 들었다. 잘 해내야 한다는 마음이 연서의 어깨를 지그시 눌렀다. 이를 털어내기 위해 그녀는 다소 부자연스러운 목소리로 서주를 향해 외쳤다.

"좋아요, 하이파이브!"

그녀가 펼쳐서 내민 손에 서주의 눈이 동그래졌다. 이내 귀여운 듯 웃으며 손을 마주쳤다. 경쾌한 박수 소리가 났다. 두 사람은 닿은 손을 힘주어 잡고 성문 안쪽으로 발을 들였다.

안개가 예상보다 짙었다. 때로 유령 같은 희부연 빛이 떠다니기도 했다. 그들에게 허락된 시야는 고작 세 걸음 남짓. 오리무중이라 얼마나 걸었는지도 가늠되지 않았다. 슬슬 무슨 일이 일어나지 않을까 싶어 연서는 걱정되기 시작했다. 그때 서주가 돌연 걸음을 멈췄다.

"왜 그래요? 뭐가 있어요?"

그의 등 뒤에서 연서가 고개를 내밀었다. 왕이 정사를 돌보는 정전(正殿)에 오르는 계단이 한 걸음 앞이었다. 다만 서주의 시선은 더 위쪽을 향했다. 그때 안개에 가린 정전에서 도깨비의 목소리가 들려왔다.

"왕이 여기서 천하를 살핀다던데. 과연 경치가 좋구나."

위엄을 가장한 농지거리였다. 내내 긴장하여 지친 탓에 연서는 저도 모르게 불편한 심경을 내비쳤다.

"안개로 꽉 찼는데 무슨 경치."

옆에서도 들릴락 말락 한 목소리를 알아들었는지 도깨비가 폭소했다. 귀가 밝네. 연서는 이번엔 입 밖으로 내지 않고 생각했다. 짙은 안개 사이로 웃음소리가 한참을 떠돌다 멈추었다.

"하여간에 재밌는 애라니깐. 험한 말도 할 줄 알고."

곧이어 유리창을 닦아내듯 안개가 주변으로 물러났다. 두 사람이 선 위치는 순식간에 태풍의 눈처럼 말끔해졌다. 도깨비의 목소리가 들려온 정전 역시 모습이 깨끗하게 드러났다. 묵직하게 자리 잡은 붉은 기둥들 위로 2층짜리 처마 양 끝이 활기 있게 하늘을 향했다. 화려함과 단아함이 균형을 이룬 왕의 일터였다.

옥빛 꽃살이 촘촘한 문은 활짝 열린 채였다. 계단을 오르자 정전 내부, 왕의 어좌에 앉은 도깨비가 보였다. 그는 임금이 다스리는 삼라만상의 오봉일월도 앞에서 무엄하게도 비스듬히 누워있었다.

"김 서방, 인사도 없이 어전(御前)에 들면 쓰나. 도무지 예의를 모르는군."

"이런 야망이 다 있었습니까? 전혀 몰랐네요."

도깨비는 빙긋빙긋 웃으며 발가락을 까딱거렸다. 검게 물든 두 발이 부산스러웠다.

"여긴 내 세계니까 뭐든 내 거지. 인간들은 참 웃긴단 말이야. 이런 딱딱한 나무 의자가 뭐라고 탐내는 거야? 지푸라기 엮어서 만든 푹신한 자리를 놔두고…… 윽!"

도깨비가 가슴을 움켜쥐고 짧게 신음했다. 이내 통증이 잦아들었는지 서서히 고개를 들었다. 가슴에 있던 검은 흉터가 어느새 목덜미까지 번져있었다.

도깨비는 허공에 누가 있기라도 한 것처럼 진저리치며 말했다.

"알겠으니까 보채지 좀 마."

그가 여유로운 동작으로 어좌에서 내려와 문 앞까지 다가왔다. 몇 계단 아래 선 서주가 그를 올려다보았다. 둘은 잠깐 말없이 서로를 응시했다. 오랜 친구 간의 살가운 인사 따윈 없었다. 서로의 어리석음을 질책하지도 않았다. 시간이 많이 흘러 모든 게 변하였듯이, 그들 또한 과거와 지금을 겹쳐보며 서로의 변화를 확인할 뿐이었다.

먼저 입을 연 건 어느 쪽도 아니었다. 서주의 품에서 생쥐들이 고개를 내밀었다. 도깨비를 발견하곤 꽥 울더니 다 함께 달려나갔다. 친근하게 들러붙는 생쥐들을 보고 도깨비는 흠칫 놀랐다. 서주가 말했다.

"당신을 기다리겠다고 저승도 마다하고 버티더군요. 덕분에 저희 서점의 최장기 고객이 되었습니다."

도깨비는 손바닥 위에 오른 생쥐들을 멍하니 볼 뿐이었다. 네 마리의 생쥐가 코를 찡긋대며 그를 반가워했다. 연서는 부디 도깨비가 아이들을 알아보기를 기대했다. 그가 혼자가 아니란 사실을 깨닫고, 독에서 벗어나기로 마음먹기를. 그러면 모두가 좋은 결말을 맞이할 수 있다. 이내 생쥐들을 뜯어 보던 도깨비가 입을 열었다.

"이게 누군데?"

그러더니 생쥐들을 내던졌다. 가느다란 비명과 함께 작은 몸뚱이들이 바닥으로 추락했다. 생쥐들이 아픈 듯 울어도 도깨비는 신경 쓰지 않았다.

"뭐 하는 짓이야!"

서둘러 생쥐들을 감싸며 연서가 소리쳤다. 영혼이라 그런지 다행히 다친 데는 없어 보였다. 그렇다 해도 생명을 이렇게 함부로 내팽개치다니. 연서는 화가 난 목소리로 말했다.

"아무리 제정신이 아니라고 해도, 아프다고 말할 줄 아는 애들을 어떻게 내던질 수가 있어!"

"그런 쥐새끼들은 몰라! 나한테 가족 같은 건 없어!"

서점에서 만났을 때보다 도깨비의 상태가 훨씬 불안정했다. 그는 괴로운 듯 머리를 쥐어뜯으며 신음했다. 이내 가슴을 꾹 누르고 힘겨운 숨을 몰아쉬었다. 덫에 걸린 사냥감처럼 위태로워 보였다.

"내가 바라는 건 하나야. 김 서방, 자네를 없애고 저 여자를 빼앗는 거지. 나의 새로운 친구가 되어 영원히 내 곁에 있도록……."

위협적인 요구에 서주가 큰 소리로 대답했다.

"그럼 우리 내기합시다."

"어엉?"

내기를 하자고? 예상치 못한 제안에 도깨비의 눈이 휘둥그레졌다. 서주는 태연한 말씨로 말했다.

"이긴 쪽의 바람을 들어주는 겁니다. 내기, 좋아하잖아요?"

예로부터 도깨비들은 내기라면 마다하지 않았다. 책도깨비 역시 마찬가지였다. 서주의 제안이 반가운 듯 그가 유쾌하게 웃었다. 그러다 일순간에 눈빛이 날카로워졌다.

"좋아! 그 전에, 내기는 공정해야겠지?"

도깨비가 손짓하자 서주의 주변으로 돌풍이 불었다. 소용돌이에 홀로 갇힌 듯 옷자락이 크게 나부끼며 가슴팍에서 백마의 피가 담긴 호리병이 굴러 떨어졌다. 그리고 끈이라도 달린 것처럼 도깨비의 손아귀로 날아들었다.

"이보게, 김 서방. 남의 약점을 잡는 건 반칙이잖아?"

그는 가차 없이 호리병을 내던졌다. 병이 산산조각 나며 안에 들어있던 피가 흥건하게 바닥을 적셨다. 비장의 무기를 써보지도 못하고 빼앗긴 탓에 서주는 난처한 표정을 지었다.

도깨비가 의기양양하게 말했다.

"마침 나도 내기가 하고 싶었어. 하지만 공정해야 할 싸움에 저런 장난이 끼어들면 되겠냐는 말이지. 아무튼, 내기의 내용은……."

"이 비겁한 도깨비가!"

연서의 일갈이 도깨비의 말을 가로막았다. 분기에 차서 쩌렁쩌렁한 목소리에 놀란 두 남자가 그녀를 돌아보았다.

"너보다 우리가 약한데 이게 공정한 거야? 무기 하나쯤은 가질 수 있게 해줘야지!"

"아, 아니……. 날 속이려고 했으면서 뭐가 그렇게 당당해?"

"뒤통수라도 쳐야 승산이 있지!"

"그게 무슨, 참나. 거짓말쟁이인 게 자랑스러운 일이냐?"

도깨비의 기가 찬 물음에 우습다는 듯 연서가 입꼬리를 끌어올렸다.

"난 모르지. 거짓말쟁이는 너니까."

"뭐?"

"난 속이려다 말았고, 너는 모습을 둔갑해서 나를 속였잖아?"

듣기에 불편해도 맞는 말이었다. 도깨비는 우물쭈물하며 대꾸하지 못했다. 그 틈을 타 연서가 끊임없이 비난을 몰아쳤다.

"너를 어떻게 믿고 내기를 하겠어. 거짓말쟁이를! 어차피 이기든 지든 네 마음대로 할 텐데."

"아니야! 도깨비한테 내기가 얼마나 신성한데!"

"어떻게 믿어? 넌 날 속이기만 했잖아."

이번에도 도깨비는 쉽게 대꾸하지 못했다. 갈 곳 잃은 헛웃음을 뱉을 뿐이었다. 그러더니 문득 제 뺨을 치며 정신을 다잡았다. 그러고는 돌연 알겠다는 듯 말했다.

"일부러 도발하는 거지? 인간들이 그렇지. 뭔지 몰라도 원하는 대로 되진 않을 거다."

백지장도 맞들면 낫다는데 바보라고 안 그럴까. 서주의 모습을 빌려 서점에 갔을 때 도깨비는 동족이 나온 동화책을 보고 있었다. 인간이 도깨비를 속여 넘기는 걸 보고 경계심이 생긴 게 분명했다.

낭패라는 생각이 들었지만, 연서는 애써 표정을 감췄다. 도깨비가 감정적으로 날뛰는 걸 보니 조금만 더 자극하면 넘어올 게 분명했다. 그녀는 잠깐 도깨비의 특징을 떠올렸다. 설화에 나오는 도깨비는 순박하고, 내기를 좋아하고, 약속을 중요시하며…….

"넌 약한 사람 괴롭히는 게 특기야?"

"뭐, 뭐?"

"말 피도 무섭고, 신들도 무섭고. 만만한 사람한테만 싸움을 걸고 있잖아?"

'도깨비는 힘이 넘치고 호기롭다. 저보다 큰 것에게 싸움을 걸지언정 약한 이를 괴롭히지 않는다.' 연서는 오래전 책에서 본 도깨비의 성격을 떠올렸다. 과연 제대로 짚은 듯 도깨비가 분노에 몸을 떨었다. 연서는 마지막 한 방을 날렸다.

"비겁한 겁쟁이."

이번엔 서주조차 대단하다는 듯 그녀를 보았다. 분위기상 박수를 보낼 수 없어 안타까운 눈치였다.

화가 폭발한 도깨비가 소리쳤다.

"원하는 게 뭐야!"

"공정한 싸움입니다. 맹세하시죠, 내기의 대가를 틀림없이 주겠다고."

"고작 그런 것 때문에 나한테 이렇게 비난을 퍼부었어? 바라던 바야!"

도깨비가 손가락을 튕기자 바로 곁에 주먹만 한 도깨비불이 피어올랐다. 불꽃은 순식간에 여러 개로 불어나 세 사람의 곁을 맴돌았다.

"거짓말쟁이는 도깨비불이 영혼까지 태워버릴 거야. 이러면 공정하지?"

힘의 차이와 무관하게 공정한 내기를 할 수 있게 된 셈이다. 서주와 연서는 몰래 서로 눈길을 주고받았다. 두 사람이 미리 계획한 대로였다.

어떤 내기를 하게 될지는 몰라도 연서는 문득 희망을 느꼈다. 지금까지 그녀는 서주를 도울 수 없는 무능력함에 수시로 좌절했다. 그의 괴로움은 손쓸 때를 놓친 질병 같아서 크고 깊었다. 도울 방법도 몰랐고, 그럴 능력도 없었다.

하지만 적어도 함께 있을 수는 있다. 일기예보를 믿지 못하고 우산을 준비해 두는 것처럼, 그녀는 그의 곁에서 언젠가 밀려올 고난을 함께 대비하고 싶었다. 그러면 적어도 외로움은 덜어줄 수 있을 테니까.

다시 한번 연서는 서주가 영원히 사는 동안 꼭 곁에 있기로 마음먹었다. 차선책이지만 그녀에게는 최선이기도 했다. 그의 영생을 끝낼 방법이 없기 때문에.

분을 삭인 도깨비가 별안간 들뜬 목소리로 말했다.

"이제 내기를 하자. 너희들을 위해 준비한 게 있어."

다시 손가락을 튕기자, 그의 손바닥 위에 책 한 권과 붓 한 필이 놓였다. 그리 위협적이지도 않고 대단히 새로운 물건도 아니었다. 낡은 책과 붓으로 어떤 내기를 할지 짐작조차 되지 않았다. 연서는 서주의 의견을 묻기 위해 그를 보았다.

"저게 뭐……."

서주의 얼굴을 본 연서는 묻기는커녕 놀라서 말을 멈췄다. 내내 침착하던 서주가 크게 동요하고 있었다. 도깨비의 손에 들린 책에 시선을 빼앗긴 채로 몸이 경직되었다. 책의 정체를 잘 아는 눈치였다. 어쩌면 아는 걸 넘어 어떤 사연이라도 얽혀있는지, 서주는 어금니를 꽉 깨물었다.

그의 동요를 몹시 만족스럽게 지켜보며 도깨비가 말했다.

"저승차사의 명부다."

저승차사의 명부. 그건 서주의 불행이 시작된 자리였다. 오래전에 그는 저승차사를 속이고 명부를 훔쳐, 이름을 지웠다. 그리고 영생을 얻었다. 신을 유린하고 자신의 운명을 제멋대로 바꾸고 싶어 벌인 일이었다. 무척 어리석고 오만한 선택이었다는 걸 깨달은 뒤로, 그는 영원이란 형벌 아래 살아야 했다.

저 명부는 분명 저승 어딘가에 보관되어 있다고 했다. 서주는 이를 악물고 혼란스러운 마음을 가라앉혔다. 그리고 도깨비에게 물었다.

"가짜입니까? 공정한 내기를 약속하지 않았나요?"

"진짜야. 적어도 '이 세계'에서는."

그들을 둘러싼 검푸른 안개와 불꽃이 너울대기 시작했다. 기이한 빛이 정전에 넓게 어렸다. 옻칠의 붉은빛, 푸른 기왓장, 녹색 단청. 각각의 색조가 뒤엉켜 형용할 수 없었다.

"이 세계는 네가 적은 이야기 속이지. 그리고 나는 그중 어디든 갈 수 있어. 이를테면, 네가 영생을 얻었던 그 자리에도 말이야."

명부를 고쳐 적었던 날을 말하는 게 분명했다. 그런데 도깨비의 말에 서주가 단호하게 대답했다.

"불가능합니다."

"왜지?"

"그 이야기는 기록하지 않았으니까요."

서주의 말대로였다. 그는 자신의 이야기를 시시콜콜 기록서에 남기지 않았다. 글자로 적어두기에 구차하여 썼다 지우기를 반복한 끝에 남은 건 '불가록(不可錄)' 세 글자였다.

게다가 먹으로 까맣게 지운 낱장은 뜯어버렸으니, 도깨비가 그 내용을 알 방법은 없다.

이 세계는 도깨비가 들려준 이야기에서 비롯되었고, 그와 관련 없는 옛 사건은 서주가 알기로 이 세계에 존재할 수 없다.

그러나 도깨비는 한껏 우스운듯 말했다.

"맞아. 하지만 세상일이 어찌 자네 생각대로만 흘러가겠나?"

도깨비가 품에서 종이 한 장을 꺼냈다. 기록서의 뜯어진 낱장이었다.

"잃어버린 글자를 되살려주어라."

도깨비의 한 마디에 종이 위에 놓인 붓이 저절로 움직이기 시작했다. 얼음 위로 미끄러지듯 막힘없었다. 이내 검은 글자로 가득 찬 종이가 서주에게 날아들었다. 내용을 읽은 서주의 안색이 급격히 어두워졌다. 그가 몹시도 잘 아는 옛이야기였다. 도깨비가 킬킬대며 소리쳤다.

"여러분, 여길 보십시오. 어디서 못 볼 진귀한 광경이 왔습니다. 지워버린 과거와 맞닥뜨린 남자의 처절한 얼굴!"

즐거운 몸짓으로 양팔을 벌리는 모양새가 판을 벌인 이야기꾼 같았다. 그와 동조하듯 안개 속에서 키득대는 웃음소리가 들려왔다. 서주와 연서는 묘기를 실패한 광대처럼 비웃음에 둘러싸였다.

기분 나쁜 소란에 연서는 귀를 틀어막았다. 반면 서주는 묵묵했다. 그의 상태를 살핀 연서는 이내 입을 꾹 다물었다. 항상 여유로운 서주가 처음 보는 얼굴을 하고 있었다. 그녀가 끼어든다고 하여 어떻게 할 수 없을 정도로, 화가 난 채였다.

서주의 손에 들린 종잇장이 거칠게 구겨졌다.

"내 모든 선택이 과거가 되었고, 지금은 내 발목을 잡는 게 사실이지만. 구경거리로 만들 생각은 추호도 없습니다."

"……."

일종의 선언 같은 말에 도깨비도 웃음을 그쳤다. 그만큼 말에 실린 무게가 가볍지 않았다. 서주는 화가 나도 결코 언성을 높이거나 폭력적인 행동을 하지 않는다. 다만 그의 분노는 서릿발이고 잘 벼린 칼날이었다.

무거운 침묵 끝에 도깨비가 먼저 느슨한 목소리로 말했다.

"좀 웃어. 내기의 시작은 화려한 게 좋잖아?"

그의 손에 들려있던 명부와 붓이 허공으로 부유했다.

"이 붓은 지운 글자를 되살리는 신기한 물건이야."

"방금 봤습니다."

"그리고 이 명부는 자네에게 영생을 준 바로 그 물건이지. 지옥 같은 영원의 형틀을 말이야."

설마, 하고 연서는 말도 안 되는 일을 떠올렸다. 이름을 지운 명부와 지운 글자를 되살리는 붓. 그 조합으로 할 수 있는 일은 아주 명료하다. 곧이어 도깨비가 그녀의 예감을 진실로 확인시켜 주었다.

"자네 이름을 되살려서 죽음을 맞이할 수 있어."

놀랍다는 말로도 부족했다. 연서는 가슴이 세차게 뛰었다. 차마 서주의 반응을 확인할 용기도 나지 않았다. 그토록 바라고 꿈꾸었던 일이 아닌가. 같이 있어주겠다는 그녀의 차선책 따위와는 비교도 안 되는, 본질적인 해결이다. 서주에게 죽음이란 기회가 다시 찾아온 것이다.

그런데, 도깨비가 난데없이 연서를 가리켰다.

"네가 선택해."

뭐라고? 되물을 짬도 없이 도깨비의 형체가 사라졌다. 아차 싶었을 때 그는 이미 서주의 곁에 서있었다. 찰나에 칼날이 번쩍였다. 평범한 인간이면 딱 죽음을 맞이할 정도로 도깨비가 서주의 심장을 찔렀다.

비틀대는 몸을 도깨비가 가볍게 받아 세웠다. 그리고 송곳니를 드러내며 연서를 돌아보았다. 그녀는 하얗게 질린 얼굴로 서주의 앞섶에 물드는 피를 바라보았다.

"그의 이름을 적어 죽음을 선사할지, 아니면 살려서 영원한 고통에 빠뜨릴지. 김 서방, 내가 제안하는 내기는 이거야. 저 여자가 널 죽일까, 살릴까?"

두 남자를 둘러싼 푸른 불꽃이 세차게 타올랐다. 그 열화를 뚫고 명부와 붓이 연서의 앞에 날아들었다. 저절로 펼쳐진 면은 딱 한 군데 먹칠 되어있었다. 그곳에 신비로운 붓이 닿자, 먹칠이 지워지고 빈 종이가 되었다. 이름을 적어 넣으면 딱 알맞을 만큼의 자리였다.

"나는 죽음에 걸지. 허연서, 붓을 잡아. 그러면 저절로 움직일 거야."

"거짓말이야!"

다급히 소리친 뒤에 서주는 피 냄새 진한 기침을 한 차례

토했다. 그리고 솟구치는 피를 억누르며 낮은 목소리로 말했다.

"가짜 따위로 끊어버리기엔 내 명줄이 질깁니다."

"맞아. 저건 이야기 밖으로 나가면 사라질 허상이지. 하지만 지금은 너도 이 세계에 있잖아?"

도깨비가 칼을 더 깊숙이 찔러넣었다. 서주는 심장을 파고드는 고통에 밀어내려 했지만, 도깨비는 허락하지 않았다. 바닥을 물들인 피가 유난히 붉어 연서는 눈앞이 아찔했다.

그녀는 천천히 붓을 향해 떨리는 손을 가져갔다. 서주는 영생을 끝내고 싶다고 했다. 그렇게 해주고 싶다. 하지만 사랑하기에 떠나보내고 싶지 않다. 기약 없이 이별하고 만나려면 또 얼마나 많은 시간을 돌아가야 할까. 갈팡질팡하는 마음 사이에서 연서는 눈물이 솟구쳤다.

불현듯 그녀는 이 세계에서 만난 과거의 서주를 떠올렸다.

'내가 살아있을 이유는 어디에도 없어.'

아니야, 하고 부정해도 그녀의 머릿속에서 그는 말하기를 멈추지 않았다.

'그런데도 난 영원에 묶여 여기 머물겠지. 내 몸이 한 조각만 남아도, 영혼이 다 썩어서 부스러지더라도.'

다 무너지고 망가졌던 과거의 그. 연서는 문득 이런 생각이 들었다. 그는 아마도 아직 서주의 안에 있으리라고. 영원한 삶 속에서 때때로 고개를 들고, 아직도 내가 부서지지 않았느냐 물으리라고.

'영원한 삶을 끝내고 싶나요?'

'네.'

동굴 속에서 서주는 분명하게 답했다. 해야 할 일이 명확해진 것 같아 연서는 붓을 잡았다. 미지의 힘에 이끌리듯 붓이 서서히 움직이기 시작했다.

"어서 그를 편하게 해줘."

도깨비의 이죽거리는 목소리가 그녀를 부추겼다. 붓의 움직임에 따라 검은 획이 차곡차곡 쌓여갔다. 연서가 모르던 그의 옛 이름이 드러나기 시작했다.

서주. 지금 그의 이름은 먼 전생의 연서가 지어주었다. 처음 만난 그는 초여름의 이슬처럼 아름답고 위태로웠다. 도무지 제 몸을 돌보는 법을 몰랐다. 철없고 당돌한 소녀는 그게 마음에 들지 않았다.

그렇다고 해도 값비싼 보석함에 넣어둘 수도 없고, 매일 아침 광을 내줄 수도 없는데 어떡한담. 고민하던 소녀는 그에게 이름을 지어주었다. 이름 불리는 것들은 대개 사랑받으니까. 어린아이답게 참 단순한 짓이었다.

지금 서주의 옛 이름이 되살아나면 우리의 관계도 없던

일로 돌아갈까? 진정한 죽음이란 그런 일인가? 연서는 서글퍼졌다. 부질없게도 마지막 획을 향해가는 붓을 원망했다. 그녀가 바란 속력보다 지나치게 빨랐다. 종이 위에는 걸려 넘어질 돌부리도 없어 막힘이 없었다.

그리하여 마지막 글자가 남았을 때였다.
"허연서!"
다급한 목소리가 그녀를 불렀다. 도깨비에게 홀린 연서가 몽롱한 얼굴로 서주를 돌아보았다. 그의 얼굴 위로 먼 과거의 때가 겹쳐졌다. 연인의 죽음 앞에서 진심을 한껏 드러내어 울던 그. 켜켜이 쌓인 세월을 피부처럼 덮은 뒤로 보여주지 않던 절박함. 지금 서주의 얼굴에 떠오른 감정은 그때를 닮아있었다.
"당신이…… 나를 살렸잖아."
그의 말에 연서는 비늘 한 겹을 떼어낸 듯 앞이 맑아졌다.
"네가 나를 볕으로 끌고 나갔잖아. 그러길 바랐다는 것조차 난 몰랐는데. 당신을 만나보니 살아있어서 좋았어. 그러니까 나는, 나는 당신 생각을 할 때면……."
말끝이 떨렸다. 서주는 심장을 찌르는 고통이 괴로운 듯 숨을 가다듬었다. 그 모습을 연서는 하나하나 지켜보았다. 진실이 대개 그러하듯 처절해도 피해서는 안 될 것 같았다.

서주가 뜨거운 숨을 토해내며 말했다.

"살고 싶어."

갈라지고 탁한 목소리였다. 항상 듣기 좋던 그의 목소리와 달랐다. 그런데도 귓속에 깊이 박혀 연서는 그 말을 몇 번이나 곱씹었다. 안으로 흘러든 그의 마음이 목을 데우고 가슴을 뛰게 했다. 그 뜨거움이 조금은 쓰라려서 연서는 눈시울을 붉혔다.

가슴에 박힌 칼을 두고 서주가 연서에게 손을 뻗었다. 눈물을 닦아주는 듯한 손짓이었다. 닿지 않는 거리의 그를 보며 연서는 눈을 질끈 감았다. 담아두었던 눈물을 흘려보내자 앞이 선명해졌다.

그의 죽음까지 남은 건 고작 다섯 획. 이제 연서는 붓을 멈추기 위해 온 힘을 쏟았다. 그러나 오른손이 붓에 달라붙은 듯 떨어지지 않았다. 매달려도 티 나지 않을 정도로 느려지는 데 그칠 뿐이었다. 남은 건 세 획. 그녀는 바지 주머니를 뒤졌다. 손에 걸리는 게 없었다. 급히 다른 쪽 주머니를 뒤지는 동안 한 획이 더 그어졌다.

그리고 마지막 한 획. 드디어 그녀가 찾던 물건이 손에 잡혔다. 연서는 망설임 없이 꺼내 명부와 붓을 향해 휘둘렀다. 손가락만 한 병에서 쏟아진 붉은빛이 활처럼 포물선을 그렸다. 서주가 미리 나눠준 백마의 피였다.

'도깨비는 코가 예리해서 백마의 피를 금방 눈치챌 겁니다. 냄새를 차단하는 병에 나눠 담아두죠. 하나를 찾아내면, 방심하고 다른 하나는 신경 쓰지 않을 거예요. 비장의 무기니까 당신이 지니도록 하죠.'

'왜 나예요? 그렇게 중요한 걸. 나는 당신에 비하면 아무 능력도 없잖아요.'

'그럴 리가.'

피에 닿은 명부가 부글거리며 녹아내렸다. 그 모습을 보며 연서는 이곳에 오기 전, 서주가 마지막으로 건넨 말을 떠올렸다.

'언제나 당신이 나보다 용감한데.'

자신을 내맡기는 믿음이 그의 사랑이라는 걸, 연서는 비로소 깨달았다.

마지막 획을 완성하기 직전 목표를 잃은 붓이 바닥으로 떨어졌다. 명부는 낱장이 흩어지며 재가 되었다. 바람에 흘러가는 잿가루를 보며 서주가 말했다.

"내기의 승자가 정해졌군요."

그는 칼을 쥔 도깨비의 손을 세게 움켜잡았다. 울컥 쏟아지는 피가 두 사람의 손을 뒤덮었다. 망연해진 채로 도깨비는 움직이지 못했다. 서주는 고통에 창백해진 얼굴로 엷은 웃음기를 머금었다.

"대가를 주셔야겠습니다."

"으으, 그래! 내가 가진 것 중 원하는 걸 말해. 대신 없는 걸 얘기하면 끝이야. 두 번의 기회는 없으니까……."

"조용히 좀 하세요. 내 눈에 보이는 걸 말할 참이니까."

서주의 치켜든 손끝이 천천히 도깨비를 향했다. 더 위로, 더 위로 올라가 가리킨 건 그의 머리 위였다. 연서의 눈에는 허공으로 보이는 위치였다.

영혼을 보는 담녹색 눈동자에 일렁이는 붉은 치맛자락이 비쳤다.

"저 혼을 주셔야겠습니다."

후궁의 망령이 얼굴을 기이하게 일그러뜨렸다. 그의 말이 떨어지자 도깨비불이 그녀를 에워쌌다. 곧 연서의 눈에도 영혼이 보이기 시작했다. 후궁은 표독스러운 눈으로 서주를 노려보고 있었다.

연서는 서둘러 옥토에게 받은 씨앗을 꺼냈다. 동시에 바람이 몰아쳤다. 망령의 뜻에 따라 도깨비의 힘이 날뛰고 있었다. 마주 오는 바람에 거대한 압력을 느끼며 연서는 힘겹게 서주에게 다가갔다. 그러나 씨앗을 건네는 동시에 크게 넘어지고 말았다.

외마디 비명보다 먼저 그녀는 서주의 손을 확인했다. 전해져야 했을 씨앗이 없었다. 손끝의 감각이 위태롭더라니 역시나 떨어뜨렸구나. 세찬 바람에 어디로 굴러갔는지 온데간데없었다.

도깨비를 구할 유일한 방법이 사라져버렸다. 연서는 깊은 탄식을 내뱉었다. 서점을 잃고 싶지 않아. 그리고 저 가여운 도깨비를 구해주고 싶어. 그렇게 생각하며 분한 듯 소리 질렀다. 끝을 코앞에 두고 이렇게 주저앉고 싶지 않았다…….

그때 서주의 품에 숨어있던 생쥐들이 동시에 뛰어나갔다. 몇 번이나 땅을 구른 끝에 한 녀석이 바닥에 뒹굴던 씨앗을 입에 물었다. 바람에 나동그라지려 하면 얼른 다음 녀석이 건네받았다. 생쥐들은 험하게 닥쳐오는 바람을 타고 넘어 기어이 도깨비의 앞으로 갔다. 그를 포기하지 않았다. 새까만 눈을 반짝이며 알아봐 달라고 매달렸다.

"몰라, 모른다고. 제발 나를 좀 내버려둬!"

도깨비는 가슴을 쥐어뜯으며 소리쳤다. 악을 써대며 생쥐들을 떼어냈다. 그가 다시 던지기라도 할까 봐 연서는 서둘러 그를 말리려 했다. 그러나 서주가 그녀를 가로막았다. 그리고 더 기다려보자는 듯 고개를 저었다.

작은 생쥐들은 손아귀에 짓눌려 괴로워하면서도 씨앗을 떨어뜨리지 않았다. 이내 도깨비가 무너지듯 주저앉았다. 생쥐들은 그가 걱정된다는 듯 더욱 찍찍대며 보드라운 솜털을 비비적거렸다. 기어코 도깨비가 뜨거운 숨을 토하며 울음을 터뜨렸다.

"왜 나를 내버려두지 못하는 거야!"

가족과의 모든 기억을 떠올린 그가 신음하듯 눈물을 흘렸다. 그리고 한 생쥐가 내민 씨앗을 받아들어 삼켰다. 작은 몸 안으로부터 밝은 빛이 터져 나왔다. 동시에 맹세의 도깨비불이 그를 둘러쌌다. 서주의 요구에 따라 후궁의 혼을 몰아내기 시작했다. 위험해 보이던 불꽃이 이번만은 따스한 빛을 자아냈다.

깊게 스며든 독을 꺼내는 데 필요한 건 '스스로의 의지'다. 그리고 맹세의 힘은 도깨비의 의지와도 같다. 독을 몰아내고자 하는 의지와 꺼내고자 하는 씨앗의 힘이 들어맞은 셈이다. 이내 도깨비의 상처에서 싹이 트고 삽시간에 나무 덩굴이 되어 그를 휘감았다.

덩굴은 독을 빨아들이며 순식간에 성장했다. 도깨비를 물들였던 검은 얼룩이 서서히 옅어졌다. 길게 벌어진 상처 역시 선홍빛 흉터만 남기고 아물었다. 동시에 머리 위에 떠있던 망령은 불꽃과 덩굴에 휘감겨 비명을 질렀다. 원래도 썩어가던 몸뚱이가 점점 더 말라비틀어졌다.

승산 없는 싸움이었으나 망령은 오래 묵은 만큼 질기고

독했다. 그녀는 서주를 향해 앙상한 팔을 뻗었다. 새롭게 스며들 대상을 찾는 듯했다. 잠자코 보던 그가 도포 자락에서 무언가를 꺼냈다. 이에 연서가 소리쳤다.

"그걸 지금 왜 꺼내요!"

우물이라고 불리는 찻잔이었다. 도대체 얼마나 더 태평할 셈인가. 발을 동동 구르는 연서에 비해 서주는 침착했다.

그는 한 손에 찻잔을 쥐고 다른 손으로 심장에 박힌 칼을 붙잡았다. 그리고 어딘가 스산한 말투로 말했다.

"이 물건엔 다양한 능력이 있다고, 말했죠?"

서주의 행동을 예측할 수 없었고 태도가 기이했다. 서늘한 냉기에 젖은 미소가 입가에 걸렸다. 여기까지 오는 동안 잠깐 잊었던 그의 본모습이었다. 비밀스러운 서점주인으로서의 그가 입을 열었다.

"우물은 이승과 저승을 연결하는 통로. 열쇠만 있다면 저승으로 가는 문을 열 수 있습니다. 그 열쇠는, 이승과 저승 그 어디에도 속하지 않은 것의 일부."

기어이 망령의 손이 서주의 목을 움켜쥐었다. 죄어드는 압력에도 서주는 동요하지 않았다. 다만 손에 들린 찻잔이 추락하는 꽃처럼 떨어졌다. 동시에 그는 심장에 꽂힌 칼을 뽑아 휘둘렀다. 허공에 붉은 포물선이 그려졌다.

가슴 깊은 곳에서 꺼내온 순수한 피가 찻잔 바닥에 닿았다. 매화가 피어난 듯 붉었다. 이내 잔에 담긴 핏방울이 부글 대며 끓어오르더니 거대한 물줄기가 되어 쏟아져 나왔다. 전 부 찻잔이 땅에 떨어지기도 전에 벌어진 일이었다.

거대한 파도와 같은 물줄기가 망령을 덮쳤다. 단지 한 걸음을 남겨두고, 서주에게는 영향을 미치지 않았다. 망령을 옭아매던 덩굴은 이제 마지막 동아줄이었다. 떠내려가지 않기 위해 안간힘을 쓰는 그녀 앞에서 서주가 다시 칼을 꺼내 들었다. 그리고 빙긋 웃으며 말했다.

"그간 애쓰셨습니다. 이만 지옥으로 떠나시기를."

도깨비와 망령을 연결한 덩굴이 하나씩 끊어졌다. 망령은 강물에 잠겼다 떠오르길 반복했다. 그 위태로운 모습이 연서의 눈길을 끌었다. 그리고 눈이 마주쳤다. 생명의 빛이라고는 없는 다 죽은 눈이 연서를 향했다. 연서가 흘린듯 중얼거렸다.

"하고 싶은 말이 있는 거야……?"

귓가에 망령의 목소리가 들린 것 같았다. 누군가를 해치려 던 지금까지와는 달랐다. 마지막 애원에 가까웠다. 연서는 충동처럼 연민을 느꼈다. 광채 없이 죽은 눈이 낯설지 않았다. 그건 세상에 혼자 남은 외톨이의 것이었다.

"잠깐. 가까이 가지 마요!"

홀린 듯 강물에 다가서는 연서를 서주가 다급하게 불렀다.

그러나 이미 망령에게 가까워진 채였다. 망령은 한 팔을 그녀에게 뻗었다. 물론 닿을 수 없는 거리였다. 애초에 무언가를 잡을 생각은 없었는지, 주먹을 꽉 쥔 채였다.

주먹 쥔 손을 펼치자 안쪽에서 검은 빛무리가 피어 날렸다. 잿가루 같기도 하고 그을음 같기도 했다. 황급히 달려든 서주보다 검은빛이 먼저 연서에게 닿았다.

그 순간 연서는 눈앞이 깜깜해졌다. 서주의 애타는 목소리도 귓가에서 멀어졌다. 모든 소란함이 잦아들고 발밑이 가벼워졌다. 이건 연서가 아는 감각이었다. 누군가의 기억이 그녀에게 흘러들었다.

흑사(黑絲)
: 그을음으로 지은 실

어려서부터 여인의 얼굴엔 검정 지워질 날이 없었다. 뛰어다니기 시작한 시절부터 부엌데기였고, 눈먼 어머니를 봉양하느라 제 앞은 못 보고 넘어지기 일쑤였다. 밤이 되어서야 그녀는 다리 밑에서 겨우 얼굴을 씻었다.

그리고 나면 여인은 깨끗해진 얼굴을 요리조리 보았다. 하여간에 옥처럼 고왔다. 바란 적 없던 이 미색 때문에 불편한 일이 참 많았다. 더러운 시선으로 훑는 남정네들, 시선을 끌겠다고 돌을 던지는 소년들. 천박한 놈들은 대부분 집요했다. 오로지 피하는 게 상책이었다.

하루는 노력이 무색하게 웬 패거리가 그녀를 붙잡았다. 가만 보니 윗 고을 도령이 부려먹는 놈들이었다. 집적대는 걸 거절했다고 이러긴가. 억지로 끌고 가려는 통에 여인은 하는 수 없이 숯검정을 얼굴에 발랐다. 그리고 눈을 까뒤집으며 이를 드러냈다. 보노루 울음 같은 괴성을 내질렀다. 그 모양이 대단히 기괴하여 남정네들도 꺼렸다.

「이런 미친년을 다 보겠네.」

한 놈이 그리 말했다. 여인은 그게 무척이나 즐거웠다. 잘난 네놈들이라고 고운 것만 보고 살란 법 있더냐? 그리 생각하며 덩실덩실 춤을 추었다. 춤사위를 멈출 때쯤엔 광증이 옮는답시고 모두 도망친 뒤였다. 미쳤다는 소문이 돌아 일감이 끊길 게 걱정됐지만, 하여간에 몸을 지켜 통쾌했다.

가벼운 발걸음으로 집에 돌아왔을 때였다. 발소리를 듣고 그녀의 어머니가 급히 뛰쳐나왔다. 그리고 여인의 얼굴을 더듬으며 어디 다녀왔느냐고 물었다. 다급하다 못해 거의 우는 소리였다. 평소보다 늦는 딸을 기다리느라 애가 끓은 모양이었다.

그날 밤에 어머니는 딸의 얼굴을 한참 쓰다듬었다. 눈이 보이지 않으니 손끝으로 기억하려는 듯 집요했다. 안타까운 손짓에 여인은 잠자코 얼굴을 대주었다. 눈을 감고 어머니의 체온을 느끼다 보니 별천지가 보였다. 손끝이 움직일 때마다 일렁일렁. 눈꺼풀 안쪽에 빛이 많기도 했다.

 강변에 천막 치고 사는 삶이라지만, 속에 별을 품지 말란 법은 없구나. 여인은 소리 없이 웃었다. 이때만큼은 얼굴에 바른 게 숯검정이 아니라 밤하늘이었다.

 이른 아침부터 품을 팔고 돌아온 어느 날이었다. 가만히 볏짚을 꼬고 있어야 할 어머니가 보이지 않았다. 여인은 헐레벌떡 뛰쳐나와 어머니를 찾았다. 아직 대낮이라 해도 맹인에겐 한밤이나 다름없다. 무슨 사고가 터질지 몰랐다.

 이런 일이 처음은 아니었다. 그전엔 다시 찾았을 때 진창에 처박힌 채였고, 야트막한 벼랑에서 떨어졌었고, 짓궂은 놈들에게 붙잡혀 괴롭힘을 당하고 있었다. 하지만 이번엔 모두 아니었다. 해가 지도록 뛰어다녀도 어머니를 찾을 수 없었다.

 절박해진 여인은 혹시 어머니를 보았느냐며 마을 사람들을 붙잡고 물었다. 그러나 대답해 주는 이가 없었다. 하나같이 딴청을 피웠고 성가시다며 그녀를 밀치기까지 했다. 그 태도가 여인은 퍽 이상하게 느껴졌다. 꼭 무언가를 숨기고 말해주지 않는 것처럼, 마을 사람들은 그녀를 피했다. 코앞에서 말을 나누는 중인데도 딴 세상 사람처럼 멀었다.

　결국 날이 저물어갔다. 마을 어귀에 앉은 채로 여인은 숨죽여 울었다. 지친 몸뚱이보다 걱정과 설움이 앞섰다. 그때 안색이 시퍼렇게 질린 사내 하나가 그녀에게 뛰어왔다. 그리고 횡설수설 말했다.
　그는 멀리 한 방향을 가리켰다. 마을에서 가까운 산에 탁한 연기 기둥이 피어오르고 있었다. 초록 주단 같은 산기슭에 시뻘건 빛이 번득였다. 여인은 전부 내던지고 연기가 피어오르는 곳으로 달려갔다. 얼마나 급했는지 산길에서 신발이 벗겨진 줄도 몰랐다. 오로지 불길한 예감이 틀렸기를 바라는 마음뿐이었다.
　불이 난 자리는 버려진 헛간이었다. 질 나쁜 왈패들이 드나드는 곳이라 인적이 드물었다. 여인이 도착했을 땐 다 타서 잔불만 남은 채로, 헛간은 잿더미가 되어있었다. 앞뒤 볼 것 없이 그녀는 안으로 뛰어들었다.
　무너진 지붕 잔해 뒤로 거뭇한 형상이 보였다. 웅크린 사람이었다. 들쳐 메고 나와서 보니 이미 죽은 채였다. 반은 숯덩이라 얼굴을 알아보기 어려웠다. 여인은 떨리는 손으로 시신의 눈꺼풀을 열었다.
　죽은 생선처럼 희끄무레한 눈동자가 드러났다. 그녀의 어머니였다. 왈칵 구역감이 치밀어 여인은 토악질을 했다. 그리고 지쳐 나가떨어지듯 어미 옆에 쓰러졌다. 이대로 녹아내렸으면 싶을 정도로 몸뚱이가 무거웠다.

한껏 머리에 쏠려있던 피가 식었다. 선명해진 머리로 기억을 되짚었다. 아까 허둥대며 그녀를 불러 세운 사내, 아는 얼굴이었다. 일전에 그녀를 끌고 가려던 패거리 중 하나가 틀림없었다.

헛간 바닥에 떨어진 낫을 주워들고 여인은 무거운 몸을 일으켰다. 들러붙은 검은 재를 털지도 않고 터벅터벅 발걸음을 옮겼다.

저기 나무 뒤에 숨은 놈. 표적을 둔 여인의 눈이 희번덕거렸다. 역시나 아까 그 사내였다. 눈이 마주치기도 전에 여인은 낫을 휘둘렀다. 퍽, 하고 둔탁한 소리가 숲에 울렸다. 날 끝에서부터 전해지는 진동을 꼭 붙든 채로 여인이 말했다.

「왜 그랬냐?」

나무에 기댄 사내가 얼빠진 표정으로 눈을 굴렸다. 그의 머리통에서 손가락 한 마디 정도의 거리를 두고 나무에 낫이 박혀있었다. 질겁해서 대답을 우물대자 여인이 낫을 다시 빼 들었다. 그러자 바른말이 튀어나왔다.

「네가 우릴 바보로 아니까! 어미 잡아놓고 겁만 좀 줄랬던 건데, 실수로 그만…….」

이번엔 여인의 눈이 휘둥그레졌다. 바보로 알아? 겁을 줘? 어머니가 죽은 건 무척이나 허접한 이유였다. 저가 살던 지푸라기 천막만도 못했다. 하도 어처구니가 없어 여인은 멍하니 있었다. 사내가 도망가는 줄도 몰랐다.

고개를 들어보니 밤하늘에 별이 가득했다. 어머니의 시신을 업고 내려오는 동안 그녀는 줄곧 가슴속이 뜨거웠다. 느닷없이 고함을 내지르며 잡히는 대로 휘두르고 싶은 걸 참았다. 잠자코 가서 할 일이 있었다.

그들에게 보여줘야 했다. 마을 어귀에 닿으니 알맞게 아침이었다. 마을 사람들이 분주하게 하루를 시작하고 있었다. 그들 사이에서 여인은 숯덩이가 된 제 어미를 업고 길을 따라 걸었다. 아니나 다를까 경악하는 소리가 사방에서 터져 나왔다.

걸음이 이어질수록 사람이 모여들었다. 개중에 평소 일감을 넉넉하게 주던 마을 아낙이 여인을 붙잡았다. 그러자 여인은 검정이 잔뜩 묻은 얼굴로 시뻘건 눈을 치켜떴다. 그 기괴함에 놀란 아낙은 뒷걸음질 치다, 되레 성을 내며 말했다.

「그놈들이 말하면 가만 안 둔다 그러잖아. 그리고 여기, 이럴 줄 알았던 사람 있어요? 다 사정이 있고 몰라서 그랬는데 너무 그러지 말아!」

주변에 선 사람들이 동조하듯 웅성거렸다. 전부 자신은 죄가 없다고 토로했다. 여인은 말없이 다시 앞으로 걸었다. 등에 업은 시신의 발끝이 땅에 끌렸다. 가는 길마다 검정이 꼬리처럼 남았다. 검은 실타래처럼 보이기도 했다. 사랑을 담은 붉은 실이 아닌, 구차하고 비루먹은 운명의 검은 실.

그 실이 여인의 온몸을 감을 만큼 이어지도록 누구도 그녀를 돕지 않았다.

마을을 떠난 여인은 어머니의 시신을 산 어귀에 묻었다. 강변에 홀로 돌아와 얼굴을 씻으니 어제와 다를 바 없이 고왔다. 그녀의 별은 하루 사이 숯덩이가 되었는데도 그랬다. 하늘에 뜬 것들은 징그럽게 오래 가면서, 왜 내 것만. 여인은 당장 터질 것 같은 분통을 안으로 삭였다.

모두를 잡아 죽여 씨를 말려야겠다. 여인은 그리 마음먹었다. 원한이란 늪에 빠진 칼 같아서 순식간에 깊어졌다. 그녀는 숯검정을 지우고 산딸기즙을 입술에 발랐다. 그리고 가난한 마을에서 그나마 멀끔하게 사는 이의 옷을 훔쳐 입었다. 별거 아닌 단장에도 그녀의 미색이 한층 빛을 발했다.

여인은 곧장 권세 높은 양반이 자주 행차한다는 마을로 갔다. 마침 그를 만나 목숨을 걸고 가마 앞에 뛰어들었다. 그녀의 배짱과 미모엔 높은 값이 매겨졌다. 미색을 밝히는 군주에게 바쳐지기까지 금방이었다. 침상에 누워 그녀는 왕에게 속삭였다.

「별처럼 높은 권력을 줘요.」

별을 품을 수 없는 팔자로 태어났다면, 그보다 높은 자리에 올라야겠다. 여인은 그리 마음먹었다. 바라는 건 여인에게 주어지는 가장 높은 자리. 그녀는 중전이 되기를 탐했다. 이를 위해 모략과 음해를 서슴지 않았다. 산 사람을 바치는 굿도 망설임 없이 벌였다. 이를 위해 고향 사람들을 깡그리 해쳤을 땐 더없이 기쁘기만 했다.

도망친 쥐새끼들만 잡아 죽이면, 가슴 속에 들끓는 이 분노도 가라앉으리라. 내 어미를 죽이고 내 절규를 외면한 나의 고향. 여인은 마을 사람이라면 어린애 하나 남기지 않으리라 마음먹었다. 그래야만 들끓는 가슴에 평안이 찾아올 것 같았다.

뜻을 이루기도 전에 도깨비에게 산 채로 타죽을 거라고는 상상조차 하지 못했다.

절명한 뒤로 그녀의 혼은 승천하지 못하고 이승을 떠돌았다. 발밑이 아득하고 시야가 흐렸다. 머릿속은 구름이 낀 듯 혼탁했다. 다만 깊은 원한만이 그녀를 이끌었다. 맹인이 줄을 잡고 가듯 여인은 오랜 시간을 그렇게 떠다녔다.

그러는 동안 흉하고 악한 기운들이 그녀의 혼에 덕지덕지 엉겨 붙었다. 고이고 썩어서 점점 더 끈적해졌다. 결국 형체조차 잃어버리고 그녀는 독이 되었다. 가는 자리마다 검은 기운을 흘리며 세상에 흉한 일을 초래했다. 어미의 시신을 업었을 때처럼 기나긴 검은 꼬리를 바닥에 남겼다. 이성은 한 줌도 남지 않았다.

그녀를 이끄는 원념은 하나였다. 세상에 남은 그 아이들의 혼을 잡아 죽이는 것. 살아생전 못한 일을 끝내기 위해 여인은 본능처럼 아이들의 기운을 쫓았다. 수백 년을 떠돈 끝에 그녀는 깊은 숲에 있는 서점에 닿았다. 또한 이 서점이 도깨비라는 걸 단번에 알아보았다. 지긋지긋하게도 그들은 함께 있었다.

죽어서도 가족놀이를 이어가다니. 너무 우스워서 여인은 잠깐 정신이 들었다. 검게 썩은 눈물을 흘려가며 웃어댔다. 이번에야말로 너희들의 별을 태워 없애주겠노라고, 들리지 않을 말을 뱉었다.

여인은 때를 기다리며 한참 동안 서점 주변에 머물렀다. 아이들의 혼은 서점주인이란 남자가 지키고 있어 쉬이 접근할 수 없었다. 그래서 도깨비를 먼저 손에 넣기로 했다. 기어코 서점이 된 그에게 스며들어 독으로 물들였다.

이제 그녀에게 별 같은 건 필요 없었다. 남은 건 꼬리처럼 긴 검정뿐. 그걸로 실을 짜서 너희들의 목을 매달아주리라. 여인은 그리 계획하고 도깨비를 조종했다. 질투와 원망을 일으켜 친구를 배신하게 했다.

그러는 동안 여인의 의식은 계속 가라앉았다. 오로지 남을 해치고자 하는 움직임만 남았다. 그녀의 영혼은 겹겹이 쌓인 고독 안에 웅크렸다. 그 옛날 마을 사람 모두에게 외면당했던 것처럼, 누구도 여인에게 손을 내밀어주지 않았다.
지옥으로 떠내려가기 직전, 비로소 누군가의 목소리가 여인을 일깨웠다. 하고 싶은 말이 있느냐고 물었다. 실로 다정한 목소리였다.

기억의 파편이 모두 흘러갔다. 연서는 아무것도 없는 흰 공간에서 눈을 떴다. 앞엔 낡은 비단옷을 입은 여인이 마주 서있었다. 물이 다 빠진 염색 천처럼 이목구비가 흐렸다.
악독한 후궁은 뜻밖에 가슴 아픈 과거를 지니고 있었다. 그녀의 영혼이 뒤틀린 게 이해될 정도로 기구했다. 누구도 도와주지 않았고, 가장 소중한 사람을 허무하게 잃었다. 연서는 먼발치에서 그녀의 기억을 지켜볼 동안 때로 마음이 저몄다.

꼿꼿하게 선 채로 여인은 입을 열지 않았다. 연서의 말을 기다리는 듯했다. 혹은 동정과 연민, 이해를 바라는 걸지도 몰랐다. 연서는 젖은 눈가를 훔쳤다. 그리고 입을 열었을 때, 그녀의 목소리엔 어떤 슬픔도 묻어있지 않았다.

"나는 당신을 동정하지 않아."

흐린 영혼을 응시하며 연서가 말을 이었다.

"이런 과거가 있어 사람을 해쳤다고? 착각하지 마. 당신 사연과 죽은 아이들은 아무 상관없어. 그 애들을 해친 건 단지……."

아이들의 죽음을 입에 올리자 목이 메었다. 겪어보지 않은 일을 안다고 할 수는 없다. 그들의 고통에 대해 말하는 것만으로 어떤 죄책감이 느껴졌다. 그럼에도 연서는 목소리를 냈다. 말이 없는 이를 위해 항변하는 건, 산 사람의 책임이기 때문이다.

"단지 당신보다 약해서야. 당신을 괴롭힌 사람들과 똑같은 짓을 했을 뿐이라고."

단호한 충고에 여인은 묵묵히 있었다. 그러다 천천히 몸을 돌렸다. 빛바랜 치맛자락이 가만히 날렸다.

아무것도 없는 공간을 향해 여인이 걸어갔다. 느리지만 확실한 체념 같았다. 용서받을 수 없는 죄를 후회하고 있을까.

그녀의 뒷모습을 보던 연서가 말했다.

"내가 기억해 줄게요."

짧은 한마디가 여인의 발길을 붙잡았다. 뒤돌아보았을 때, 그녀는 이제 주변과 뚜렷하게 구분되지 않을 정도로 흐렸다.

"그걸 위해서 기억을 보여준 거죠? 나는 본래 이런 사람이었다는 걸, 누가 알아주었으면 좋겠어서."

수긍이 돌아오진 않았다. 여인은 잠자코 서있을 뿐이었다. 이윽고 새하얀 공간이 무너지기 시작했다. 아주 먼 곳부터 파도가 밀려오듯 거침없었다. 여인이 선 자리까지 들이닥치기까진 순간이었다. 서둘러 퇴장하는 여배우처럼 흰 장막이 그녀를 삼켰다.

여인의 마지막 모습에서 연서는 희미한 미소를 보았다. 천막 안에 어머니와 누워 밤하늘을 올려다보던 때, 저렇게 예쁜 얼굴이었으리라. 그 모습을 간직하기 위해 연서는 눈을 떼지 않았다. 눈부시게 새하얀 빛이 시야를 가득 메우고 사라졌을 때, 그녀는 책 속에서 벗어난 원래 세상이었다.

아직 어둠의 경계가 남은 아침이었다. 푸른 하늘 아래로 붉은 태양 빛이 번졌다. 아름다운 광경에 연서는 잠시 뜬 눈으로 멍하니 있었다. 그러자 곁에서 피로가 가득 담긴 한숨 소리가 들렸다.

그녀의 한 손을 꼭 붙들고 내려다보는 서주와 눈이 마주쳤다. 언젠가 비슷한 일이 있었던 것 같아 연서는 배시시 웃었다. 그는 비로소 마음을 내려놓았는지 쓰러지듯 그녀를 끌어안았다. 그리고 귓가에 대고 나지막하게 말했다.

"더 걱정시키는 건 아무래도 당신이야."

이번엔 뜻하지 않은 일이었다고 연서가 해명하려던 참이었다. 막 일어나 앉은 그녀의 품에 묵직한 충격이 닿았다. 서주가 잡아주지 않았다면 다시 넘어졌을지 모를 정도였다. 연서는 품에 안긴 옥토를 쓰다듬어주었다. 옥토는 큰 눈에 눈물이 그렁그렁 고인 채로 말했다.

"연서야, 걱정했어!"

"미안해. 그래도 다친 데 없이 다녀왔어."

"호들갑 떨긴. 죽어서 왔어도 다들 볼 능력 있잖아?"

차사의 시큰둥한 말에 서주와 옥토가 동시에 거칠게 돌아보았다. 그들은 말을 하지 않고서도 분노와 질책을 표현하는 재주가 있었다. 그 눈빛이 대단하여 안하무인 한 차사조차도 슬그머니 눈을 돌리며 구시렁거렸다.

"아니 뭐, 내 일 줄어서 좋다고……."

일상적인 다툼을 보며 연서가 기분 좋게 웃었다. 원래 세상에 돌아왔다는 사실이 한층 실감 났다. 사랑하는 사람들 사이에 놓인 자신의 자리가 다시금 소중했다. 다만 확인하고 싶은 일을 떠올리며 서주의 옷깃을 당겼다.

"아참, 우리 어떻게 나온 거예요? 도깨비와 후궁의 영혼은요?"

"도깨비가 내보내 주었습니다. 그 후에 바로 잠들어서 서점 안에 눕혀두었어요. 깨어나면 시끄러워질 것 같아서 그냥 둘 생각입니다. 그리고 그녀의 영혼은…… 저승으로 떠내려갔습니다. 아마 지금쯤 편치 않은 자리에 있겠죠."

살아서도 죽어서도 온갖 악행을 벌였으니 편히 잠들 리 없다. 다만 연서는 마지막 순간, 온 힘을 다해 기억을 전하던 여인의 모습을 떠올렸다. 과연 어떤 심정이었을까. 끝까지 간절했던 한 인간이 가여워서 연서는 조금 씁쓸해졌다.

"동정할 필요 없습니다. 그녀는……."

"손에 너무 많은 피를 묻혔죠. 저도 알아요."

담담한 대답에 서주는 그녀의 등을 다독여 주었다. 눈물이 날 정도로 따스해서 연서는 그의 손을 꼭 붙잡았다. 부디 누구에게나 이런 다정함이 허락되기를 잠깐 바랐다.

그때 옥토가 걱정스러운 얼굴로 품에서 무언가를 꺼냈다. 각시손님의 머리를 장식했던 겨우살이였다. 설마 하는 생각에 연서는 가슴이 덜컥 내려앉았다.

"각시는 이제 몸을 유지하기도 어려워서 여기 잠들어 있어.

며칠 지나면 소멸할 거야. 원래도 많이 약해져 있었는데……상처를 너무 크게 입었어."

겨우살이 열매에서 은은한 빛이 흘렀다. 미약해서 곧 꺼질 것만 같았다. 연서는 고개를 끄덕이며 겨우살이를 받아들었다. 이제 각시손님과 했던 약속을 지킬 차례였다.

"차사님, 부탁이 있어요."

"엉? 나한테?"

별일이라는 듯 차사가 눈을 치켜떴다. 새까만 옷과 큰 덩치에 어우러져 한층 험상궂어 보였다. 그러나 안에 숨겨둔 자상한 마음씨에 연서는 이번에도 기대어 보기로 했다.

"찾고 싶은 사람이 있어서요."

"안 됩니다."

서주가 단호한 목소리로 끼어들었다.

"전에도 말했지만, 다른 세계의 일에 끼어드는 건 좋지 않아요. 인간과 신의 영역은 정해져 있습니다. 또한 모든 일은……."

"모든 일이 정해진 대로만 흘러간다면, 당신은 왜 반딧불을 구해주었어요?"

말문이 막힌 듯 서주가 입을 다물었다. 연서는 부드러운 목소리로 말을 이었다.

"나는 수명이 짧은 인간이라 운명이나 순리, 그런 건 잘 모르겠어요. 그냥 지금 내키는 일을 하고 싶어요. 내가 좋아하는 사람, 내가 옳다고 생각하는 일. 그런 걸로 내 하루를 채울래요."

이러면 서주는 물러설 수밖에 없다. 다정하지만 고집스러운 연서에게 또 지고 말았다. 그가 어쩔 수 없다는 듯 말했다.

"……위험한 일만 하지 말아요."

"장담은 못 해요. 당신이 도와줘요."

"정말, 몇 번을 다시 태어나도 한결같군요."

두 사람이 서로를 부드럽게 안았다. 그들 사이에 흐르는 로맨틱한 기류를 보며 차사가 인상을 구겼다.

"나한테 부탁한다며……? 떡 줄 놈 의견부터 물어보지 그래?"

4장

길 잃은 자들의 서점

어둠이 내린 뒤에도 외과센터에는 소란이 끊이지 않았다. 생과 사의 기로에 선 환자들과 쉴 새 없이 움직이는 의료진, 그리고 비극적인 소식을 받아들여야 할 이들의 울음까지 덧대어진 날이었다.

석현은 응급 수술을 마치고 당직실 소파에 아무렇게나 누워있었다. 전공의가 된 지 수년인데, 수술 후의 피로감은 여태 적응되지 않았다. 집중력을 쏟아부은 각성이 아직 남았는지 잠들 기미도 없었다. 미간을 잔뜩 찌푸린 채로 겨우 눈을 감고 있을 뿐이었다.

그때 출랑대는 목소리가 그의 신경을 자극했다.

"야, 자냐? 아님 죽었냐?"

석현의 몇 안 되는 친구 재웅이었다. 그는 학부 시절부터 동고동락하며 친밀한 나머지, 석현의 고요를 깨고 분노를 불러일으킬 때도 있었다. 이번에도 재웅은 장난기가 가득한 눈으로 석현의 뺨을 찔렀다. 같은 외과의니까 분명 바쁠 텐데, 왜 이리 기운이 남아돌지. 의구심을 품은 채로 석현이 대충 대답했다.

"어."

"자면서 대답하는 인간이 다 있네. 참나. 자는 거야, 죽은 거야? 메디컬이냐고, 호러냐고."

"어."

"악플보다 무플이 무섭다는데, 이건 뭔지도 모르겠고 그냥 열 받네……."

흥미가 식었는지 재웅은 석현을 두고 테이블에 앉았다. 비치된 봉지 과자를 오도독 씹는 경쾌한 소리가 이어졌다. 여전히 미동하지 않는 석현에게 그가 과자를 우적거리며 다시 말을 걸었다.

"야, 702호 애기 있잖아. 다중추돌 사고로 들어와서 네가 응급 수술한 환자 딸내미. 걔가 너보고 슈퍼맨이라더라. 진짜 귀엽지 않냐? 나는 미운 네 살이 진짜 예뻐 보여. 남의 애라 구경만 해서 그런가."

끊이지 않는 수다에 석현이 결국 눈을 떴다. 그리고 기꺼이 대꾸해 주었다.

"슈퍼맨도 전문직이냐?"

"미친놈 또 저런다. 야, 그렇게 직업사명감이 투철해서 일상생활은 가능하냐? 막 아픈 사람 보면 고쳐주고 싶어서 미치겠지? 내 마음도 좀 고쳐주라. 네 말에 아까부터 상처 입었거든?"

"그건 외과가 아니라 정신과를 가야지."

"같이 가자, 친구야. 내 생각에 너는, 공감능력 검사를 꼭 해봐야 해."

입맛 떨어진다는 표현으로 재웅이 석현에게 과자를 툭 던졌다. 석현은 짜증스럽게 털어내며 몸을 돌려 누웠다.

재웅은 그런 석현의 뒷모습을 보며 혀를 찼다. 경멸하는 것 같아도 내심 안쓰럽게 여기는 태도였다.

"쯧쯧, 침대로 갈 힘도 없냐?"

"알면 말 걸지 마라. 퇴근 안 해?"

"지금 간다. 넌 오늘도 당직이야?"

석현은 답하지 않았다. 그마저도 귀찮은 모양이었다. 그런 석현을 보며 내내 유쾌하던 재웅이 자세를 고쳐 잡았다. 그리고 사뭇 진지한 태도로 물었다.

"시키지도 않은 당직을 왜 자꾸 하겠다고 나서?"

남들은 주에 두세 번씩도 겨우 하는 당직이다. 일이 많은 환경이라 도중에 잠을 이룰 수도 없다. 그 고된 걸 왜 나홀째 하고 있는지, 그것도 몇 년을 이어가는 중인 건지. 친구는 이러한 의미를 짧은 한마디에 담아 물었다.

우정에서 비롯된 걱정과 염려다. 석현은 친구의 뜻을 모르지 않았다. 소파에 누워있자니 천장 조명이 눈에 들어왔다. 석현은 조명 탓을 하며 표정을 감추기 위해 얼굴을 가렸다.

"……아, 사람이 없다잖아."

스스로 듣기에도 변명이었다. 종종 유쾌함을 가장하여 입바른 소리를 하는 재웅이 모를 리 없었다. 역시나 그는 쉽게 물러서 주지 않았다.

"네가 땜빵해 주면, 없던 사람이 생겨?"

"……."

본질적인 해결보다는 일방적인 희생이라는 사실. 석현도 그걸 알지만 여태 모른 척했다. 친구가 답답해하는 바도 이해가 갔다. 몸이 부서져라 일해도 알아주는 사람은 없다. 반면에 손해는 이만저만 아니다. 얼마 전만 해도 새벽 퇴근길에 혼자 가드레일을 들이박았다. 과로로 인한 졸음운전으로 인한 사고였다.

환자 살리겠다는 의사를 누가 말리겠냐마는, 고생을 나서서 하는 별종을 사람들은 썩 좋아하지 않는다. 별스러운 행동은 어떤 방식으로든 누군가에게 영향력을 끼친다. 그리고 이 사회는 그걸 달갑지 않게 여긴다. 재웅이 석현에게 항상 건네던 조언이었다.

"사명감, 직업의식 그런 거 필요하지. 근데 넌 신이 아니라 사람이잖아. 사람답게 살자. 남들처럼 쉴 땐 쉬고, 다른 사람 만나서 웃고 떠들고. 젊음 다 팔아먹고 나중에 후회하지 마라. 지금 같아서야 그전에 단명할 것 같다만."

석현은 대답하지 않았다. 재웅이 단념하듯 돌아서 나가려 할 때였다.

"사람답게 사는 게 뭔데?"

나직한 질문이 재웅을 멈춰 세웠다. 석현의 나지막한 목소리가 이어졌다.

"누가 보기엔 하찮은 일에 목숨 거는 사람도 있어. 그냥 그런 거야, 사람 사는 게……."

신념이 담긴 넋두리인가. 재웅은 석현의 돌아누운 등을 한참 바라보다 머리를 벅벅 긁었다. 저 고집을 어떻게 꺾을까. 하지만 저 고집이 꺾이면 오히려 섭섭할 것도 같고. 그런 이중적인 마음이 우스워서 재웅이 씩 웃었다.

"너는 인마, 전생에도 의사였을 거다."

"알았으면 가라. 의생 2회 차의 큰 뜻을 네가 이해하겠냐?"

"사이비냐?"

"꺼져, 잔소리꾼."

"이 자식은 걱정을 해줘도……. 간다, 가!"

적어도 소파 말고 침대에 가서 자라면서 재웅이 문을 나섰다. 그의 마지막 잔소리였다. 당직실은 다시 고요해졌고 시계 초침 소리만 남았다. 잡담을 나눠 긴장이 조금 풀어졌는지, 석현은 점점 눈이 감겨왔다. 초침 소리를 스무 번도 채 듣지 못하고 그는 잠에 빠져들었다.

3인용 소파는 조금 웅크리면 몸이 다 들어오는 크기였다. 석현은 불편하기보다 아늑하다고 느꼈다. 인턴 때부터 자주 소파에서 잠을 청해 그런지도 몰랐다. 다만 베개가 없어 목덜미가 불편했다. 석현은 잠결에 베고 누울 것을 찾았다.

그러다 무언가가 머리 밑을 받쳐주는 감각에 뒤척임을 멈췄다. 부드럽고 편안했다. 따뜻하진 않아도 손에 담고 싶은, 겨울 냄새가 났다. 언젠가 맡아보았던 향 같았다. 문득 마음이 풀어지며 석현은 단잠에 빠졌다.

깊이 잠든 탓에 그는 흰 손이 뺨을 쓸어내린 줄도 몰랐다. 지쳐 잠든 이에게 무릎을 내어준 신이 말했다.

"그냥 그런 거라…….'

각시손님이 되뇌었다. 다시 만나거든 묻고 싶은 게 많았다. 그러나 이젠 무엇도 중요하지 않았다. 모든 질문에 답이 될 말을 들어버린 탓이다. 긴 세월을 지나 다시 만난 남자의 얼굴은, 곤히 잠들어 편안해 보였다.

"나는 끝까지 이해 못 할 말만 하는군. 그냥 그렇다 하니 물을 수도 없겠어. 다시 태어나도 건방지기 짝이 없는 인간이로구나."

나무라는 말을 들었는지 석현이 미간을 찌푸렸다. 언젠가 보았던 표정 같아 각시손님이 작게 웃었다. 그리고 손가락을 뻗어 접힌 미간을 펴주었다. 편안하기만 하렴. 각시손님은 작은 바람을 소리 없이 전했다.

아주 오랜 시간 동안 그녀는 겨울을 지냈다. 바깥의 계절과 상관없이 마음 한쪽에 그 남자를 두었던 까닭이다. 봄을 맞이하거든 그 시간이 녹아 없어질까 두려웠다. 그래서 긴 시간 동안 그를 떠나보내지 못했다.

그러나 생의 끝자락에서 그녀는 비로소 봄을 맞이했다. 이건 이야기의 끝, 지난한 마음을 내려둘 올바른 자리. 그 사실을 깨닫자 마음이 구름처럼 가벼워졌다. 기분이 좋았다. 금방이라도 흩어져 사라지길 바랄 정도로.

"차담 한번 나눌 시간이 없어 아쉽구나."

짧은 혼잣말을 끝으로 역신이 자리를 떠났다. 홀로 남은 남자는 허전함을 느껴 눈을 떴다. 매일같이 드나드는 방의 공기가 언뜻 다르게 느껴졌다. 냉방을 세게 틀었는지 조금

쌀쌀했다. 하지만 그것도 잠깐이었다. 석현은 엷은 추위를 껴안고 다시 잠들었다.

지독한 역병도 한 철이었다.

"미안. 진짜 미안. 정말 정말로 미안!"
도깨비가 깨어난 건 서점에 돌아온 지 이틀이 지나서였다. 그때부터 그는 피해를 끼친 이들에게 사과하느라 분주한 시간을 보냈다. 하도 두 손을 싹싹 빌어서 다시 불이 붙을까 걱정될 정도였다.

급기야 바닥에 엎드려 조아리는 그를 연서가 만류했지만, 서주는 본체만체였다. 티타임에 심취한 사람처럼 눈길도 주지 않았다. 사과를 받아줄 때까지 도깨비는 종일 그를 쫓아다녔으며 대개 바짓가랑이를 잡을 듯 기어다녔다. 아쉽게도 보기보다 동작이 잽싼 서주는 잡혀주지 않았다.

둘의 대화가 겨우 시작된 건 다시 나흘쯤 지나서였다. 서주가 무겁게 닫혀있던 입을 열어 엄숙하게 말했다.

"여기, 책이 또 잘못 꽂혀있군요. 누가 제 행세를 했던 탓에 말이죠."

"어? 이쪽에 있는 건 안 건드렸는데……."

"제가 거짓말을 한다는 말씀이신가요?"

"그, 그건 아니지. 미안해! 내가 얼른 다시 정리할게!"

허둥지둥 책장을 정리하는 도깨비를 두고 서주는 발길을 돌렸다. 그 모양을 지켜보던 연서는 도깨비가 조금, 불쌍하다는 생각이 들었다. 물론 그는 여럿을 다치게 했고 큰 위험에 빠뜨렸다. 그런데 연서가 보기에 서주가 정말 화가 난 이유는 따로 있었다.

"하아, 이 액자는 가장 앞에 놓여야 하는데……. 무책임하게 다녀온 바깥 구경, 참 재미있었겠어요. 원래 남의 떡이 더 커보인다잖아요?"

"액자 여기다 둘까? 또 뭐 옮길 거 있어? 말만 해!"

도깨비가 서주 행세를 두 시간만 더 했다면 그는 영영 용서받지 못했을지도 모른다. 연서는 하루 종일 도깨비를 괴롭히는 서주를 질린 표정으로 지켜보았다.

'속 좁다…….'

연서에겐 한없이 관대한 남자에게도 다채로운 면이 있었다. 그로 인해 도깨비는 온종일 서점 바닥을 쓸고, 책을 정리하고, 닳아빠진 걸레 하나로 온갖 군데 광을 내야 했다.

한참 부산스럽게 돌아다닌 끝에 도깨비는 바닥에 아무렇

게나 널브러졌다. 한여름에 늘어진 강아지 같았다. 연서는 보기 안쓰러워 그에게 시원한 물 한 컵을 건넸다. 단숨에 물을 들이킨 도깨비가 활짝 웃었다.

"고마워. 넌 정말 착하구나. 어, 얘들아! 간식 다 먹었어?"

현관 밖에서 뛰어드는 생쥐 떼를 도깨비가 반갑게 맞이했다. 그는 누운 채로 보송보송한 하얀 털을 가득 끌어안았고, 일곱 마리 생쥐들은 그의 몸을 타고 오르며 비비적거렸다. 바로 몇 분 전까지 같이 있었으면서 저렇게 반가울까. 연서는 흐뭇하게 그들을 보았다.

독에서 벗어나 정신 차린 도깨비는 가장 먼저 아이들을 찾았다. 끌어안고 몇 번이나 사과했다. 진작 안식에 들었어야 할 그들이 여태 남은 이유를 도깨비도 잘 알고 있었다.

망령이 아이들의 존재를 느낀 것처럼 아이들 또한 그녀를 느꼈다. 이빨을 드러낸 이 음습한 기운에게서 잠든 도깨비를 지키기 위해, 그들은 가족 곁에 남았다.

아이들을 하나하나 쓰다듬으며 도깨비는 하염없이 울었다. 울음에 묻혀 말을 알아듣기도 어려웠다. 그러던 중 짧은 한마디가 연서의 귀에 깊게 담겼다.

'여기 남게 만들어서 미안해.'

하염없이 기다리게 만든 미안함. 연서도 잘 아는 마음이라

유독 아프게 들렸다. 몇 번을 사과하더라도 그 시간이 없어지진 않는다. 마치 서주가 영원에서 벗어나지 못한 것처럼. 지금의 관계는 최선이 아니라 차선일 뿐이라는 생각을 연서는 떨칠 수 없었다. 큰 위험을 지난 뒤에도 여전히 마음 한구석이 무거웠다.

그때 바깥에서 누군가를 반기는 옥토의 목소리가 들렸다. 문을 열자 멀리 흰 옷을 입은 여인이 보였다. 옥토는 뛰어가 덥석 안겼고, 다들 그녀를 맞이하기 위해 밖으로 나왔다.
"각시야! 아직 괜찮은 거지?"
"그럼. 마지막 인사를 하러 들렀다네."
각시손님은 매우 창백한 안색이었다. 간신히 모습을 유지하고 있는 게 분명했다. 다만 표정이 한결 가벼워서 이전보다 마음이 편안해 보였다. 그때 도깨비가 쭈뼛대며 그녀에게 다가왔다.
"어, 저기······."
제정신이 아녔다 해도 칼로 찌른 건 웬만한 일이 아니다. 어떻게 사과해야 할지 모르겠다는 듯 도깨비는 안절부절못했다. 각시손님은 차분한 얼굴로 그를 지켜보다 먼저 입을 열었다.
"자네의 친구들인가?"

"에? 아, 응."

도깨비의 주변에 있던 아이들을 가리킨 말이었다. 쪼르르 다가온 생쥐 한 마리에게 각시손님은 손을 내어주었다. 생쥐는 코를 찡긋거리며 손끝의 냄새를 확인했다. 마주친 적 없을 텐데도 사이가 가까워 보였다. 각시손님이 아이를 어르듯 자상하게 말했다.

"친구를 위해 남았느냐? 용기가 가상하구나. 작은 몸뚱이와 다르게 큰 배포를 가졌어."

손끝으로 목을 쓰다듬어주자 생쥐는 기분 좋은 듯 기지개를 켰다. 이윽고 각시손님이 생쥐를 손에 올려 도깨비에게 건네주었다.

"너를 아끼는 이들을 잊지 말거라."

인자한 목소리에 도깨비는 눈가가 촉촉해진 채로 고개를 끄덕였다. 각시손님은 어떠한 비난과 질책도 하지 않았다. 단지 그의 죄스러움을 미소로 받아들였다.

아쉽게도 정다운 분위기는 오래가지 못했다. 갑작스레 옥토의 울음 섞인 목소리가 각시손님을 향했다.

"각시야! 손! 손이 사라지고 있어!"

옥토의 말대로였다. 가느다란 손가락이 끝에서부터 투명해지고 있었다. 그 너머가 비칠 정도였다. 각시손님은 자신의 두 손을 살펴보다 체념하듯 미소 지었다.

"때가 왔을 뿐이야. 예견된 일이니 놀라지 말거라."

"싫어, 싫어! 각시야, 떠나지 마!"

친구를 귀중하게 여기는 소녀 신이 울음을 터뜨렸다. 굵은 눈물방울이 쉼 없이 뺨을 적셨다. 아직 존재감이 남은 손으로 각시손님은 옥토를 안아주었다. 이 품마저 곧 사라질까 싶어서 옥토는 그녀를 꽉 끌어안았다.

모두는 가라앉은 분위기로 둘을 지켜보았다. 정해진 이별의 때였다. 장맛비가 그친 지 얼마 안 되어 풀내음이 진하고 들꽃의 색이 맑았다. 각시손님은 고개를 들어 새파란 하늘을 바라보았다. 그녀가 다시 볼 수 없는 날이었다.

"소멸하면 기다릴 수도 없잖아. 정말 싫어. 가지 말았으면 좋겠어……."

옥토가 작은 코를 훌쩍이며 말했다. 그러나 돌이킬 수 없다는 걸 알기 때문에 더 이상 붙잡지 않았다. 자연의 일부인 신들에게 세상의 이치란 절대적이었다. 연서는 그 모습이 안타까워 서주에게 물었다.

"정말 방법이 없을까요?"

"그녀의 역할을 모두가 잊어버렸으니까요. 이제 사라진 역병이니……."

존재가 잊힌 신은 소멸한다. 그건 누구도 피할 수 없는 이치다. 각시손님은 몸을 일으켜 모두를 한 번씩 본 뒤에 말했다.

"다른 이들에게 안부 전해주시게."

서점의 앞뜰에서 각시손님은 불어오는 바람을 느끼며 눈을 감았다. 그녀의 모든 형체가 점차 흐려졌다. 옥토가 소리 내어 울었다. 한쪽에서 지켜보던 서주와 저승차사 역시 씁쓸한 표정이었다. 도깨비는 죄책감에 얼굴을 문질렀고, 연서는 울컥 치미는 눈물을 꾹 눌렀다.

그렇게 그녀의 몸이 홀씨처럼 날아가기 직전이었다.

그때 생쥐들이 각시손님에게 모여들었다. 놀자고 보채는 아이들처럼 그녀에게 매달렸다. 하얀 솜털들이 꼭 눈송이처럼 달라붙었다. 각시손님은 뺨에 닿은 부드러운 촉감에 깜빡 눈을 떴다.

곧이어 놀랍게도 그녀의 형상이 점차 원래대로 돌아왔다. 잠자리 날개처럼 투명하던 치맛자락이 도톰하게 쌓인 눈밭처럼 진해졌다. 누구도 예상치 못한 일이었다. 옥토가 물기 어린 목소리로 생쥐들의 말을 전해주었다.

"이제 여길 떠나서 여행하고 싶대. 같이 가달래."

휘둥그레진 눈으로 옥토가 생쥐들과 각시손님을 번갈아 보았다. 생쥐들은 간절히 매달리듯 아우성쳤다. 불현듯 어떤 사실을 깨달은 서주가 말했다.

"각시손님은 잔혹한 역병의 신이지만, 어린아이들이 마마를 가볍게 앓도록 해서 면역력을 주기도 했습니다. 그래서 아이들의 수호신이라고도 불렸죠."

"그렇다면……."

"네, 아무래도 그녀가 할 일이 남았나 보군요."

역병의 신으로 남을 수는 없지만, 적어도 아이들의 수호신으로 존재할 수 있다는 뜻이었다. 싱그러운 잔디밭 위에서 각시손님이 생쥐 떼에게 물었다.

"아이들아, 세상을 보고 싶으냐?"

생쥐들이 일제히 찍찍 소리 내어 답했다. 세상을 채 둘러보지도 못하고 죽어, 수백 년을 한자리에 머물렀던 아이들이 각기 제 목소리를 냈다. 그리고 다 함께 도깨비를 돌아보았다. 그는 울지 않은 척 서둘러 눈가를 훔치고 손을 흔들었다.

"잘 다녀와! 돌아오면 재밌는 이야기 해줘!"

이제 그들을 위협하는 건 모두 사라졌다. 긴 시간 끝에 도깨비는 평온을 얻었고 아이들은 자유로워졌다. 이내 각시손님이 몸을 일으켜 숲으로 향했다. 생쥐 떼는 앞서거니 뒤서거니 하며 그녀를 쫓아갔다. 즐겁게 찍찍대는 울음이 오래도록 이어졌다.

그들의 등을 지켜보던 연서는 잠깐이나마 아이들의 원래 모습을 볼 수 있었다. 하나같이 밝게 웃고 있었다. 호기심에 물든 눈이 사랑스러웠다. 새롭게 가족이 된 이의 손을 잡고, 그들은 새로운 세상을 보기 위해 나아갔다.

연서가 흐뭇한 목소리로 말했다.
"정말 잘됐어요. 생각지도 못하게."
"예측할 수 없는 게 인연이라."
헤어짐이 있으면 만남이 있다던가. 연서는 서주의 말에 고개를 끄덕였다. 다만 이번엔 또 다른 인연이 움직였다. 서점 앞에 가까이 있던 도깨비가 말했다.
"나도 이만 가볼게."
쾌활한 미소 위로 구름 같은 머리칼이 살랑였다.
"서점의 모습을 유지하려면 분신을 오래 만들어둘 수 없어. 힘이 모자라거든. 앞으로 얼마나 더 잠들어 있을지 모르니까, 이게 마지막 인사가 될 수도 있겠다."
도깨비는 잠시 고민하다 경쾌한 발걸음으로 서주와 연서를 향해 뛰었다. 그리고 두 사람을 한껏 껴안았다.
"도와줘서 고마워. 김 서방, 허연서."
남사스러운 애정 표현에 연서는 조금 놀랐고 서주는 떨떠름한 표정을 했다. 도깨비는 개구쟁이 같은 미소를 한껏 지어 보이고는 서점 앞으로 갔다. 그가 벽에 손을 올리자, 그 주변으로부터 푸른 불꽃이 일기 시작했다. 서주와 연서가 책

속으로 빨려 들어갔던 때와 비슷한 광경이었다.

다시 만날 수 있을까. 방금 전 도깨비의 포옹에서 연서는 그러한 뜻이 느껴졌다. 그럴 수 없을 것 같아서, 완전한 이별일까 봐서. 마지막으로 체온을 느껴보려던 몸짓 같았다. 연서는 도깨비가 거듭 안타까웠다. 그와 친구가 되어줄 수 있다면 좋을 텐데.
그때 연서의 곁에 있던 서주가 입을 열었다.
"제 이름은, 김 서방이 아니에요."
"응?"
영문 모를 소리에 도깨비가 하던 일을 멈추고 돌아보았다.
"제 이름, 서주입니다. 의미 있는 이름이니 아무렇게나 부르지 마세요. 그리고 무리 되지 않는 선에서 가끔 얼굴 비치시고요. 다음번엔 메밀로 만든 다과라도 대접해 드리겠습니다."
"어……?"
순간 멍해졌던 도깨비가 가까스로 정신을 되찾아 물었다. 목소리가 미세하게 떨리고 있었다.
"날 싫어하지 않아?"
"글쎄요. 그러기엔 서점 청소를 제법 잘하더군요. 다음엔 지하실도 부탁드립니다."

동그랗고 푸른 눈에서 눈물이 뚝 떨어졌다. 도깨비는 손등으로 대충 눈을 문질러 닦았다. 그리고 환하게 웃었다. 소년처럼 맑은 얼굴이었다.

"그래, 맡겨만 줘!"

이윽고 도깨비의 몸이 푸른 불길과 함께 사라졌다. 나비처럼 날아다니던 불티도 곧 꺼졌다. 연서는 서점 벽면의 나뭇결을 쓸어보았다. 오래된 표면 너머로 간직한 생동감이 보였다. 이끼색 서점이 이전처럼 신비로운 빛을 냈다.

서점을 지켜냈구나. 연서는 안도감에 가슴을 쓸어내렸다. 오랜 친구를 다시 만난 듯 기뻤다.

누군가는 오랜 시간을 기다려 이별하고, 또 누군가는 깊은 상처를 치유했다. 곁에 있는 이의 마음을 재차 확인하고 소중함을 새겼다. 헤어짐과 만남을 알고 받아들였다. 다시 여행을 떠났다. 원망을 멈췄다. 빛을 되찾았다. 살고 싶다고 말했다.

모든 과정을 지켜본 연서는 마침내 중요한 결정을 내렸다. 마침 서주가 그녀를 향해 손을 내밀었다. 곧 날이 저물 테니 안으로 들어가자고. 늘 그랬듯이 다정한 태도였다.

연서는 그의 손을 잡지 않았다. 그리고 담백한 목소리로 말했다.

"하고 싶은 말이 있어요."

서주는 의아해하면서도 고개를 끄덕였다. 다만 재차 안으로 들어가자고 권했다. 편한 의자에 앉아 대화를 나누자고. 당신은 큰일을 겪어 아직 피곤할 거라고. 그의 염려에 연서는 고개를 가로저었다.

"아니요. 여기서 말할게요. 당신의 영원한 삶에 대해서요."

"그 얘기는 이미 끝났잖아요? 나는 당신과 함께 살고 싶다고 말했는데."

"끝난 건 아니죠. 일단락됐을 뿐이지. 이 문제는 어느 날 불현듯 당신을 다시 찾아올 거예요. 슬프겠죠. 힘들고 죽고만 싶을 거예요. 그런다고 누구에게 말하진 못할 거고요. 당신은 그런 사람이니까."

서주는 잠자코 듣기만 했다. 연서의 말이 맞다. 세상엔 해결할 수 없는 문제도 있다. 단지 그뿐이다. 그럼에도 그는 연서를 존중하여 다시 물었다.

"근본적인 해결 방법이 뭐죠?"

"당신의 영생을 끝낼 방법이 어딘가엔 있을 거예요."

영생을 사는 한, 그는 언젠가 혼자 남겨질지 모른다는 불안과 싸워야 한다. 그건 다른 이에게 사랑받아도 불현듯 다시 진해지는 외로움이다. 평범한 사람들과 같이 정해진 수명 속에서 살아가지 않는 한, 그는 영원토록 이승과 저승 사이에서 고립되고 말 것이다.

그런데 책 속에서 그의 영생을 마칠 방법을 보았다. 이번엔 원치 않는 상황과 맞물려 그럴 수 없었지만, 연서는 가능성을 깨달았다. 불가능하지 않다. 그렇다면 어딘가에 또 다른 방법이 있을지도 모른다. 연서는 작은 가능성에 희망을 걸어보고 싶었다.

그러나 이번엔 서주가 단호하게 답했다.

"언제 찾아올지 모르는 희망 같은 건 눈속임일 뿐입니다. 저 역시 많은 방법들을 찾아보았지만, 소용없었어요. 게다가 찾는다고 한들 당신을 두고……."

"우리 확실히 정해요."

연서가 서주의 말을 끊었다. 그리고 어떤 사실도 피하지 않겠다는 굳은 얼굴로 물었다.

"당신을 이곳에 남게 만드는 건 영원인가요, 아니면 다시 찾아올 나인가요?"

허를 찔린 듯 서주가 대답하지 못했다. 서주에게 있어 연서는 삶의 이유나 다름없다. 영원한 형벌과 고통도 기꺼이 각오했다. 서점주인으로 사는 시간도 나쁘지 않지만, 그의 중심은 오로지 그녀였다. 그러니 기다림은 그의 삶이었다.

차마 말을 꺼내지 못하는 그를 보며 연서가 고개를 끄덕였다. 대답 없이도 그의 뜻을 알 것 같았다. 잠깐의 침묵 끝에 그녀가 어렵사리 먼저 말을 꺼냈다.

"사랑해요. 하지만 때로 이 마음이 우리를 더 어려운 길로 몰아넣는 것 같아요. 나는 당신의 전부가 되길 원치 않아요. 그건…… 당신을 고독하게 만들 테니까."

"그럼 당신이 원하는 게 뭔가요?"

언젠가 똑같은 질문을 받은 적 있었다. 연서는 그때를 떠올리며 설핏 웃었다. 비로소 그 답을 깨달아 입 밖으로 냈다.

"당신이 잘 사는 걸 보고 싶어."

어딘가에 얽매이거나 끌려다니지 않고, 네가 아니라 나로 살아가라고. 이별이 때로 새로운 만남의 단초가 되는 것처럼 어떤 방향이든 나아가라고. 연서는 '잘 사는 일'에 대해 그렇게 정의했다. 그리하여 여태까지 기다림뿐이었던 남자에게 고했다.

"그래서 나는, 떠나려고 해요."

다시 몇 개월의 시간이 흘러갔다. 진한 녹색을 띤 숲은 어느덧 붉게 익어가고 있었다. 녹지근하게 들러붙던 습기는 시원한 바람에 휩쓸려 사라졌다. 하늘은 멀리까지 새파란 빛을 보냈다. 장맛비를 거둬낸 가을은 주변의 무게를 한층 산뜻하게 만들었다.

연서는 가벼운 발걸음으로 서점 문을 열고 나왔다. 옷차림은 평소와 다르지 않게 단출했다. 다만 아담한 캐리어가 그녀의 손에 끌려왔다. 긴 여행을 예고하듯 바퀴 소리가 요란했다.

밖으로 나섰다는 걸 누군가 알아본 마냥 휴대폰 메신저가 울렸다. 연서는 짐을 내려놓고 주머니를 뒤져 휴대폰을 꺼냈다. 화면을 켜자 배경으로 떡을 물어 볼이 통통해진 옥토의 사진이 떠올랐다. 그 아래 도착한 메시지의 발신인은, 상훈이었다.

연서 파이팅^^v

오늘은 상훈이 제안한 프랑스 유학을 떠나는 날이었다. 연서는 그의 메시지를 보며 미소 지었다. 재능의 영역은 사실 무궁무진하다는데, 아마도 상훈에게는 사람을 기분 좋게 격려하는 재능이 있으리라. 연서는 짧게 답장하고 휴대폰을 집어넣었다. 그때 바로 곁에서 차사가 말을 걸어왔다.

"가나?"

그는 한 편의 광고처럼 서점 벽에 기대 서있었다. 하필 연서가 길을 나서는 타이밍에 안 하던 짓을 하는지 모를 일이었다.

"진짜 버스 타고 가게? 여기 1초면 공항까지 갈 수 있는 방법이 수두룩한데도?"

"마음만 받을게요. 출발부터 남의 힘을 빌리고 싶지는 않아요."

"쯧, 하여간에 말 안 듣네. 넌 쓸데없이 애쓰는 게 문제라니까?"

"걱정 마요. 뭐든 잘할 거니까."

능청스러운 대답에 차사는 어색한 표정을 지었다. 이내 모른 척 고개를 돌렸다. 그는 보통 상대방이 걱정될 때 말이 많아진다. 프랑스로 혼자 떠난다는 말을 들었을 때부터 핀잔이 늘었다는 걸 연서는 잘 알았.

본심을 들킨 남자가 쑥스러운 듯 헛기침했다. 하여간에 솔직하지 못하다니까. 연서가 차사를 몰래 흘겨보며 키득거리던 중에, 이번엔 옥토가 그녀를 향해 멀리서부터 달려왔다.

"다행이다. 안 늦었다!"

"옥토, 어딜 그렇게 뛰어서 다녀왔어?"

아침부터 어디로 사라졌나 했더니만. 서점 앞까지 온 옥토는 털썩 주저앉아 등에 멘 보따리를 풀었다. 담요라고 해도 믿을 만큼 너른 보자기 안에는 떡이 가득 들어있었다.

"이거 가는 길에 먹어!"

4장. 길 잃은 자들의 서점 251

"……고맙지만 이렇게 많이는 못 먹어."

인절미, 꿀떡, 절편, 가래떡 등등 종류도 다양했다. 오색찬란하고 올망졸망한 떡을 보며 연서는 마음이 뭉클해졌다. 흔히 말하는 고향에 내려간 기분이었다. 새삼 이곳에서 많은 애정을 나눠 받았다는 걸 느꼈다.

다만 가장 많은 애정을 베풀어주었던 남자가 보이지 않았다. 연서는 조금 초조해졌다. 그게 표정에 드러났는지 옥토가 걱정스러운 목소리로 물었다.

"서주랑 아직 인사 못 했어?"

갑작스러운 연서의 이별 선언 이후로 서주는 집무실에 틀어박혔다. 옥토는 새벽의 어둠 속에서 돌아다니는 걸 언뜻 보았다고 했고, 차사는 희미한 말다툼 소리를 들었다고 했다. 그러나 그간 누구도 서주와 직접 대화를 나눈 사람은 없었다.

심지어 부재중인 서점주인을 대신해 둘이 손님을 맞이하기도 했다. 연서도 도우려 했으나, 산 사람은 나서지 말라며 옥토가 만류했다. '아주 적합한 인물이면 모를까.' 차사가 흘린 말에 끈질기게 물어도 그 조건은 끝내 알 수 없었다. 그녀는 옥토가 서점을 꾸민다며 이곳저곳에 콩을 심고, 차사가 온갖 술과 악기를 꺼내 연회를 벌이는 걸 어쩔 수 없이 지켜봤다. 부디 이 난리통이 하루빨리 끝나기를 빌 따름이었다.

떠나는 오늘까지도 서주의 방문은 열리지 않았다. 연서는 한참을 그 앞에 서있다 나온 참이었다. 문 앞에서 한 인사는 들었을까? 아무런 답이 없으니 전해졌는지도 알 수 없었다. 옥토가 시무룩하게 말했다.

"서주는 헤어지기 싫은가 봐."

"……."

그 마음은 연서 역시 같다. 그러나 결정을 내린 이상 물러서고 싶지 않았다. 연서는 착잡한 마음으로 서점을 보았다. 조금만 더 기다리면 될까 싶어 발길이 떨어지지 않았다. 몇 번 망설인 끝에 그녀는 시내 방향으로 걸었다. 비행기 탑승 시각에 맞추려면 더 지체할 수 없었다.

마지막으로 그를 보지 못한다는 건 괴로웠다. 화가 많이 났겠지. 힘들게 만났는데 일방적으로 떨어져 있어야 한다고 하니. 자신의 잘못이란 생각에 연서가 고개를 떨궜다. 그리고 서점에서 한 걸음 더 멀어졌다.

느닷없이 요란하게 문 열리는 소리가 났다. 뭐가 부서졌나 싶어 돌아보았더니 서주가 있었다. 파자마에 도포를 아무렇게나 걸치고 머리칼은 부스스했다. 그는 숨을 몰아쉬며 연서를 보다 한달음에 뛰어왔다. 그리고 꽉 끌어안았다.

그의 품에 갇힌 채로 연서는 코끝이 뜨거워졌다. 그녀는 키가 한 뼘은 더 큰 남자의 등을 토닥이며 말했다.

"뭐야, 방에 틀어박혀서 안 나올 줄 알았어요."

"그럴 리가 없죠. 내가 당신을 마중하고 배웅하기만 이골이 난 사람인데."

"안에서 그동안 뭐 했어요?"

"나 혼자 뭘 할 수 있겠어요. 그냥 시들어가고 있었죠."

"어휴, 농담하는 거 보니까 잘 지냈나 보네. 불쌍한 척해도 소용없어요. 학교 등록도 다 마쳤거든요."

서주가 겨우 연서를 품에서 놓아주었다. 간만에 본 그의 얼굴은 많이 상해있었다. 원래 마른 정도에 더해 수척해졌다고 해야 할까. 가뜩이나 큰 상처를 입은 지 얼마 안 된 몸을 제대로 돌보지 않은 게 분명했다.

평소대로면 그를 나무랐겠지만, 마주친 눈에 수심이 깊어 연서는 차마 말이 나오지 않았다. 그때 서주가 연서에게 작은 책 한 권을 내밀었다. 매끄러운 상아색 명주로 감싼 표지가 눈을 끌었다.

"가져가요."

"이게 뭔데요?"

"제가 쓰던 걸 뜯어서 엮었습니다. 많이 써도 줄어들지 않을 거예요. 도깨비를 다시 깨워서 만드느라 고생 좀 했습니다."

밤중에 돌아다니고, 방 안에서 말다툼 소리가 들린 이유였다. 연서는 책을 받아들었다. 간편하게 들고 다니기에 딱 좋은 크기였다. 책등엔 제본한 실이 윤택하게 반짝였다. 쉽게 끊어지지 않을 것만 같은, 붉은색이었다.

"당신의 이야기를 기록해 와요."

애써 참은 눈물이 터질 것 같아 연서는 서주의 품에 얼굴을 묻었다. 그는 항상 이런 식이다. 그녀의 예상보다 한 걸음 더 앞서가서 손을 내민다. 이 친절이 그리워질 걸 알기에 연서는 책을 소중히 안았다.

서주는 그녀의 어깨에 얼굴을 묻었다. 목소리엔 애틋함이 배어 나왔다.

"고작 몇 년, 제겐 찰나에 불과합니다. 기다릴 테니까 다녀와요."

연서가 고개를 번쩍 들었다. 코끝이 빨갛게 물들어 있었다.

"말했죠, 나 기다리지 말라고. 혼자 재밌는 일도 하고, 맛있는 거 먹고, 잘 살고 있으라고!"

"어려운 주문이군요. 노력은 해보죠."

장난 같은 대답에 연서는 한층 진지한 목소리로 말했다.

"잊지 마요. 과거의 당신을 구한 건, 당신 스스로였다는 거."

책 속의 세계에서 과거의 서주와 대면했을 때, 그의 괴로움을 끝낸 건 연서가 아니었다. 망가진 과거를 부수고 해방

시킨 건 서주 자신이었다.

때문에 연서는 잠시 떨어져 있기로 했다. 서로가 없어도 그들의 삶엔 빛나는 순간이 많았다. 그것들은 스스로의 안을 채워 다시 상대방에게 건넬 애정의 형태로 변한다. 그러니 이건 더 단단해지기 위한 잠깐의 이별이었다.

연서는 함께하는 시간 외의 나날 또한 아름답길 바랐다. 살아가는 동안, 두 사람 모두에게.

그녀의 말에 서주는 놀란 듯 눈동자가 흔들렸다. 곱씹어보듯 잠깐 고민하더니 상냥하게 웃으며 답했다.

"명심하겠습니다."

"야! 안 늦었냐?"

오만상을 찌푸리며 지켜보던 차사가 고래고래 소리쳤다. 그제야 연서도 부산스러워졌다.

"어떡해! 늦었어요! 다음 버스는 한참 뒤고, 택시를 타도……."

"에휴, 세상모르고 연애질하더니 그럴 줄 알았다. 데려다 줄게!"

"나도! 나도 배웅해 주러 갈래!"

옥토를 매달고 척척 걸어온 차사가 한 팔을 내밀었다. 연서는 버스 손잡이를 잡듯 그의 팔을 붙잡았다. 땅을 접어 한순간에 이동하는 축지라면 비행기 시간까지 충분하다. 매번 그녀를 도와주는 신을 향해 연서는 고마움을 전했다.

떠나기 전에 그녀는 서주에게 마지막으로 인사를 건넸다. 조금 전 그의 방문 앞에서 했던 말이었다.

"금방 다녀올 테니까, 잘 지내요."

작별 인사의 여운이 가시기도 전에 연서의 모습이 사라졌다. 그녀의 말을 한 번 곱씹는 동안이면 목적지에 도착하기에 충분할 터였다.

사실 그녀가 바다를 건너 다른 땅으로 간다고 한들, 순식간에 곁으로 갈 방법이 수도 없이 많았다. 연서가 아는 바 외에도 서주는 많은 비밀을 간직하고 있었다. 인간에게는 불가능한 일이 그의 주변에서는 쉽게 벌어졌다.

그럼에도 서주는 연서의 뜻을 존중했다. 한없이 여리지만, 그들의 관계에 변곡점을 만들었던 건 언제나 연서였다. 용감하고 현명한 사람. 제 몸을 돌보기보다 남에게 친절을 아끼지 않는 사람. 어쩌면 온갖 능력을 가진 신들보다 더 대단할지도 모르겠어. 그런 생각이 들어 서주가 픽 웃음을 흘렸다.

혼자 남은 서주는 다시 서점 안으로 들어왔다. 문에 달린 종이 선명하게 울렸다. 금속끼리 부딪히는 날카로운 울림이 서점 구석구석으로 퍼졌다. 길고 높았다. 잠든 이들을 깨우기에 충분했다.

아직 해가 떠있는 시각이었다. 창문을 통해 쏟아져 들어온 볕이 바깥 서가를 밝혔다. 부유하는 먼지가 반짝이며 책 위에 사뿐히 내려앉았다. 종소리도 어느덧 잦아들어 서점은 다시 고요해졌다.

아치형 통로 너머 안쪽으로 어둠이 짙게 깔려있었다. 주로 대화를 나누는 응접 테이블이 겨우 보일 정도였다. 서주는 물끄러미 서서 안을 보았다. 태양이 내리쬐는 바깥과 어둠이 깔린 안이 고작 통로 하나를 두고 나뉘어 있었다. 마치 이승과 저승의 경계를 보는 것 같아, 그는 문득 즐거워졌다.

"과거의 나를 구한 게, 나였다고."

서주가 낮은 목소리로 중얼거렸다. 별로 동의하고 싶진 않더라도 그녀의 뜻은 충분히 전해져 왔다. 글쎄, 당신 없는 삶이 큰 의미가 있을지 잘 모르겠지만. 말한 대로 지내다 보면 영원한 허무를 끝낼 의욕이 날지도 모르겠어. 서무는 입꼬리에 기분 좋은 냉기를 걸었다. 뜻을 짐작하기 어려운 미소였다.

그의 발걸음이 닿을 때마다 낡은 마루가 삐걱거렸다. 서점주인의 걸음에 맞춰 서점은 스스로 정돈되었다. 그의 친구들이 어질러놓은 잡기들은 녹아내리듯 바닥에 스며들었다. 더러운 자국은 산화하듯 흩어졌다. 흩어진 책도 차곡차곡 제자리를 찾아갔을 때쯤, 그는 안쪽으로 접어드는 통로에 서있었다.

빛과 어둠의 경계 앞에서 서주는 천천히 어두운 안쪽을 살펴보았다. 그녀는 알까? 이곳을 드나드는 동안 모르고 지낸 일이 많았다는 사실을. 어둠의 장막 안쪽에선 생각보다 많은 일이 벌어진다는 걸.

서주는 미묘한 표정으로 웃었다. 자기 뒷덜미를 내어준 줄도 모르고 남의 사정부터 살피는 어리석음이 그녀의 가장 사랑스러운 점이었다.

"그래서 나는 도저히 눈을 뗄 수가 없지만, 당신이 원한다면 잠깐은 멀리 있어야겠죠. 적어도 그런 '척'이라도."

그가 서서히 어둠에 접어들었다. 멀리 안쪽에서 희미하게 들썩이는 존재감이 전해졌다. 이곳에 속한 이를 반기는 인사 같았다.

서주는 잠시 볕이 내리쬐는 영역을 돌아보았다. 혼자 잘 살아갈 방법이라. 딱히 대단한 일은 떠오르지 않았다.

단지, 해야 할 일은 있었다. 다시 돌아온 서점주인이 그를 반기는 어둠에 잠겨들며 말했다.

"그럼, 영업을 시작할까요."

밤은 감추는 게 많아 파수꾼이 필요하다. 낮은 머무는 시간이 짧아 주인의 응접이 있어야 한다. 여긴 영원한 밤과 때로 찾아드는 낮이 있는 장소. 땅에 묻히지 못한 사연의 무덤. 갈 곳 없는 영혼이 발을 디딜 자리.

긴 밤을 지나 길 잃은 자들의 서점이 다시 문을 열었다.

후일담

서가 산책

꿈과 환상,
거품과 그림자를 만나다

 겨울밤이 깊어가는 중이었다. 종합병원의 복도는 한산했다. 수술을 마친 석현이 당직실로 갈 동안 마주치는 이가 없었다. 늦게까지 깨어있는 환자들의 대화, 텔레비전의 소음만 간간이 들릴 뿐이었다.
 지쳐 늘어진 채로 걷던 석현은 잠시 벽에 몸을 기댔다. 반대편 벽에 붙어있는 전자시계가 막 오후 10시를 알렸다. 그는 긴 수술을 막 끝낸 참이었고, 한 시간 후엔 다른 수술이 잡혀있었다. 오늘만 네 번째 일정이었다.
 잠깐 눈앞이 아찔해져 석현은 얼굴을 쓸어내렸다. 저녁을 걸러서 그런지 평소보다 힘이 달렸다. 가슴께가 조금 답답하기도 했다. 피곤할 때면 으레 있는 증상이었다. 그는 명치께를 문지르며 생각했다.

'다음 수술은 두 시간이면 끝난다. 오늘은 집에서 잘 수 있겠어.'

석현은 바쁜 하루의 마무리를 계획하며 등을 기댔던 벽에서 떨어졌다. 이미 터질 듯 팽팽해진 두 다리에 다시 체중이 실렸다. 뭐라도 먹고 잠깐 눈을 붙이면 피로가 덜하겠지. 석현은 이런 안일한 생각과 함께 다시 터덜터덜 걸었다.

그때 예고 없이 등장한 인물이 그의 앞을 가로막았다. 눈을 들어보니 동료 재웅이었다. 두 뺨에 넉살을 통통하게 품은 그가 어울리지 않게 눈을 치켜뜨고 말했다.

"하석현, 얘기 좀 하자."

"급한 거 아니면 내일 해. 나 아직 수술 남았어."

"너 또 스케줄 밀어 넣었냐? 지난주만 해도 없었잖아!"

벌컥 화를 내는 친구를 석현은 의아한 눈으로 보았다. 몸을 혹사하지 말라는 잔소리야 하루이틀 일이 아니지만, 이렇게 두서없이 화를 내는 건 드물었다. 첫사랑이 바람을 피워 헤어졌을 때도 재웅은 초라하게 눈물을 짜내기만 했었다.

곰 같은 덩치에 어울리지 않는 순한 녀석이다. 그런 재웅이 빠른 걸음으로 다가와 석현의 어깨를 밀쳤다. 물리적인 힘만큼은 진짜 곰 같아서 석현은 눈살을 찌푸렸다. 이어서 재웅이 따지듯 말했다.

"너 저번에 수술실에서 쓰러질 뻔했다며. 야, 자기관리가 지가 직업의식이야. 그러다 사고 치면 환자는 무슨 죄냐?"

"그때 밥 안 먹어서 그래. 지금 먹을 거야."

"밥 같은 소리 하네. 쌀밥을 소여물처럼 처먹어도 너같이 일하면 쓰러져!"

오늘 재웅은 쉽게 물러설 생각이 없는 듯했다. 피곤했다. 석현은 목덜미를 타고 오르는 두통에 관자놀이를 문질렀다. 그의 감춰지지 않는 피로감을 보며 재웅은 본격적으로 할 말을 꺼냈다.

"너 해외 분원 간다고 했다며."

이거였구나. 석현은 고개를 숙인 채로 모른 척 재웅의 말을 들었다.

"거기가 어디라고 가? 3년은 죽었다 치고 일해야 하는 데를. 김 교수야 애초부터 보상 약속받았고, 그 밑에 애들은 경험 쌓으러 간다고 쳐. 넌 뭔데? 앞에서는 총알받이, 뒤에서는 욕받이 하러 가냐?"

"……."

"죽도록 일해봐야 좋은 소리 못 듣는 거 알잖아. 야, 우직한 소가 일찍 죽어. 일만 하다 못해 뼈랑 가죽만 남아. 김 교수가 너 오라고 한 거, 군말 없이 일할 소 필요해서라는 거 알잖아. 넌 사람 대접 받는 게 싫냐?"

"그만해. 이미 다 정해진 일이야."

"하석현!"

기어코 재웅이 목청을 높였다. 말이 되지 않는 상황보다, 그걸 아무렇지 않게 여기는 석현에 화가 나서였다.

말다툼 소리에 근처 데스크에 앉은 간호사가 머리를 내밀어 기웃거렸다. 누가 참견하기 전에 재웅은 석현의 팔을 붙잡고 당직실로 향했다. 들어가 문을 닫은 뒤에 그는 마저 화를 냈다.

"너 보면, 뭐에 쫓기는 거 같아. 신념을 쫓는 게 아니라, 도망치고 있는 것 같다고."

석현의 곧게 뻗은 눈썹이 비뚜름하게 움직였다. 내내 차분하던 그에게서 다소 격앙된 어조가 흘러나왔다.

"쫓겨?"

"어. 뭐가 무서운데? 말해봐. 내가 그래도 너 알고 지낸 지……."

"함부로 말하지 마. 쫓기긴 무슨, 너처럼 어설프게 일하는 놈들이 내 생각을 어떻게 알아?"

물론 재웅은 허투루 일하는 사람이 아니다. 느긋해 보여도 정확하고 맡은 일에 최선을 다하는 참 의료인이다. 다만 지금 석현은 배가 고팠고, 몹시 피로했으며, 다음 일정 때문에 초조했다. 상대방의 사정을 살필 여유는 남아있지 않았다.

"죽도록 일하는 게 어때서. 그렇게 해도 뜻대로 안 되는 일이 태반이야. 뭐가 잘못됐다고 이러는 건데?"

"세상엔 뜻대로 안 되는 게 더 많아. 되게 하려고 집착하니까 네가 망가지는 거라고. 가끔은 기적을 기대해 볼 수 있잖냐."

"기적은 없어."

몹시 차가운 투였다. 석현은 재웅의 말을 결코 인정하지 않겠다는 듯 힘주어 노려보았다.

"너는 사람 목숨이 가볍냐? 망상에 기대서 최선을 포기할 정도로?

재웅은 할 말을 잃은 듯 석현의 날카로운 표정을 바라보았다. 이내 포기하듯 한숨 섞인 말을 남기고 방을 나섰다.

"넌 진짜…… 됐다. 다음 수술 전까지 눈이나 붙여라."

당직실 문이 큰 소리를 내며 닫혔다. 아뿔싸. 그 소리에 담긴 감정이 선명하게 읽혔다. 급격히 식은 분노가 석현의 가슴을 조였다.

그는 좋은 마음씨로 친구를 걱정해 준 것뿐이다. 도대체 마음이 얼마나 좁은 거냐. 석현은 스스로에게 비난을 퍼부었다. 그러나 후회해도 쏟아진 말은 주워 담을 수 없었다.

10시 40분. 슬슬 수술실로 가야 할 때였다. 석현은 머릿속을 가득 메운 구름을 떨치기 위해 얼굴을 마구 문질렀다. 그리고 벌떡 일어서 문고리를 잡았다.

"허억."

갑작스러운 통증에 석현이 짧은 숨을 토했다. 흉부를 쥐어짜는 듯한 압박감이 밀려왔다. 제대로 서있기도 힘든 지경이었다. 싸늘한 기운이 척추 마디마다 고통을 남기며 타고 올랐다. 식은땀이 옷을 적셨다. 석현은 결국 몸을 가누지 못하고 쓰러졌다.

잦은 과로와 심한 피로 상태. 전조증상처럼 이어졌던 체한 듯 답답한 느낌. 그리고 발작처럼 가슴을 짓누르는 통증과 심한 발한. 눈앞이 깜깜해지는 동안 석현은 스스로를 진단했다.

'AMI*……'

완벽한 급성 심근경색 증상이었다. 타인에게 수백 번 진단 내렸던 병명을 되새기며 석현은 정신을 잃었다.

산새가 우는 가느다란 소리가 멀리서 들려왔다. 석현은 흙

---

* Acute Myocardial Infarction : 급성 심근경색

의 절제된 푹신함 위에서 깨어났다. 그리고 멍하니 앉은 채로 주위를 살폈다.

햇살이 부드러운 날이었다. 길가에 자란 초목이 바람에 은은한 간격으로 흔들렸다. 바닥에는 하얗고 노란 들꽃이 흐드러졌다. 겨울에 이른 때와 맞지 않게 온통 연초록 봄이었다.

병원에서 가슴을 부여잡고 쓰러졌는데 어쩌다 이런 산속에 놓였을까. 그는 천천히 몸을 일으켜 세웠다. 오솔길 한가운데였고 길은 앞뒤로 멀리까지 이어져 있었다. 어떤 위치에 서있는 건지 가늠할 수 없었다. 평소의 석현이라면 조급증이 도져 병원으로 서둘러 돌아가려 했을 텐데, 웬일인지 그런 마음이 들지 않았다. 모든 긴급한 일들이 먼 과거 같았다. 닿을 수 없이 아득하고, 붙잡는다 해도 미련 같았다.

그는 앞으로 찬찬히 걷기 시작했다. 곧 길 위로 드리운 소나무 한 그루가 보였다. 긴 시간 어떤 풍파를 겪었는지 몸통이 뒤틀린 채로 자라있었다. 석현은 소나무를 지나쳐 빛이 내리쬐는 오솔길을 걸어갔다. 부드러운 햇살에 주변 풍경이 꿈결 같았다.

얼마 가지 않아 길이 끝났다. 그리고 청록색 집 한 채가 보였다. 가까이 다가서자 큰 창 안쪽으로 빽빽한 서가가 보였다. 이내 문 앞에 걸린 '영업 중' 팻말을 보고 석현은 이곳이 서점이라는 사실을 깨달았다.

조심스러운 평소 성격답지 않게 석현은 망설임 없이 서점 문을 열었다. 여기까지 왔으면 응당 그래야 한다는 듯 자연스러웠다. 안으로 들어서자 시원하고 맵싸한 향기가 코끝을 스쳤다. 묵은 나무와 향냄새. 안쪽 테이블의 향로에서 피어오르는 연기를 보며 석현은 고개를 끄덕였다. 관심 가져본 적 없던 향냄새가 어쩐지 반가웠다.

안쪽으로 더 들어가려 할 때에 문득 어떤 남자가 옆에서 말을 걸었다.

"어서오세요, 손님."

키가 크고 마른 남자였다. 얼굴이 새하얗고 목소리에 여유가 묻어있어 신비로운 분위기를 풍겼다. 흰 셔츠에 옛 도포를 걸친 특이한 복장도 그랬다. 그의 옷자락에 놓인 구름 무늬가 순간 움직인 것 같아 석현은 눈을 비볐다.

다시 맑아진 눈에 서점주인의 그림 같은 미소가 들어왔다. 친절하지만 속을 내어주지 않는 서늘함이 엿보였다.

그 서늘함 때문일까, 석현은 서점주인이 안내하는 대로 순순히 응접 테이블에 앉았다. 가까이서 본 향로는 나무를 깎아 만든 고풍스러움이 흘렀다. 부드럽게 상승하는 향 연기는 합쳐졌다 갈라지기를 반복하여 거꾸로 흐르는 폭포 같았다. 석현은 그 흐름을 지켜보다 서점주인에게 물었다.

"제가 죽었습니까?"

빈 찻잔에 차를 따르던 서점주인이 묘한 미소를 지었다.

"글쎄요. 아직 모르겠습니다."

"그런가요."

서점주인의 대답에 석현은 쓸쓸한 얼굴로 고개를 끄덕였다. 적어도 저승 언저리쯤이려나. 평소 사후세계를 믿지 않던 그였으나, 이런 상황에 놓이면 받아들일 수밖에 없다. 이 서점은 저승으로 넘어가는 길목 정도 되지 않을까. 그런 생각에 빠진 석현을 서점주인이 일깨웠다.

"고민이라도 있으십니까?"

따뜻한 차와 함께 건넨 말에 석현은 이상한 기분이 들었다. 이 서점에 들어올 때처럼 '자연스럽게' 할 일이 떠올랐다. 그는 차를 한 모금 마신 뒤에 입을 열었다. 누구에게도 보인 적 없던 그의 속내가 바깥으로 나왔.

"전공의 생활 10년이 넘도록 몸이 부서져라 일했습니다. 그런데 의미 있는 일이었는지 모르겠어요."

"일 외에 다른 삶을 누리지 못한 게 후회되시나요?"

"아닙니다. 지금 다시 돌아간다 해도 저는 똑같이 살 겁니다. 하지만 한 번도 솔직하지 못했던 게 마음에 걸려요. 남한테도, 나한테도……."

"솔직하지 못했다, 라고요."

서점주인이 가만히 석현을 바라보았다. 입꼬리에 걸어둔 균일한 미소, 그리고 가라앉은 옅은 색 눈동자가 매혹적인 남자였다.

"무엇을 숨겨두었나요?"

던져진 질문에 석현은 저도 몰랐던 제 마음을 술술 털어놓았다.

"사람 살리는 일은, 어려운 일입니다. 다 쏟아부어도 안 될 때가 더 많아요. 그럴 때마다 두렵습니다. 내가 아무것도 아닌 사람이 되는 게……. 웃기죠. 남을 위해서 희생하는 척, 사실 저는 제 안위를 걱정했던 겁니다."

말을 쏟아낸 탓인지 갈증이 밀려왔다. 석현은 차를 한 모금 머금어 마른입을 적셨다. 찻잔을 쥔 손끝이 조금 떨렸다.

"제가 이런 비겁한 놈이란 사실을 알면, 사람들이 아주 기겁하겠죠. '잘난 척했던 주제에' 하고."

"글쎄요. 별 관심 없을 것 같은데요."

"예?"

친절한 목소리와 어울리지 않는 냉정한 답변이었다. 석현은 잘못 들었나 싶어 맹한 표정을 짓고 말았다. 다음엔 조금 화가 났다. 아무리 일면식 없는 사이라 해도 가볍게 넘길 고민은 아니었다. 그러나 석현이 비난할 수도 없게 서점주인은 다시 빙긋 웃어 보였다.

"대부분의 인간이 이기적이고 비겁하지 않은가요? 계산적이고, 제 잇속만 챙기고. 세상을 이 지경으로 만든 인류의 미덕 아니겠습니까?"

말문이 막혀 석현은 입만 벙긋거렸다. 그를 두고 서점주인은 일어나 등 뒤의 서가로 갔다. 책장이 길게 이어진 통로는 끝이 보이지 않았다.

하얗고 긴 손가락이 책장 뒤편 어딘가를 더듬었다. 곧 통로를 비추는 조명이 켜졌다. 일정한 간격으로 천장에서 쏟아지는 은은한 빛이 어둠을 밝혔다. 그 앞에서 서점주인이 석현을 돌아보았다.

"평소대로면 휴식을 위해 이야기라도 읽어드립니다만, 아쉽게도 지금은 준비물인 기록서가 대여 중이라서요."

"아 예, 괜찮습니……."

"하지만 특별히."

은은한 조명을 받은 남자의 얼굴이 한층 더 오묘해 보였다. 웃는 것 같기도 하고, 엄숙한 것 같기도 하고. 그 말씨 또한 그랬다. 친절 혹은 유혹, 권유 또는 명령. 말끔하게 분간되지 않는 기묘한 태도로 서점주인이 물었다.

"이야기를 '체험'해 보시는 건 어떻겠습니까?"

❖

석현은 서점주인을 따라 서가 안쪽으로 향했다. 변화 없이 쭉 이어지는 길은 점차 방향감각을 마비시켰다. 방금 지나친 책장을 아까도 봤던 것 같아 석현은 의아한 눈으로 두리번거렸다. 그러다 문득 앞서 걷던 남자가 발걸음을 멈췄다.

"이쪽입니다."

나긋한 손짓으로 가리킨 자리엔 문이 있었다. 묵색 돌로 만들어진 석문으로 군데군데 이끼가 낀 채였다. 오래되어 보인다지만 실내에서 이끼라니. 독특하고도 기이한 분위기에 석현은 멈칫대며 문 앞으로 갔다.

몇 명이 덤벼야 겨우 움직일 것 같았지만, 서점주인이 가볍게 밀자 석문은 느릿하게 열렸다. 돌이 맞물리며 짐승처럼 그르릉거리는 소리가 울렸다. 완전히 드러난 안쪽에는 아래로 이어지는 계단이 나있었다. 조명은 무척 희미했다. 그 불가해한 어둠에 석현은 간담이 서늘해졌다.

"지하실은 본래 잘 보여드리지 않는 비밀 공간입니다만, 손님께 특별히 안내해 드리겠습니다. 아래층에 길잡이가 기다리고 있습니다. 내려가 보시죠."

"왜 제게 이런…… 특별함을 베푸시는 겁니까?"

"귀한 분의 부탁을 받았습니다. 잘 대접해 주길 바란다고."

"부탁이요? 누가, 왜······."

의문스러운 점이 한둘이 아니었지만 석현은 더 물어볼 수 없었다. 서점주인에게 떠밀려 지하실 안쪽으로 발을 들이고 만 것이다. 몇 계단 아래, 어둠에 몸을 반쯤 담은 채로 석현은 황급히 뒤를 돌아보았다.

이미 문이 닫히고 있었다. 그 사이로 유려한 미소를 던지며 서점주인이 말했다.

"그럼, 길을 잃지 않도록 주의하시기를."

묵직한 소리와 함께 문이 닫혔다. 남은 건 앞을 향한 희미한 불빛뿐이었다. 홀로 남겨진 석현은 어안이 벙벙했으나, 다른 방법이 없었다. 그는 결국 서점주인이 이른 대로 계단을 내려갔다. 벽 등이 비추는 거리는 고작해야 계단 다섯 칸이나 될까. 조명과 조명 사이 어둠을 여러 번 넘는 동안 석현은 긴장을 놓지 못했다.

그런데 계단이 끝난 자리에서 예상치 못한 광경이 펼쳐졌다. 돌로 쌓은 벽 너머로 너른 평야가 펼쳐졌다. 자색 들꽃이 빼곡한 잔디 너머, 멀리 큰 강이 보였다. 그 끝을 알 수 없어 바다 같기도 했다.

석현은 홀린 듯 열린 문을 나섰다. 습기를 머금은 강바람이 그의 머리칼을 쓸고 지나갔다. 곧 작은 나루터가 나타났다. 말뚝에 묶인 나룻배는 한가로이 물살 위에 놓여있었다. 석현이 나루터에 올라서자 미리 배에 타고 있던 사람이 말을 걸어왔다.

"어서 오시게나. 이리 앉게."

여성의 목소리였다. 낮고 부드러웠으며 우아함을 갖추고 있었다. 그녀가 걸친 시리도록 새하얀 옷과 잘 어울렸다. 흰 비단으로 지은 장삼은 무릎 아래까지 닿았고, 치마는 파도 거품처럼 살랑거렸다.

챙이 넓은 모자에 가림막을 씌워 드리운 탓에 얼굴은 보이지 않았다. 석현은 그녀의 신비로움에 이끌리듯 배에 올라탔다. 서점주인이 말한 길잡이가 분명했다. 소개하지 않아도 그냥, 깨달을 수 있었다.

석현이 자리에 앉자 길잡이는 잠자코 말뚝에 매어둔 줄을 풀었다. 그러자 나룻배가 옛 인연처럼 표표하게 떠갔다.

순한 바람을 안고 돛이 원만한 곡선을 그렸다. 배는 무리 없이 나아갔다. 서서 이따금 노를 저을 뿐, 길잡이는 아무 말도 하지 않았다. 그 침묵에 석현은 조금 초조해졌다. 그때 비로소 길잡이가 입을 열었다.

"어찌 그리 좌불안석인가?"

"어, 예?"

"아까부터 눈이고 손이고 가만두지를 못하는군. 두고 온 일 때문인가?"

"아…….."

그럴지도 모른다. 사는 내내 여유를 가져본 적 없어, 산들바람과 강물의 잔잔한 흐름이 어색한 걸 수도 있다. 미처 대답하지 못하는 석현에게 길잡이가 다시 일렀다. 부드러운 웃음기가 물든 말씨였다.

"그런다고 강이 마를까, 하늘이 닳을까. 강을 건널 동안엔 잠자코 기다려야지."

신기하게도 그녀의 말에 마음이 가라앉았다. 석현은 차분하게 고개를 끄덕였다. 노 젓는 소리만 간간이 들리며 시간은 멈춘 것처럼 흘러갔다.

나룻배는 흔들림도 없이 미끄러져 금세 반대편 강가에 닿았다. 길잡이는 흰 치맛자락을 나풀거리며 먼저 땅에 내려섰다. 그리고 석현이 급히 따라 내렸을 때였다. 돌연 한 소녀가 그들에게 달려들었다.

하얀 원피스에 잠자리 날개처럼 투명한 옥색 저고리를 걸친 사랑스러운 아이였다. 허둥대며 길잡이에게 폭 안기는 걸 보니 친한 사이로 보였다. 소녀는 발그레한 뺨을 구기며 울상이 되어 말했다.

"각시야, 큰일 났어!"

"무슨 일인가?"

"책벌레가 서주의 책을 다 파먹었어! 내가 잠깐 한눈판 사이에……!"

"뭐?"

소녀는 옆구리에 끼고 있던 책 한 권을 펼쳐 내밀었다. 종이 위엔 손으로 적은 글자가 빼곡했는데, 군데군데 엉클어뜨린 실타래 모양으로 지워진 채였다. 마치 지렁이가 종이 위를 기어다니며 글자를 삼킨 듯했다. 도저히 내용을 읽을 수 없을 정도였다.

내내 온화하던 길잡이마저 책의 상태에 움찔 놀랐다. 다른 장을 넘겨보아도 모두 똑같은 상태였다. 가림막에 가려 표정을 볼 수는 없었지만, 신중한 태도에서 사태의 심각성이 느껴졌다.

잠자코 지켜보던 석현은 두 사람이 당황하는 이유가 궁금해졌다. 아까 서점주인이 누군가에게 빌려주었다던 책인 모양인데, 그가 쉽게 화를 낼 사람 같지는 않았기 때문이다.

두 사람은 목소리를 낮춘 채로 말했다. 그 모습이 마치 모의 중인 얼뜨기 도둑 같았다.

"수백 년 모은 이야기가 하루아침에 좀 먹혔군. 이게 없으면 서점주인은 이제 어찌 되나?"

"아주 많이 화를 내지 않을까? 서주, 화나면 진짜 무서운데……."

"허어, 지금은 말려줄 이도 자리를 비웠거늘."

"화를 내는 걸로 끝나지 않을지도 몰라. 서점주인을 그만두겠다고 하면 어떡하지? 이참에 연서를 따라가겠다고 하면? 내 수수떡과 인절미는, 따끈한 홍차와 옛날이야기를 듣는 시간은! 난 서점이 없으면 안 된다고! 으아앙!"

소녀의 진짜 걱정은 아무래도 그 남자가 아니라 자신인 듯했다. 물론 수수떡과 인절미가 누군가에겐 금덩이보다 귀할 수 있으니까. 석현은 고개를 끄덕이며 주저앉은 소녀를 지켜보았다. 길잡이는 여전히 책을 들여다보며 중얼거렸다.

"글자가 다 지워진 책이라……."

퍼뜩 그녀가 묘수를 떠올린 듯 말했다.

"지워졌으면, 되살리면 될 일이 아닌가?"

"응? 각시야, 그게 무슨 말이야?"

"도깨비가 가진 보물 중에 글자를 되살리는 붓이 있다 들었네. 그 신묘한 물건이라면 이 책을 고치고도 남아."

울먹이던 소녀의 얼굴이 순식간에 밝아졌다. 신난 토끼처럼 폴짝폴짝 뛰며 기뻐하기까지 했다.

"그래! 그 방법이 있었지! 마침 도깨비가 이 근처에 있어! 자다가 좀이 쑤셔서 나왔대. 아까 버드나무 연못에서 봤어."

"하긴, 수백 년 누워있자면 부처라도 허리를 펴겠지. 잘되었군. 어서 가세."

"하지만 쉽게 내어주지 않을걸. 도깨비들은 욕심꾸러기잖아. 잠깐 빌린다고 해도……."

새로운 고민에 소녀가 조그맣고 통통한 손으로 턱을 괴었다. 사뭇 심각한 표정이었다. 그리고 밥그릇을 입에 문 강아지처럼 한참 끙끙대다 번쩍 고개를 들고 말했다.

"내기를 해야겠다!"

"내기?"

의아한 목소리로 되물은 길잡이에게 소녀가 신이 나서 설명했다.

"붓을 걸고 내기해서 빌려오는 거야! 으음, 하지만 내가 하자고 하면 거절당할지도 몰라. 나는 힘이 너무 세잖아. 어떻게 한담……. 아!"

내내 곁에 조용히 서있던 석현에게 소녀의 시선이 가닿았다. 보물을 찾은 듯 또랑또랑한 눈빛에 석현은 괜스레 놀랐다. 소녀가 배시시 웃으며 말했다.

"손님이 나 도와줄래?"

활기 넘치는 소녀가 석현의 손을 잡고 어딘가로 이끌었다.

고사리 같은 손이 힘은 어찌나 센지, 키가 세 배는 큰 석현이 허둥지둥 끌려갔다. 길잡이는 말없이 사뿐거리는 발걸음으로 뒤따랐다. 얼굴은 보이지 않았으나 왠지 즐거운 듯했다.

그들은 버섯이 핀 숲을 지나, 가파른 폭포 위를 건넜다. 새끼 여우가 잠든 나무 밑동에 잠깐 정신이 팔렸고, 시큼한 머루를 따서 갈증을 달랬다. 이윽고 도착한 곳은 자색 꽃이 가득 피어있는 연못가였다.

연못 둘레에는 버드나무가 여럿 자라있었다. 수면 위로 늘어뜨린 잎은 미인의 머리칼 같았는데, 넉넉하게 자란 개구리밥에 연꽃과 어우러져 못을 초록으로 물들였다.

사뭇 신비로운 광경에 석현은 연못 앞으로 갔다. 깊고 깨끗한 물이 거울처럼 그를 비추었다. 문득 자세히 살폈더니 머리 위의 버드나무에 무언가 이질적인 게 보였다. 두꺼운 나뭇가지 위에서 한 남자가 낮잠을 즐기고 있었다.

이내 잠에서 깨어난 남자가 기지개를 켜며 팔다리를 쭉 뻗었다. 그리고 재주 좋게 균형을 잡은 채로 아래를 내려다보고 말했다.

"하암. 옥토, 다시 왔네? 각시도 오랜만이야. 그리고……어라, 인간이네?"

나무 위의 남자가 석현을 보고 눈을 반짝였다. 그는 분명 청년이었지만, 표정만큼은 흥미로운 물건을 발견한 어린 소년 같았다. 석현이 엉거주춤 목례하자 남자가 장난기 가득한 미소와 함께 인사를 건넸다.

"안녕. 서점에 놀러 왔어?"

"도깨비! 너랑 내기하러 왔어!"

소녀가 우렁찬 인사와 함께 석현의 앞으로 나섰다. 삿대질까지 더한 선전포고에 나무 위의 남자는 눈이 동그래졌다. 이내 재미있다는 듯 입꼬리를 끌어올렸다.

"싫어. 너희들이랑은 재미없어. 인간이면 모를까."

"그럴 줄 알았지. 너와 내기할 건 이쪽이야!"

"호오."

남자는 나무 위에서 자세를 고쳐 앉고 석현을 뜯어보았다. 집요한 시선에 석현은 저도 모르게 눈을 피했다. 이내 남자가 웃음기 어린 목소리로 말했다.

"내가 좋아하는 속이 꼬인 인간이군. 좋아, 하자! 내기에 뭘 걸 거지?"

속이 꼬였다고? 초면에 당한 폭언에도 석현은 항의할 수 없었다. 곁에 있는 소녀가 짬도 주지 않고 고래고래 외쳤다.

"글자를 되살리는 붓을 줘!"

"으응? 그건 왜? 뭐 지워먹었어? 설마 서점주인의 책을 망가뜨리거나 한 건 아니겠지? 하하하."

"……."

"어…… 진짜로?"

대답 없는 소녀를 남자는 동그래진 눈으로 보았다. 이내 폭소를 터뜨렸다. 뭐가 그리 재미있는지 그는 한참을 웃었다. 그러다 옆으로 기우뚱 미끄러졌고, 놀라서 받아내려던 석현을 약 올리듯 가뿐하게 땅에 착지했다. 작은 동물이라도 되듯 그는 몸짓이 무척 가벼웠다.

"그 녀석이 제 물건을 꽤 아끼긴 하지만, 어떤 책인데? 암만 그래도 기록서만 아니면 우리 옥토 님의 실수 정도는 용서해 주지 않을까?"

"……"

"우와, 진짜? 기록서야? 그 녀석이 사랑하는 여자를 위해 수백 년간 이야기를 모아둔 그 기록서? 손님만 오면 꺼내 드는, 서주의 자부심과도 같은 그 책?"

남자의 수다에 소녀는 점점 울상이 되어갔다. 그 모습이 퍽 가련하여 석현은 그냥 두고 볼 수 없었다. 그가 남자 앞에 나서며 말했다.

"제가 내기를 해서 이기면, 붓을 얻어 쓸 수 있겠습니까?"

이번엔 남자가 동그랗게 뜬 눈으로 석현을 보았다. 먼저 나설 줄은 몰랐다는 표정이었다. 이내 그가 두 눈과 입꼬리를 기분 좋게 미끄러뜨리며 웃었다. 입가에 뾰족한 송곳니가 드러나 한층 짓궂은 인상을 만들어냈다.

"그러지, 뭐. 내기하자!"

남자는 허리춤에 매달린 주머니를 뒤적이기 시작했다. 밭을 일구는 농사꾼처럼 가락이 섞인 추임새는 덤이었다.

"보자, 보자! 어디 두었더라. 여기도 아니고, 저기도 아니고."

고작 한 움큼짜리 주머니를 남자는 오래도 뒤졌다. 마침내 그가 찾았다고 외치며 무언가를 꺼내 들었다.

손바닥 크기의 사람 모양 목각인형이었다. 조각은 다소 투박했으나, 물감으로 입힌 묘사가 그럴듯했다. 무표정한 얼굴에 짧게 자른 머리, 병원 유니폼처럼 위아래로 통일된 진청색 옷. 석현은 명백하게 제 모습을 닮은 인형에 기묘함을 느꼈다.

특이한 건 가슴에 그려진 붉은 하트 무늬였다. 정확히 심장 위치에 표시되어 있었다. 인형을 더 가까이서 보고 싶어 석현이 고개를 기울였을 때였다. 장난스러운 남자가 그의 코앞에 얼굴을 쑥 들이밀었다. 소스라치게 놀란 석현이 멀어지려고 했으나, 그는 석현의 목덜미를 잡고 놓아주지 않았다.

두 사람의 눈과 눈 사이 거리는 한 뼘 남짓. 다시 꿰뚫어 보는 듯한 시선이 이어졌다.

"어디 보자. 이야, 그간 참 열심히도 살았네. 지원 하나 없이 의사 되는 게 쉬운 일이 아닌데 말이야. 개천에서 용이 나도 단단히 났어. 게다가 희생정신 투철한 선생님으로 존경까지 받고. 대단한데?"

문득 인형에 그려진 하트가 꿈틀거린 듯했다. 석현은 잘못 느꼈나 싶어 눈을 굴려 다시 보았다. 당연하게도 미동 없는 인형일 뿐이었다. 그때 석현을 붙잡은 남자가 내기를 제안했다.

"이 인형의 심장에 뭐가 들었을까? 맞혀봐."

"무슨 그런……. 질문이 너무 어렵잖아요. 아무런 단서도 없이……."

"단서를 하나 줄게."

파악을 마쳤다는 듯 남자가 석현에게서 한 걸음 멀어졌다. 그러자 그의 손에 들린 목각인형이 허공에 떠올랐다. 주변에 일렁이는 푸른 불꽃까지 더해 놀라운 광경이었다. 입을 다물지 못하는 석현을 향해 남자가 말했다.

"이 인형은 너야."

"예?"

석현이 얼빠진 소리를 냈다. 허공에 뜬 채로 인형은 팔다리를 아무렇게나 늘어뜨리고 있었다. 어쩐지 눈이 마주친 것 같아 석현은 섬뜩함을 느꼈다.

"심장은 인간을 움직이는 근원이지. 너를 그토록 쉼 없이 움직이게 하는 게 뭔지 스스로 판단해 봐. 기회는 단 세 번!"

주변에 떠다니는 푸른 불티가 석현의 시야를 어지럽혔다. 도깨비에 홀린다는 게 이런 걸까. 석현은 머리를 한 번 세차게 흔든 뒤에 목각인형을 또렷하게 보았다.

나를 움직이는 힘이 뭐냐고? 석현에겐 너무나 쉬운 질문이었다.

"신념. 내가 생각하는 정의를 위한 신념입니다."

사람을 살리고자 하는 정의야말로 석현을 움직이는 원동력이었다. 당연한 일이다. 그 단단한 신념이 없고서야 어떻게 불철주야 일에 매진했을까. 그리고 확신에 찬 얼굴을 한 석현에게 남자가 웃음기 어린 목소리로 말했다.

"땡."

"뭐라고요?"

"땡! 틀렸다고. 남은 기회는 두 번이야."

내민 답이 틀렸다는 사실에 석현은 극도로 당황했다. 그는 자신의 신념을 한 번도 의심해 본 적 없었다. 세상이 무너지는 기분에 석현은 말까지 더듬었다.

"그, 그럴 리가. 잘못 아신 겁니다. 제가 신념이 아니면 대체……."

"내기 안 할 거야? 그럼 여기서 그만두든가."

곁에 있던 소녀가 석현의 옷을 잡아당겼다. 눈가에 눈물을 머금고 도리질하는 모습에 차마 매정하게 굴 수가 없었다.

"아니, 아니요……. 계속하겠습니다."

인정할 수 없더라도 지금은 다른 답을 내놔야 했다. 석현은 이번에야말로 깊이 고민했다. 적어도 돈은 답이 될 수 없다. 석현은 넉넉하지 못한 형편에서 자랐지만, 단 한 번도 돈을 위해 살아본 적 없었다.

보편적으로 인간을 움직이는 원동력은 두 가지다. 하나는 돈, 다른 하나는 명예. 석현을 움직이는 건 차라리 명예에 가깝다. 생각을 마친 석현이 조심스레 입을 열었다.

"명예를 위한 인정욕구……일 겁니다."

처음보단 목소리에 자신감이 훨씬 줄어들었다. 그러나 신념과 명예를 제외한다면 석현에게 남는 건 없다. 적어도 그는 스스로 그렇게 평가했다.

이번에 석현이 내민 답에 남자는 머리를 갸우뚱거리며 고민했다. 정답이었을까. 그의 침묵에 석현은 작은 희망을 품었다. 그러나 석현의 기대 어린 반응을 보기 위해서였다는 듯 남자가 씩 웃으며 내뱉었다.

"틀렸어."

"말도 안 돼."

오랜 친구를 한순간에 잃은 듯 석현은 혼란을 느꼈다. 그럼 도대체 무엇이 나를 움직인단 말인가? 여태 그를 지탱한다고 믿었던 두 축이 거짓이었다니. 석현은 절망마저 느꼈다.

그리고 시험에 든 인간을 조롱하는 악마처럼 남자가 키득 댔다.

"남은 기회는 한 번이야. 잘 생각해 보라고, 너를 간절하게 만드는 힘이 뭔지."

"명예와 신념 외에 대체 뭐가 있겠습니까? 나는 돈을 좇아 본 적이라고는 단 한 번도 없습니다. 내가 추구한 방향은 그 두 가지뿐이라고요!"

"누가 방향을 알려달래? 네 속에 든 걸 말하라고. 너를 죽음의 벼랑까지 밀쳐내고, 간절하다 못해 구차해지도록 몰아세우는 힘이 뭔지. 무엇이 네 무너진 영혼을 일으켜 세우는지."

석현을 보는 남자의 두 눈이 새파랗게 빛났다. 아주 뜨거운 불꽃 같기도 하고, 시리게 차가운 얼음 같기도 했다. 도깨비불 같은 눈동자가 석현의 정신을 홀렸다.

신기하게도 그럴수록 그의 내면은 점차 선명해졌다. 울렁이는 바다 위에서 먼 수평선을 응시하듯, 흐린 초점이 조금씩 맞아떨어졌다. 깊이 묻어두었던 기억이 떠올라 석현은 가슴을 움켜쥐었다.

오래전, 석현은 어떤 사건으로 인해 나락까지 떨어졌었다. 찬 바닥에 쓰러진 몸뚱이와 경련하는 손발, 조그만 입술을 밀어젖히고 쏟아지던 피거품. 파편처럼 남은 잔상은 종종 석현의 머릿속을 휘저었다.

그가 죽어가는 사람을 처음 본 건 의사가 되기 훨씬 전이었다. 어쩌면 그때의 일이 석현을 움직이는 걸지도 몰랐다. 다만 인정하고 싶지 않았다. 그때의 참담함과 무력함이 수치스러웠다. 인정하고 나면 낱낱이 해부당해 바깥에 걸리는 기분이 들 것만 같았다.

석현은 어금니를 꽉 깨물며 가능성을 부정했다. 그때 누군가의 인기척이 곁에서 느껴졌다. 오랜 침묵을 지키던 길잡이였다. 고요하고 맑은 목소리가 가까이서 들렸다.

"미약하였을 때는 지났고 직시하지 않으면 달라지는 건 없네. 의원 선생, 생채기 하나마다 떨어서야 되겠는가."

겨울 끝에 부는 바람처럼 그녀의 목소리가 석현의 정신을 일깨웠다. 생채기를 두려워하지 말라고. 어느 때엔가 들었던 말 같았다. 없던 일을 그리워하듯 석현은 기억을 더듬었으나, 돌이켜봐도 그녀와 만난 건 오늘이 처음이었다. 적어도 이번 생엔 틀림없었다.

요동치던 마음이 가라앉았다. 석현은 비로소 자신의 나약함을 내비칠 용기가 났다. 긴 시간 외면하던 사실이 정제되어 흘러나왔다.

"나를 움직이는 건…… 두려움입니다. 내가 보잘것없는

인간이라는 걸 들킬까 봐, 언젠가 다시 무력해질지도 모른다는 두려움이요."

두려움. 아무것도 아닌 인간이 될지도 모른다는 공포.

이로부터 쫓기고 쫓겨서 닿은 자리가 지금 여기리라. 석현의 말에 목각인형에서 덜그럭 소리가 났다. 이내 허리춤이 열리며 안에 든 게 빠져나왔다.

청록과 주홍이 섞인 빛무리였다. 석현의 예상보다 그리, 추하지 않았다. 이윽고 내기에서 진 남자가 한껏 만족스럽게 웃으며 말했다.

"정답."

붓을 얻은 소녀는 신이 나서 어디론가 떠났고, 내기를 마친 남자는 다시 나무 위로 올라가 잠들었다. 짧고도 길었던 산책을 끝내고 석현은 길잡이와 함께 왔던 길을 되짚어갔다. 날이 저물어가며 강 위에 내리쬐는 햇살이 한층 부드러워진 때였다.

다시 강을 건너는 동안 두 사람은 각각 나룻배 끝에 앉아 서로를 마주했다. 강바람에 길잡이의 하얀 옷자락이 나풀거렸다. 금방이라도 날아오를 새 같았다. 석현은 다시금 그녀의 모습에 기시감을 느꼈다.

저 가림막만 걷어 얼굴을 확인할 수 있다면. 그런 아쉬움이 머리를 내밀던 와중이었다. 길잡이가 온화한 목소리로 말을 걸어왔다.

"이곳에서 보낸 시간은 어떠하였나?"

그녀의 질문에 석현은 하루를 되새겼다. 요란한 일이 있긴 했지만, 길잡이와 함께 돌아오는 동안 내내 곁이 평안했다. 수양버들 흔들리는 그림자에도 연못은 잔잔했고, 길가의 꽃송이는 가만히 바람을 타고 흔들거렸다. 무엇 하나 서두르지 않았고 자연스러운 흐름에 몸을 내어주기만 했다.

주변 풍경이 그래서였을까. 석현의 속도 오는 내내 평화로웠다. 살이 연해져서 깊이 박혀있던 가시가 툭 튀어나오듯, 그는 오랜 시간 감춰둔 이야기를 꺼냈다.

"좋았습니다. 예전에 어떤 일을 겪은 후로, 이렇게 마음 편히 하루를 보낸 건 처음이에요."

"무슨 일이 있었기에?"

잠깐 숨을 고른 뒤에 석현이 말을 이었다.

"나이 차가 큰 동생이 있었습니다. 일 때문에 정신없던 부모님이 항상 잘 돌봐달라고 부탁했는데…… 그러지 못했어요. 동생은 학교도 못 가보고 어린 나이에 세상을 떠났습니다."

"저런."

짧게 내뱉은 말에 진한 안타까움이 묻어있었다. 석현은 고개를 떨군 채로 말을 이어갔다. 어째서인지 저 여자에게는 자꾸만 속내를 털어놓고 싶었다.

"부모 품이 그리웠는지, 동생은 제게 참 많이 칭얼거렸습니다. 저는 가난이 싫어 죽도록 공부하던 때였고요. 동생이 귀찮게 할 때면 알사탕을 한 움큼 줬죠. 하나씩 녹여 먹으라고 당부하면 한나절은 조용히 보낼 수 있었습니다. 하하……. 그게 화근이었죠."

"어찌 그런가?"

"어느 날 이상한 소리가 나서 방문을 열었는데, 동생이 바닥에 쓰러져 경련하고 있었습니다. 실수로 삼킨 사탕이 목에 걸려서요. 죽어가는 사람을 본 건 그때가 처음이었습니다. 어찌어찌 구급차는 불렀는데, 기다리는 동안 어떤 대처를 해야 할지 모르겠더라고요. 그런데 우스운 게 뭔지 아십니까?"

"무엇인가."

"바로 지난주에 학교에서 응급조치 강의가 있었습니다. 하임리히법과 심폐소생술도 가르쳐줬어요. 저는 그때 시험 준비한답시고 영어 단어나 외웠고요. 웃기죠, 의사 하겠다는 놈이."

그때 응급조치를 배웠다면 동생을 살릴 수 있었을지도 모른다. 이물질을 토하게 해서 기도를 확보했다면, 병원에 도착하자마자 숨을 거두진 않았으리라. 이 가정은 살아오는 내내 석현을 괴롭혔다. 그럴수록 그는 일에 더 매달렸다. 한 사람이라도 더 살리기 위해 몸을 아끼지 않았다.

처음엔 속죄하고픈 마음이리라고 생각했다. 그러나 날이 갈수록, 그보다는 회피에 가깝다는 걸 느꼈다. 죄책감으로부터의 도피. 죽어가는 동생을 보고만 있던 무력함을 잊기 위한 발악이었다.

언젠가부터 석현은 스스로를 돌보지 않았다. 자기혐오는 한밤중의 밀물처럼 서서히 그를 잠식했다. 잠겨 죽을 지경이 되어서야 끝 숨을 토하듯 입 밖으로 뱉을 수 있었다.

"하도 악몽을 꿔서 잠들기도 싫었어요. 죽은 동생을 꿈에서 수백 번은 봤습니다. 그래서 차라리 일을 했죠. 사람 하나 더 고쳐주면 마음이 좀 나았으니까요. 일만이 나를 증명하는 가치였던 셈입니다. 만약 그때로, 죽어가는 동생을 멍하니 보고만 있던 무력한 때로 돌아가게 된다면, 저는 정말⋯⋯."

"한심해."

담담한 목소리에 석현은 퍼뜩 고개를 들었다. 단정하게 앉은 여인이 말을 이었다.

"이를 데 없이 한심하고 모났어. 자네, 제 모습을 잘 봤군."

반박이나 위로를 바랐던 걸까? 석현은 길잡이의 적나라한 말이 서운했다. 차마 그 마음을 숨기지 못하고 그가 퉁명스럽게 답했다.

"예. 모가 나도 단단히 났죠. 모난 돌이 정을 죽도록 맞았는데도 안 고쳐집니다. 어쩌겠습니까, 이런 한심한 놈인 것을……."

"그만 자책하고 저기나 좀 보게."

길잡이가 석현의 말을 끊고 강 상류를 가리켰다. 끝이 보이지 않는 상류로부터 문득 파동이 전해졌다. 뱃고동 소리를 닮았으나 그보다 섬세한, 인간이 들을 수 없는 음역대의 어떤 소리가 문득 들려오는 것만 같아서 석현은 멍하니 먼 수평선을 바라보았다.

이윽고 멀리서부터 물보라가 밀려왔다. 처음엔 개미 떼의 움직임 같았고, 점차 평야의 말 떼처럼 다가왔다. 기어코 해일이 되지 않을까 두려움을 느낀 찰나였다. 수면 밑으로부터 검은 형상들이 치솟았다.

둥근 코에 둥근 등딱지, 유선형의 칼날 같은 지느러미를 가진 거북이 떼였다. 놀랍게도 그들이 지느러미를 날개 삼아 날아오르기 시작했다.

해가 막 저문 참이었다. 하늘에 남은 태양 빛의 흔적이 연분홍색으로 산란했다. 한쪽엔 하얀 보름달이 자리 잡은 채로 낮과 밤이 공존했다. 그야말로 마법의 시간이었다. 거북이 떼는 하늘 높이 날아올라 달로 향했다. 그들이 처음 알에서 깨어난 날, 달빛을 쫓아 바다로 가던 본능처럼 그랬다.

이내 밤이 밀려왔다. 웅덩이의 기름띠처럼 분홍빛 하늘을 침범했다. 어둠 속에 들어찬 별빛이 반짝였다. 거북이 떼는 꼬리 끝에 물거품을 남기며 밤의 융단으로 접어들었다. 모든 하늘이 빛으로 가득했다.

가히 환상적이었다. 결코 현실에 있을 수 없는 장엄한 풍경이었다. 석현은 뺨에 튄 물기를 닦을 생각도 하지 못했다. 곁에 있던 길잡이가 부드러운 목소리로 일렀다.

"그대 같은 모난 돌이 있음에도, 세계는 이토록 아름다워."

환상을 이루는 거대한 축 하나를 목격했기 때문일까. 자신의 비할 데 없는 사소함에 석현은 눈물을 흘렸다. 작은 흔적을 남기고 흘러간 물방울은 이내 강처럼 쉴 새 없이 뺨을 타고 흘러내렸다. 가슴에 진 응어리가 목으로 올라섰다. 위로, 더 위로 비집고 나와 그는 아이처럼 끅끅 소리를 내며 흐느꼈다.

곧 석현의 웅크린 등 위로 가볍고 포근한 무게가 내려앉았다. 겨울에 내린 함박눈 같았다. 고개를 들자 석현의 등을 쓸어주던 길잡이와 눈이 마주쳤다. 석현이 목멘 소리로 물었다.

"만약 여기가 사후세계라면, 당신은 신입니까?"

잠깐의 침묵 후에 길잡이가 답했다.

"자네가 바란다면."

얇은 가림막 너머로 그녀의 미소가 비쳤다. 뽀얀 온천수에 해당화를 띄운 듯 맑고 고왔다. 이내 뻗은 손을 거두며 길잡이의 소매 자락이 문득 석현의 뺨을 스쳤다. 불현듯 애틋하여 석현은 그녀의 손을 붙잡았다. 잡아보니 보기보다 더 부드럽고 연약했다. 길잡이는 놀란 듯 손을 빼려고 하였으나, 석현이 힘을 주어 막았다.

둘 사이를 가로막은 건 그녀의 앞을 가린 얇은 천 한 장뿐이었다. 가까이서 보니 옥을 깎은 듯 부드러운 뺨의 굴곡이 비쳤다. 석현은 천을 걷고 얼굴을 확인하고 싶다는 충동이 들었다. 그가 다른 손으로 가림막의 끝을 살며시 말아 쥐었다.

"우리…… 전에 어디서 본 적 있죠?"

붙잡힌 손이 얕게 떨렸다. 봄바람에 흔들리는 꽃가지 같았다. 석현은 가림막을 서서히 들어 올렸다. 잠든 새가 깨지 않을 정도로 느릿했다.

길잡이는 아무런 저항 없이 가만히 있었다. 열매를 머금은 듯 붉은 입술이 드러나고, 새하얀 뺨이 보일 동안 석현을 밀어내지 않았다. 이내 어떤 눈으로 그를 보았는지 들킬 차례였다.

그때 길잡이가 다른 손으로 석현의 손목을 붙잡았다. 그리

강한 힘은 아니었으나 제지하려는 의지를 표현하기엔 충분했다.

"변함없이 방자하구나."

흰 천 아래로 보이는 입술이 석현의 시선을 사로잡았다. 질책 따위는 그의 귀에 들어오지 않았다. 석현은 제가 무슨 소리를 하는 줄도 모르고 말을 쏟아내었다.

"내가 바란다면 신이 되겠다고 했죠. 그럼 인간도 될 수 있습니까? 당신이 인간이라면 우리가…… 함께할 수 있는 거예요?"

처음 만난 사이에 뭐가 이렇게 안타까운지. 지금 놓치면 영영 다시 보지 못할 것만 같았다. 석현은 그게 싫었다. 왜 싫은 줄도 모르고 몸서리치게 싫었다. 그는 천을 놓아두고 그녀의 뺨을 손에 담았다.

붙잡힌 손목을 통해 옅은 떨림이 전해져 왔다. 그녀의 떨림을 만들어낸 감정의 정체가 당혹감일까, 아니면 기대일까. 그런 호기심이 석현의 가슴을 뛰게 만들었다. 옅은 박동은 곧 가슴이 저릿하도록 무거워졌다.

그녀의 마음이 궁금하여 석현은 머리를 기울여 조금 더 다가갔다. 이미 대화를 나누기에 충분한 거리였는데도 그는 구태여 불편할 정도로 가까워졌다. 표정을 보여주지 않으니 이럴 수밖에. 그런 말도 안 되는 합리화를 속으로 덧붙이며 살며시 눈을 감았다.

이번엔 나긋한 목소리가 그를 멈춰 세웠다.
"그럴지도 모르지. 세상 흘러가는 꼴이 생각보다 내 예측과는 다르더군. 만남이 있으면 헤어짐이 있고 가버리면 돌아온다지만, 그게 어느 때일지는 누구도 몰라. 오늘의 만남조차 알 수 없던 일이었으니."
"……함께하겠다는 것보단, 떠나겠다는 말처럼 들립니다."
해당화 같은 입술에 부드러운 미소가 걸렸다. 그녀는 두 손으로 석현의 어깨를 감쌌다. 아이에게 당부하듯 상냥했다.
"이런 꿈 따위 어차피 깨어나면 다 잊겠지만, 내 자네에게 이것만은 약조하지."
"뭐죠?"
"돌아오겠네. 어느 때든, 어떤 모습으로든."
갑작스레 그녀가 강한 힘으로 석현을 밀쳤다. 예상치 못한 행동에 그는 중심을 잃고 나룻배에서 떨어지고 말았다. 차가운 강물이 피부에 감겼다. 뜨겁게 차오르던 가슴 속 열기를 한밤중의 온도가 식혀주었다.
석현은 팔다리를 휘저으며 첨벙거렸다. 그러나 도무지 수면 위로 올라갈 수 없었다. 그는 곧 누가 발목을 붙잡아 끌고 내려가듯 완전히 물에 잠겼다.

잔잔한 물결 너머로 새하얀 인영이 보였다. 나룻배에 탄 여인이 그를 내려다보고 있었다. 한 번만 더 붙잡아보고 싶어 손을 뻗었으나, 닿지 않았다.

가라앉는 동안 석현은 그녀에게서 눈을 떼지 않았다. 마침내 그 모습이 흔적처럼 희미해졌을 때 그는 굳은 마음을 품었다. 우리는 분명 만난 적 있었고, 또한 언젠가 다시 만나리라고. 꺼져가는 의식을 수납장 삼아 그는 결심을 깊이 넣어 두었다.

다시 눈을 떴을 땐 섬광 같은 흰 천장 아래였다. 서서히 귀가 트이며 병원의 소음이 들려왔다. 일정한 바이털사인 신호가 석현 자신의 것이라는 걸 깨달았을 때, 곁에서 재웅의 지친 목소리가 들렸다.

"깼냐? 환자용 침대가 탐났으면 말을 하지, 이틀을 내리 잠만 자고 그래."

고개를 돌려서 본 재웅은 마지막으로 다퉜을 때보다 핼쑥해져 있었다. 그의 눈에 담긴 걱정과 안도의 빛을 확인하며 석현이 입을 열었다. 닫힌 말문을 비집고 다 갈라진 목소리가 흘러나왔다.

"급성 심근경색, 맞지?"

"야, 너는 이 와중에도 일하듯이…… 에휴. 그래, 맞아. 너 골로 갈 뻔했다."

재웅은 욱하고 내뱉으려던 말을 거두었다. 환자를 다그쳐 봐야 무슨 소용이냐는 투였다. 그의 안쓰러운 시선에 석현은 제 몰골을 대충 짐작했다. 쓰러지기 전에도 성치 않았으니 지금은 다 죽어가는 꼴이리라.

말없이 지끈대는 관자놀이를 누르는 석현에게 재웅이 그의 상태를 브리핑해 주었다.

"원인은 과로로 인한 혈전. 쓰러지고 시간이 꽤 지나서 위험했는데, 다행히 심근 손상 없이 끝났어. 중재술로 처치했고."

"수술 없이 끝났다고?"

의아하다는 석현의 반응에 재웅은 탁자에 놓여있던 엑스레이 사진을 집어 내밀었다. 회색 사진엔 마른 가지 같은 심혈관이 선명하게 드러나 있었다. 눈을 가늘게 뜨고 살펴보던 석현이 말했다.

"심한데. 관상동맥이 두 군데나 완전 폐쇄됐잖아. 왜 안 죽었지?"

굵은 혈관이 막힌 길처럼 끊겨있었다. 피가 흐르지 못한다는 의미다. 게다가 두 군데나 되면 시술로 해결하기 어렵다.

그런데도 수술 없이 멀쩡하게 살았다니. 석현은 직업적으로 순수한 호기심이 생겼다.

"죽고 싶다고 염불 외냐? 여기 잘 봐봐."

재웅의 손가락이 짚은 자리를 석현은 잠자코 응시했다. 그리고 알아챈 사실에 저도 모르게 아, 하고 감탄사를 뱉었다.

"관상동맥이 하나 더 있네."

"거의 안 보일 정도로 가늘어서 그동안 몰랐을 거야. 기형이지만, 이쪽으로 피가 흐른 덕에 시간 벌었다."

잠시 숨을 고른 뒤에 재웅이 이어서 말했다.

"석현아, 나는 이런 게 기적이지 싶다. 있는 줄도 몰랐던 가느다란 핏줄처럼, 사소한 일로 사람이 사는 거 말이야. 그러니까 너를 다 쏟아부으면서 살지 않았으면 좋겠어. 조금 틔워둔 숨통이 또 기적이 될지도 모르잖아."

말에 진심이 담기다 못해 간절하게 느껴졌다. 석현은 뜨내기 시절부터 곁을 지켜준 친구가 문득 고마웠다. 그가 웃음기 어린 목소리로 말했다.

"제법 감동이네. 첫사랑을 이렇게 잡아보지 그랬어?"

"그 얘기가 여기서 왜 나와?"

일관성 있게 무례한 오랜 친구에게 재웅이 버럭 언성을 높였다. 이번에는 환자라고 해도 참지 않았다. 다만 해야 할 일이 있으므로 그는 투덜거리며 석현의 상태를 점검했다. 다소 지쳐있는 걸 빼면 전부 양호했다. 이내 차트에 메모를 남기던 재웅이 중얼거렸다.

"걔한테는 무릎도 꿇었어. 세상에 노력해도 안 되는 게 있다는 걸 그때 배웠지."

"어이구, 꼴통."

석현의 입가에 참을 수 없는 미소가 번졌다. 힘없는 와중에도 웃음이 나오면 살 사람이라더니. 석현은 나지막이 그런 생각을 하며 재웅에게 오른손을 내밀었다.

재웅은 망설임 없이 석현의 손을 덥석 잡았다. 세상의 풍파를 겪었을 때 의기투합하듯 악수를 나누는 건, 주로 술에 취해 이뤄지던 그들의 습관이었다. 석현은 씩 웃으며 일관성 있게 상냥한 오랜 친구에게 말했다.

"미안하다. 약해빠진 놈이 걱정까지 시켜서."

"알았으면 잠이나 더 자라. 네 스케줄은 나랑 최 선생이 땜빵했고, 해외 출장은 병원장님이 취소시켰다. 우리 병원 사람이 객지에서 과로사하는 꼴은 못 본대."

"별일이네. 냉혈한이신 줄 알았는데."

"심장을 수백 번 고쳐도 진짜 사람 속은 모르는 거지. 나는 갈 테니까 쉬어. 에휴, 누구 덕분에 이번 주 내내 당직이네."

문을 닫고 나가려는 재웅에게 석현이 마지막으로 인사를 던졌다.

"살려줘서 고맙다."

툭 던진 말에 재웅은 발걸음을 멈췄다. 이내 돌아보지 않고 어색한 발걸음으로 병실을 빠져나갔다. 쑥스러움 많은 친구에게 다시금 고마움을 느끼며 석현은 베개에 깊이 머리를 묻었다.

혼자 남은 병실은 무척 조용했다. 석현은 문득 창밖으로 고개를 돌렸다. 아직 눈이 내리기 전의 초겨울. 어두운 창문 너머엔 마른 밤공기만 흘러갔다.

이런 날씨가 되면 꼭 멀리서 손님이 찾아올 것만 같았다. 다만 그게 누군지는 알 수 없고, 또한 실제로 맞이해 본 적도 없었다. 석현이 어린 시절부터 품었던 근거 없는 감상일 뿐이었다.

이상하게 오늘따라 짙은 기대감이 느껴져 석현은 침대에서 계속 창밖을 보았다. 그러는 동안 쓰러졌을 때 꾸었던 꿈에 대해 떠올렸다. 숲길을 지나 어떤 서점에 방문했고, 신비로운 서점주인에게 이끌려 지하실에 방문했던 과정.

그리고 그곳에서 만난, 겨울의 눈밭처럼 말갛고 하얀 여자. 석현은 그 모든 과정을 기억하려 애썼지만, 햇빛에 날아간 필름처럼 점점 흐릿해졌다. 이마저도 곧 사라질 것 같아 그는 눈을 감았다. 잠시나마 기억의 잔상을 잡아두기 위해서였다.

곧 첫눈처럼 소리 없이 졸음이 찾아왔다. 우습게도 그가 잠든 동시에 창밖엔 정말 첫눈이 내렸다. 기별 없이 찾아온 손님 같았다.

새벽 내내 눈이 이어졌다. 쉴 새 없이 나풀거리는 움직임에도 소리 한 점 없었다. 잠든 이를 지켜보듯 나긋나긋했다. 그 고요함을 덮고 석현은 간만에 꿈도 없이 깊은 잠에 들었다.

"서주! 여기, 책 잘 읽었어!"
서점에 돌아온 옥토는 요란한 목소리로 서주를 불렀다. 그의 기록서를 건네는 팔은 딱딱하게 굳어있었고, 동그란 두 눈은 애써 서주의 시선을 피하며 딴청이었다. 잘못한 일이 있을 때 보이는 전형적인 태도였다. 이번엔 어떤 사고를 쳤으려나. 서주는 모른 척하며 책을 받아들었다.
"흐음……."
서주가 앞장을 넘기는 동안 옥토는 긴장한 눈으로 그를 보았다. 꿀꺽 침을 넘기는 소리가 서주의 귓가까지 들렸다. 그는 웃음을 참아가며 애써 심각한 표정으로 책을 살피다, 불현듯 손을 멈추었다.

"어라. 여기 좀 볼래요?"

"왜! 나는 서주한테 받은 그대로 가져왔는걸! 책벌레가 글자를 먹어서 붓으로 되살린 일은 없었어!"

"하하."

놀란 토끼처럼 펄쩍 뛰며 소녀가 죄를 실토했다. 그 모습이 제법 귀여워서 서주가 작게 웃었다. 그리고 책의 펼친 면을 옥토에게 내밀었다. 새로운 이야기 한 꼭지가 적혀있었다.

"기묘한 서점을 방문한 손님의 이야기네요. 서가를 산책하다 특별한 세계를 방문했어요. 소중한 인연과 나룻배로 강을 건넜고, 도깨비와 내기도 했군요. 달에서 온 소녀의 부탁도 들어주었고……."

"그 손님 얘기다! 서점에서 돌아간 뒤엔 어떻게 됐어?"

"흐음. 이야기를 읽어드릴까요?"

"응! 재밌겠다!"

늘 그렇듯 옥토는 제가 저지른 죄 같은 건 금세 잊어버렸다. 눈을 반짝이는 소녀를 안아 들고 서주가 응접 테이블로 향했다. 서점의 조명이 한결 부드러워졌고, 테이블에 놓인 향로에서 곧 연기가 춤추듯 피어올랐다.

이내 청량한 나무 향기를 닮은 서점주인의 목소리가 책 위로 흘러갔다. 소녀는 즐거운 얼굴로 그의 이야기를 들었다. 눈이 오는 밤에 퍽 어울리는 한때였다.

작가의 말

 이번 책도 읽어주셔서 감사합니다. 전편이 감사하게도 큰 사랑을 받아 2권으로 다시 뵙게 되었습니다. 오디오드라마와 소설로 〈환상서점〉 시리즈도 벌써 네 편 째. 햇수로만 5년을 저와 함께 지냈네요. 낳아서 품은 자식 같기도 하고, 언뜻 동고동락하는 친구처럼 느껴지기도 합니다.
 먼저 완성된 오디오드라마 제2편은(오디오 콘텐츠 시장이 비교적 발달하지 않은 한국에서는 '오디오북'과 '오디오드라마'를 같은 의미로 사용하시는 분들이 많습니다만, 명백하게 다른 포맷이므로 저는 가능한 분리하여 표기하고 있습니다) 전편에 비해 꽤 슬픈 내용들이었습니다. 우화, 비극으로 분류되는 에피소드가 대부분이었지요. 제가 하고 싶은 이야기를 했는데 왜 이렇게 되었을까요.

애니메이션 영화 〈인사이드 아웃〉은 '인간은 머릿속에서 조종간을 붙잡은 감정(캐릭터)에 의해 움직인다'는 독특한 설정을 가졌습니다. 재밌게 보고 나서 이런 생각을 해보았습니다. '나를 움직이는 원초적인 감정은 뭘까?' 며칠 내내 고민해 본 결과, 제가 가진 원초적인 감정은 '슬픔'이었습니다.

때로 막연한 슬픔을 느낄 때가 있습니다. 개인적인 일이나 사회적인 사건 때문일 수도 있고, 궁합이 좋지 못한 타인 때문일 수도 있지요. 어쩌지 못하도록 먼 과거와 미래의 일, 혹은 유전자에 각인되어 타고난 심경일지도 모릅니다.

저와 자주 만나 뵈었던 많은 분들이 저를 '밝은 사람'으로 평가하십니다만, 제 안에는 늘 잔잔한 슬픔이 흐릅니다. 슬픈 음악과 영화를 선호하고, 때로 먼 미래의 이별에 가슴 아파합니다. 불필요한 생각이 이어지다 눈물짓기도 하지요. 청승도 참, 병입니다.

다만, 그러한 슬픔에서 파생되는 좋은 면도 있습니다. 타인의 불행에 측은지심을 품고 때로 올바르게 분노합니다. 뾰족한 감정을 도구 삼아 깊은 자아를 느끼기도 합니다. 또한 이번처럼 책에 마음을 실어 펴낼 수도 있었죠. 출판사 대표

님께서 그러시더라고요. 제 글에는 애잔함이 묻어있다고.

　그래서 저는 제 슬픔을 좋아합니다. 덕분에 할 수 있는 일이 많아서요. 앞으로도 속에서 흐르는 슬픔을 퍼다 밥을 지을 생각입니다. 내가 나를 먹이는 꼴로 살아가는 게 참 좋아요. 전부 제 복입니다. 감사할 따름이에요.

　누구에게나 잔잔하게 흐르는 슬픔이 있으리라고 생각합니다. 분노, 혹은 증오와 경멸이 될 수도 있겠지요. 무엇이 되었든 안으로 품고 다독여 보세요. 그 또한 내 일부가 되어 나를 일으켜 세울 겁니다. 나를 박대할 필요 없이 사랑해도 된다는 것. 이번 소설에는 그런 이야기를 담았습니다.

　거창하게 적었습니다만, 작게나마 진심이 전해졌다면 더없이 기쁘겠습니다. 여전히 어려움이 가시지 않은 때입니다. 긴 밤을 지나는 분들께 안온함이 함께하길 빕니다. 그럼 다른 이야기로 다시 만나 뵙겠습니다. 감사합니다.

　　　　　　　　　　　　　　　　　　　　　　소서림

환상서점 2 긴 밤이 될 겁니다

초판 1쇄 발행 2025년 7월 17일
초판 2쇄 발행 2025년 7월 30일

지은이 소서림
펴낸이 김문식 최민석
총괄 임승규
편집장 조연수
편집 백승민 한수림 이혜미 김지은
　　　김민혜
마케팅 조아라
디자인 배현정

펴낸곳 (주)해피북스투유
출판등록 2016년 12월 12일 제2016-000343호
주소 서울시 서대문구 신촌로 25-1 보고타워 4층
전화 02)336-1203
팩스 02)336-1209

© 소서림, 2025
ISBN 979-11-7096-491-9 (03810)

- 이 책은 (주)해피북스투유와 저작권자와의 계약에 따라 발행한 것이므로 무단전재와 무단복제를 금지하며, 이 책 내용의 전부 또는 일부를 이용하려면 반드시 저작권자와 (주)해피북스투유의 서면 동의를 받아야 합니다.
- 잘못된 책은 구입하신 곳에서 바꾸어드립니다.